"EL LEGÍA"

E.C.C.

1.998

Autor: Eugenio Conejo Cabrera
Domicilio: Viviendas del Magisterio, 7
Barriada Girón
29200 Antequera (Málaga)
Teléfono: (95) 284 46 90

Autor-editor: Eugenio Conejo Cabrera.
Dirección: Eugenio Conejo Cabrera.
Portada: Sargento Caballero Legionario Sr. D. Alejandro Ponlla Catoira.
Proemio: Excelentísimo General de la Legión, Sr. D. Rafael Reig de la Vega.
Prefacio: Capellán Comandante del 4.º Tercio Alejandro Farnesio de Ronda, Sr. D. Francisco Delgado de Hoyos.
Fotografía: Velasco (Antequera).
Primera edición: septiembre de 1998.
Depósito legal: MA. 953-98-1998
ISBN: (International Standard Book Number): 84-605-8014-8
Impreso por: Gráficas Antequeranas "EL PROGRESO", S. L. Garzón, 7 - Antequera (Málaga).
Printed in Spain.
Impreso en España.

¡Ojalá perdurase en el corazón de mis hijos mi recuerdo, lo mismo que el de mi amado padre perdura en el mío!

E.C.C.

Eugenio Conejo Cabrera

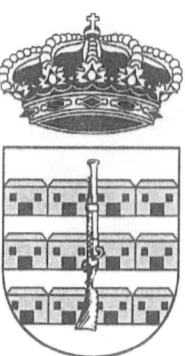

De España a los Balcanes

Villanueva del Trabuco, 1998

*"A todos los que han repartido humanidad
al por mayor, en tierras de Bosnia-Herzegovina
y especialmente a la tercera Compañía
del Tercio Alejandro Farnesio de Ronda"*

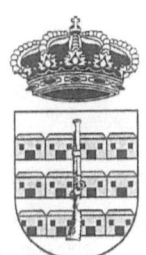

VILLANUEVA del TRABUCO

1.er Premio Provincial de Embellecimiento 1971

1.er Premio Nacional Conde Guadalhorce 1973

1.er Premio Nacional de Embellecimiento 1974

BELLEZA EN LOS MONTES DEL SOL

Don Eugenio Conejo Cabrera, nació en Villanueva del Trabuco (Málaga), el día 7 de septiembre de 1937, en el seno de una familia humilde. Profesor de E. G. B., Diplomado en Letras, Especializado en los cursos 7.º y 8.º, Caballero Legionario de Honor y residente en Antequera. Casado y con tres hijos. Hizo sus estudios por enseñanza libre con gran sacrificio de sus padres y de él mismo en Antequera, Málaga y Sevilla.

Su producción literaria abarca diferentes aspectos en cuanto a la temática. Cultiva la prosa poética en "Nido de Oropéndolas" (1981). La poesía, sólo con pretensiones de homenajear a seres muy queridos, en: "Flor de bondad", a la muerte de su querido padre (1984). "Yo quisiera ser la brisa", a la muerte de su entrañable amigo José María Domínguez Bernárdez (1984). Cóctel poético, relatos poéticos (1984). Pequeño teatro: "Un mundo adolescente", obrita teatral de carácter marcadamente pedagógico en cuatro actos dirigida a la adolescencia (1987). Su primera novela, "Yerba verde, leña seca", su naturalidad, nos recuerda el "Silvestre Paradox" de Baroja y a los Salmos de David (1987). Segunda obra de teatro: Doña Primitiva o el cerrojo de los sueños, comedia en prosa y verso donde se satirizan acontecimientos de gran actualidad (1992). Segunda novela, "El Legía", constituye un hermoso canto a la vida militar y una bella exaltación de los valores morales recogidos en Himnos, Credos y Decálogos de nuestro Ejército que merece ser leída ante todo por aquellos que están llamados a hacer precisamente de tales valores "norma de vida" (RR. OO., Artº. 15).(1995) "Tierra quemada", es una apasionante novela cuyo protagonista es Ernest Hemingway. Se encuentra en período de gestación.

La infancia de Eugenio transcurre en un auténtico nomadismo, así como su adolescencia y parte de su edad de adulto. Testigos de sus aventuras y experiencias fueron las diferentes casas donde vivió en Villanueva del Trabuco: la Casa de José Pérez (donde nació), la Posada de "Coneillo", "La Ventilla" y el "Camino de la Fábrica". CORTIJOS: Cortijo "Nuevo", "Ventorrillo de Facundo", "San Antonio", Molino "Zamora", Cortijo "Las Escardaderas" y Cortijo "El Indio". PUEBLOS Y CIUDADES: Archidona, Sevilla, Zaragoza, Mataró, Villanueva de Tapia, Málaga y Antequera.

Amigo y compañero muy querido, me concede el privilegio de construir en este pequeño solar y en esta parcela su biografía, en su patriótico libro de entrañables confidencias íntimas, saturadas de amor, ternura, disciplina, violencia, intriga y nostalgia, ornadas con la "sublime fuerza" de su vocación castrense.

Su firma ha aparecido en muchas ocasiones en el diario Sur de Málaga, en las revistas "Selecciones internacionales de Caza y Pesca", "Tiradores", "Mundo Cinegético" y "La Legión". Ha colaborado en Radio Antequera describiendo siempre en linda prosa poética escenas de la vida rural, lo cual es garantía y presagio de una buena acogida. Leer cualquier artículo de Eugenio Conejo, es quedar sumido en el encanto que produce la descripción de un paisaje rústico, que tan bien conoce. Siempre me impresionaron, sobre todo, sus pinceladas maestras cuando describe, con galanura sin igual, personajes del entorno geográfico que le rodeó, durante su vida errante y en sus frecuentes correrías cinegéticas.

Difícil arte es convertir la prosa en poesía, y esto lo hace con suma facilidad y elegancia el autor de "El Legía".

Su amor a la Patria y a la milicia brotan de su alma con la fuerza de la eclosión primaveral.

Como una muestra de su estilo florido y elegante transcribo el siguiente párrafo que en fecha memorable para mí, me dedicó Eugenio y que está esculpido en plata:

"La siembra realizada en tus largas sementeras, ha producido frutos inapreciables en las almas de varias generaciones". Por ello quedé en deuda contigo Eugenio y aprovecho la ocasión que me brindas para saldarla aceptando el honor que me haces, al ofrecerme una plana de esta interesante novela, que la ha llevado Eugenio, más que en la periferia o en el interior de su inteligencia, me atrevo a decir, que exactamente, ha emanado del centro de su corazón apasionado.

AGUSTIN MUÑOZ DE LA VEGA

Proemio

He conocido a Eugenio Conejo en esas noches mágicas del Miércoles Santo de Antequera, en las que la Cofradía del Santísimo Cristo del Mayor Dolor sale de la Iglesia de San Sebastián a la Plaza más bonita de España, por lo menos ese día, llena de antequeranos, de cofrades y de los legionarios que a lo largo de la noche acompañan a la impresionante imagen del Cristo dolorido, orgullo de Antequera, por las calles de la ciudad. Yo había estado en Antequera de Teniente de la Legión, junto con mis legionarios, durante unas maniobras en las que se nos había tratado con gran cariño, y no había vuelto hasta que como Coronel del Tercer Tercio y luego como General de la Legión era invitado todos los años a la procesión del Miércoles Santo.

Eugenio Conejo se hizo Maestro Nacional por libre, a la luz de un candil, en un pequeño cortijo de Villanueva del Rosario y en otros lugares, y desde hace veinticinco años ejerce su carrera en el Colegio Público "León Motta" de Antequera. Su vocación por la literatura le lleva a colaborar con revistas internacionales de caza y pesca y con el periódico Sur de Málaga, y también tiene escritas dos novelas, dos comedias y numerosos trabajos relacionados con su tierra. Es un hombre que ama a su Patria y que tiene verdadera veneración por la Legión, de la que se siente orgulloso por tener un hijo como Sargento en el Cuarto Tercio de Ronda.

En esta ocasión ha escrito la novela "El Legía" en la que exalta y narra con indudable acierto cosas de su tierra y de la Legión, y me ha pedido que le escriba esta Introducción o prólogo, que hago con mucho gusto, dada mi vinculación con Antequera, el recuerdo tan grato de sus gentes, y mi cariño e interés por las cosas de la Legión.

Aunque el centro de la trama gira alrededor de la vida de Alejandro, el protagonista, dentro de la Legión, el autor nos cuenta la infancia feliz de Alejandro en el campo andaluz consiguiendo bellas e interesantes descripciones de la vida familiar en los cortijos andaluces de otros tiempos, con sus penurias y las desigualdades de la época, pero también con la riqueza espiritual de los hombres y de las costumbres, lo que supone un permanente canto a la esperanza.

Con la misma maestría nos describe el submundo marginado del Barrio Chino de Barcelona, en el que ha caído Alejandro a causa de un desengaño amoroso, hasta que decide presentarse a las convocatorias de ingreso en la Legión, de la que recuerda las emocionantes aventuras que le contaba su abuelo de la Guerra de África, y como la Legión se había cubierto de gloria en ella. Pero antes, Alejandro se verá envuelto en un asunto de narcotráfico que le perseguirá hasta el final, a lo largo de sus destinos, ascensos y vicisitudes en la Legión de hoy en día con sus misiones de paz en Centroamérica y en Bosnia.

Le deseo a este estupendo trabuqueño, residente en Antequera, el mejor de los éxitos, y desde luego le animo a seguir tratando estos temas tan queridos para muchos compatriotas.

Madrid, 24 de junio de 1997. Festividad del Nacimiento de San Juan Bautista.

RAFAEL REIG DE LA VEGA
General de la Legión

Eugenio Conejo Cabrera

"El Legía"

PREFACIO

El género literario del interesante libro que tienes en tus manos, apreciado lector, es del todo particular. En una entrañable confidencia íntima, en una especie de "memorias", "confesiones" o "autobiografía", nos relata bellamente el autor la aventura de un andaluz recién abierto a la vida, del que —como en la célebre canción legionaria— bien podría decirse, en apretada síntesis, que en los momentos últimos de su adolescencia y primera juventud *"un gran dolor le mordía como un lobo el corazón"*. Era el dolor de la amarga experiencia del trágico final de su primer amor, que vino a imprimir un deje de nostalgia al resto de sus días.

A lo largo de siete capítulos, con una bien urdida trama, va desgranando el autor los episodios fundamentales de la azarosa vida de este futuro Suboficial, repleto de ilusiones y buenos sentimientos, que, como queriendo huir de sí mismo tras la muerte de su adorada Esther, se decide a dejar el entrañable hogar paterno para sumergirse en el tráfago de la gran ciudad de Barcelona en busca de mejor suerte. Pero, también allí, *"la suerte hirió con zarpa de fiera"* al protagonista de este apasionado relato.

Su posterior alistamiento en la Legión, su ingreso en la Academia General Básica de Suboficiales (A.G.B.S.), su paso por la fragua donde se templa el espíritu de los infantes españoles, que es la Academia de Toledo, así como su primer destino y misión como sargento de La Legión y *"casco azul"* de UNPROFOR (United Nations Protection Force) en Bosnia Herzegovina, constituyen el marco ideal de esta interesante novela, donde fantasía y realidad, ternura y violencia, se funden en un apretado abrazo.

El libro, que constituye un hermoso canto a la vida militar y una bella exaltación de los valores morales recogidos en Himnos, Credos y Decálogos (hoy, quizás, un poco en la penumbra) de nuestro Ejército, merece ser leído ante todo por aquellos que están llamados a hacer precisamente de tales valores *"norma de vida"* (RR.OO., Artº. 15).

FRANCISCO DELGADO DE HOYOS
Capellán Comandante del 4.º Tercio de la Legión Alejandro Farnesio

EN CASA

Tenía diecisiete años y él dieciocho. Era primavera cuando se conocieron y fue de una forma un tanto extraña. Habían ido a una boda y Esther se encontraba sentada entre las chicas del pueblo de Villanueva del Trabuco. Una sensación muy íntima, como si una fuerza interior le hubiese zarandeado de pies a cabeza, o el Solano, aquel Solano seco y loco que rodaba desde la sierra y soplaba huracanado en los Llanos de Morales, hubiese invadido todo su ser. En otra ocasión había experimentado una emoción semejante, rara, cuando miraba a aquella niña, María del Pilar, de grandes ojos y mirada llena de dulzura. Sí sentía un estremecimiento cálido, entrañable, pero ahora era diferente. Era algo superior a todo lo que había vivido hasta entonces. Estaba sentado con sus amigos y ausente de ellos. El viejo salón del cine, con arcaico sabor a películas mudas de Charlot y a nodos con águilas imperiales, donde se celebraba el refrigerio, estaba lleno de gente. Gente rural, sencilla, sana como el viento que bajaba de la Sierra de San Jorge. Le hablaban sus amigos, pero permanecía ciego ante el bullicio y sordo ante la algarabía pueblerina. Sus ojos sólo veían a una niña forastera, desconocida o quizá no tanto. Tenía la impresión de haberla visto antes, había soñado con ella infinidad de veces y ahora, allí estaba, sonriente, mirando hacia ellos con sus ojos negros, cándidos y no exentos de cierto airecillo picarón.

El convite estaba amenizado por el yamba, el violín, el laúd y la guitarra de "Los Vegas". Músicos más pobres que las ánimas benditas, pero dotados de cualidades excepcionales. Las parejas castigaban los juanetes y otras durezas de las extremidades inferiores, pisándose recíprocamente, a los sones de La Doble Águila, Muñequita Linda, Cerezo rosa, Pepita Creus y otras piezas del repertorio de "Los Vegas".

Las volutas de humo, procedentes de los fumadores, se entrelazaban formando un bloque difuso, un mundo sumido en la niebla de lo irreal. Dentro de este escenario fantasmagórico, sólo destacaba el rostro de Esther, adornado con rubor de crepúsculo, que miraba fijamente hacia el lugar donde se encontraban los jóvenes. Impulsado por una fuerza irreflexiva y vital, sin voluntad, como un autómata, se encontró sentado junto a Esther, que con sus profundos ojos negros le miraba sin parpadear. No hablaban, estaban extasiados. Sus cuerpos se rozaban irremisiblemente. El mismo impulso que le movió a sentarse junto a ella, aquel acto sin premeditación, fue seguido por otro de la misma naturaleza. Su mano derecha se deslizó hacia abajo y con un movimiento secreto, cogió la de Esther. Todo su cuerpo sufrió una sacudida espiritual y su joven corazón comenzó a latir aceleradamente. El amor había invadido su temprana naturaleza. Antes que terminara el festejo nupcial, salieron y sin darse cuenta se encontraron bañados por la luna, juntando sus labios en un mudo, dulce y prolongado beso. Se detuvieron sobre el puente de la mal asfaltada carretera que va hacia Málaga, en la llamada "Revuelta de Manuel García". Los reflejos lunares marcaban un halo plateado sobre el prieto cabello de Esther. La noche enamorada sonreía desde la cúspide azul del cielo, como regocijándose ante la felicidad de los enamorados. Húmedos sus labios, se juntaron muchas veces y permanecieron sellados paladeando el sabor del amor adolescente, el más encendido, el más violento y apacible, lleno de pureza y alocadamente hermoso. En sus primeros encuentros fue el amor del silencio, que a medida que iba madurando era como un ciclón, como un vendaval de vocablos silenciosos, sin eco. Era la culminación de sus sentimientos. Toda la hermosura de la vida se condensaba en su idilio, en sus prolongados besos llenos de candor y dulzura.   Ella siempre había vivido fuera, estudiando en el "Sacro Monte" de Málaga y, como su familia era de clase adinerada y vivían ambientes diferentes, nunca se vieron hasta el memorable día de la boda.

El padre de Esther era un cortijero, propietario de varios latifundios, y el de Alejandro, sólo tenía un cortijo llamado "El Indio", que cuando lo compró le costó veinte mil pesetas junto con cuatro fanegas de tierra, que, en el decir del vecindario, "eran tan malas, que no criaban ni cardos", y estaba no muy lejos de "Las Lomas".

Cuando iba al cortijo "El Peñón" por agua para beber, en su querida yegua, que con tanta audacia galopaba en pelo y con la montura, Esther le veía llegar y, saliendo por la puerta trasera del cortijo, enlazaban sus manos y por medio del ceniciento olivar ascendían a la fuente, donde permanecían largos ratos hablando de amor bajo el silencio verde de la perfumada higuera y el canto líquido del cristalino venero.

Los días transcurrían entre el recelo de los padres de Esther y el desasosiego de los enamorados por las dificultades que encontraban para verse, ya que los dueños de "Las Lomas" querían casar a su hija con alguien de buena posición económica y social.

Se veían a hurtadillas y en estos breves encuentros se prometían amor eterno y que jamás unirían sus vidas a otras personas que no fueran ellos mismos.

El destino de los jóvenes estaba marcado por la incomprensión familiar y desembocaría en una gran tragedia, que marcaría la vida de Alejandro con una herida espiritual que ni el tiempo ni el espacio podrían borrar.

¡Eran imposibles sus relaciones! Alejandro se arriesgó varias noches a rondar alrededor del cortijo para hablar con Esther y en más de una ocasión tuvo que salir a galope tendido de su yegua perseguido por los ladridos de los feroces mastines y el silbido de muerte de los perdigones de las escopetas del doce, manejadas por manos deshonradas de asalariados sin escrúpulos.

Los acontecimientos tomaron un feo cariz, ya que llegaron a encerrar a Esther, prohibiéndole totalmente las relaciones con Alejandro. Éste rabiando de coraje e impotencia se exprimía el cerebro tratando de encontrar alguna solución, pero, por más que pensaba, los acontecimientos seguían un curso negativo para ellos.

Llegó el verano con su calor y luz sofocantes y con él las vacaciones. Alejandro, a pesar de que la media veda estaba echada, practicaba el furtivismo para distraer sus largas horas en la soledad del campo, del que era un profundo enamorado.

Un flamante teniente - de familia acomodada -, procedente de la Academia General Militar, fue invitado a "Las Lomas" a pasar el verano junto con los hermanos de Esther. El joven militar se enamoró de ella y la acosaba constantemente, actitud que sus padres veían con buenos ojos. Alejandro se enteró de estos sucedidos por las gentes que entraban y salían de "Las Lomas". Se decidió a hablar con el padre de Esther y no tuvo sólo con no escucharle, sino que además ordenó a sus incondicionales sabuesos que le apaleasen y le amenazasen de muerte si le veían otra vez por el cortijo o sus aledaños.

Un día que uno de los sicarios del dueño de "Las Lomas" bajó al entrañable pueblo de Villanueva del Rosario, Alejandro, que era muy fuerte, valiente y de una gran sangre fría, le proporcionó tal paliza que tuvo que ser asistido por D. Vicente, médico y padre de familia numerosa de honor. Llamado al Cuartel de la Guardia Civil, y a pesar de sus argumentos, la influencia del terrateniente de "Las Lomas" hizo que estuviese una semana encarcelado, con el consiguiente sufrimiento de sus padres, que si bien era cierta su pobreza, no lo era menos su honradez, y estas cosas jamás habían ocurrido en su familia, lo cual les llenó de gran consternación.

A finales del verano, todo el mundo comentaba por aquellos contornos la boda de la niña Esther con el teniente. Alejandro tenía noticias de que ella se negaba a comer, como protesta a su negativa, y que no quería casarse con el recién estrenado oficial, a pesar del carácter dictador de sus padres, que con un auténtico asedio la obligan a hacerlo. Ella sólo pensaba en Alejandro y en más de una ocasión había dicho a sus progenitores que, si no se casaba con él, se quitaría la vida. Fijan la boda y el mismo día ocurrió la gran tragedia. La noche anterior, durante toda la noche, la perrilla Canela había estado aullando y Alejandro, en su insomnio perenne, se levantó a regañarle, pues era creencia entre los suyos que, cuando un perro aullaba, algo malo iba a ocurrir.

Fue un día misterioso de primeros de otoño. El arroyo de "Las Lomas" se teñía con las primeras pinceladas amarillas. Los grandes sauces llorones cubrían los suelos de lágrimas alargadas de color canela. Los corpulentos quejigos dejaban ver, ligeramente, su desnudez, y los álamos temblones se cubrían de gigantescas mariposas gualdas.

Acudieron invitados de muchas ciudades importantes. Todo estaba preparado en "Las Lomas" para el gran acontecimiento. El Teniente de Infantería iba vestido con uniforme de etiqueta y sable. A la novia la vistieron y peinaron señoritas de la capital. Estaba radiante, hermosa como rosa silvestre e inmaculada en medio de la soledad sonora del monte. Llevaba un velo blanco, como el vestido. Una cascada de nieve descendía desde el azabache de su cabellera. Era muy larga, más de lo normal.

Esther pidió a las señoritas que la estaban arreglando que la dejasen sola un momento, y entonces ocurrió el fatal desenlace. Con el velo blanco, símbolo de la pureza, hizo un nudo corredizo e introduciendo su cuello en él se ahorcó, poniendo fin a su vida y a sus amores desgraciados, que marcarían profundamente el alma joven y destrozada de Alejandro. Para él, el destino había hecho un alto en su existencia y desde ahora nada le importaba. Se dio a la bebida y, cuando estaba ebrio, se ponía como loco pensando en la enorme desgracia que la fatalidad le había deparado.

El año siguiente a la muerte de Esther fue insoportable para Alejandro. Se derramaron los primeros ocres sobre los quejigos y abedules. La escarcha bordó de plata el verdor de los tempranos prados, y el gélido invierno heló su corazón. La primavera pintó de colores y embalsamó de olores los campos de su alma. Después llegó el largo y cálido verano sin que su espíritu se hubiese recuperado de la gran tristeza que le embargaba.

No podía seguir viviendo en "El Indio". Allí todo era un mudo recuerdo insufrible. Su vida y su soledad deseada, buscada por él, transcurrían sin ilusiones. En la soledad impuesta por su afición, Alejandro sumergía su alma en sus adorados campos, testigos de cacerías, acompañado por su querido padre. En su melancolía cantaba a los espacios abiertos: "El sol taladra la retama, como el dardo del furtivo el corazón del venado de expresivos ojos. La abeja de cristal y ámbar lancea el alma azul del romero y el gualda de la perfumada gayomba, lanzando gemidos vegetales y ríos de oro y cielo. Sus queridas perdices, reclaman con canto profundo y alargado, doblando al alba. La fuente no volverá a oír el canto amoroso de nuestros besos. Ya sólo existe el recuerdo joven del ayer luminoso... La vida ha quebrado las ilusiones del pasado. Hoy, hoy sólo hay hilachos negros en el cielo".

A la muerte de Esther, Alejandro creaba letras de lejana tendencia rítmica, como esas canciones americanas, que vemos en el cine o la televisión subtituladas: "Las estrellas seguirán soñando y tu fallecida luna sonreirá sobre tu rostro. Los rayos del sol, son oscuros como la noche. La perdiz ha enmudecido. Yo, seré tuyo, y tú estarás conmigo cuando el ocaso se ruborice, se torne azul y el alba adquiera hilachos púrpura. La sombra nocturna del almendro que nos cobijó, vaga errante por la noche y unos pasos de silencio, traerán tu recuerdo a mi alma agonizante. No sé decir adiós al ayer. No sé andar solo por el sendero. Siento un batir lejano de alas: es el vuelo negro de los cuervos".

Alejandro Millán Valenzuela nació en Villanueva del Trabuco, en la que fue casa de José Pérez y más tarde de Pepe "Yerno".

La villa era un dechado de hospitalidad y de gran tendencia festiva.

Su padre, manco de la mano derecha debido a un accidente de caza, empezó a errar por diferentes cortijos, haciendo de esta forma de vida un medio para ir subsistiendo con los beneficios proporcionados por sus modestas transacciones.

Cuando apenas contaba un par de años se trasladaron al cortijo "Nuevo", lugar donde quedaban solos de noche él y su madre, mientras su padre iba a Loja, practicando la arriería por la ladera de la Sierra de Gibalto, con una borriquilla crecida en años y de tan pobre aspecto, que junto con la pobreza de su venerado progenitor, contribuyeron a que los ladrones no le atacaran en más de una ocasión, en sus idas y venidas buscando la vida para los suyos.

La pared del dormitorio de sus padres, donde su madre con el corazón encogido esperaba el regreso de su marido, separaba la habitación donde años antes un matrimonio, tras haber ahogado a su único hijo en el pozo, se suicidaron los dos. En el cortijo "Nuevo", no había ningún vecino. Su madre pasó allí noches de auténtica pesadilla. De este tétrico y solitario cortijillo pasaron al "Ventorrillo de Facundo" a vivir con el abuelo Clemente, que tantas historias verídicas le contaría a Alejandro sobre la Legión Española. Aquí la familia vivía de la caza, ya que su padre, al no poder trabajar en el campo por tener inutilizada la mano derecha, recurrió a su afición, a sus saberes cinegéticos y a lo único que podía hacer por aquel entonces: cazar. Un hurón, dos o tres perros y un palo fueron lo instrumentos con los cuales durante dos años proporcionaba el sustento de la familia. Los conejos que cazaba los vendía la abuela Dolores a la Empresa Casado de autobuses, que iba y va desde Málaga a Archidona y a otros pueblos.

Cambio de domicilio. Vuelven a Villanueva, a la Posada de Coneillo y de ésta a la misma casa donde Alejandro había nacido. Pusieron una tabernilla y su padre arrendó la fabriquilla de harina de la tía Emilia y con estos dos medios de vida iban progresando, aunque con bastante lentitud. Un nuevo traslado vino a justificar el calificativo de "errantes" que con su forma de vida se estaba ganando la humilde familia de Alejandro. Desde Villanueva del Trabuco al bello pueblo que vive bajo la advocación de la Virgen de Gracia, donde el niño hizo el ingreso en el bachiller. Un caserón enorme, en ruinas, con viejos aposentos, algunos de los cuales servían de cobijo a mendigos y vagabundos cargados de historias, miserias y piojos, entre los cuales Alejandro se encontraba muy a gusto y feliz oyendo embobado sus fantásticos cuentos, casi siempre protagonizados por exquisitas viandas y banquetes pantagruélicos. Era conocido por La Posada, pero su nombre auténtico fue el de Parador de la Corona. A su puerta, una vieja y enorme corona de hojalata se mecía con una queja enmohecida, bajo la tenue luz eléctrica, en las frías y oscuras noches invernales balanceada por el Solano.

Enormes cuadras albergaban las caballerías de los cortijeros que acudían de compras, a entierros y a misas de difuntos, cuyos acontecimientos daban pie a que el mosto de Archidona les saliese claro. En estas cuadras y dependencias, tenía Alejandro su "Cuartel General". Desde su permanencia en Archidona, dejó el niño sentados sus principios de autoridad, dotes de mando y líder incuestionable. Era el jefe de todos los niños del Paseo. Como un pequeño general se enfrascaba en disputas callejeras contra las pandillas de otros barrios y realizaba guerrillas atacando a una colectividad de delincuentes llamados "Los Bailandos", que dormían de día, robaban de noche y tenían por hospedaje las ruinosas Casas de Aguilar.

Su auténtica predisposición para el mando la demostró a lo largo de su infancia y adolescencia.

Con hondas, tirachinos y "a pedrada limpia" mantuvo en jaque a las infantiles hordas de los niños señoritos en La Pedriza, donde crecían los almendros de Vacas y que él y su pandilla se encargaban de aligerarlos de su fruto antes de que hubiese madurado. Su belicoso espíritu - espada en ristre -, cual infantil Guerrero del Antifaz, organizaba batidas por las barriadas, y a los niños que hacía prisioneros eran amarrados a las ventanas y permanecían de esta forma hasta que los liberaban los de su barrio.

De jefe de pandilla y consumado líder, pasó a ser un niño "robinsón" cuando se mudaron, una vez más, desde Archidona al molino "Zamora", lugar edénico donde pasó un par de años dándose hartazgos de Naturaleza y disfrutando con los pequeños habitantes de un mundo, para él desconocido, que grabó en su alma para siempre un profundo amor por la belleza natural e igualmente una gran afición a la caza, y donde conoció al maestro del molino, Juan Navarro, amigo y profesor en las lides del campo y sus pobladores.

Va desde el molino a estudiar en una borriquilla - novia de Platero - a Villanueva, y después, como la economía de sus padres era muy débil, estuvo un año hospedándose en casa de los abuelos Clemente y Dolores y otro con la tía Emilia, viuda y con nueve hijos. Alejandro siempre le estuvo muy agradecido, pues aun siendo pobre y familia numerosa, sin embargo, le admitió en su casa.

De vuelta a Villanueva del Trabuco sigue estudiando por enseñanza libre y hace del tirachinos, los bandos - es él el capitán - y el fútbol, junto con simulacros de batallas, sus juegos preferidos. Su liderazgo era imparable. Es el más veloz corriendo, juega mejor que todos al fútbol, monta sobre los caballos de un salto por la cola, salta el Guadalhorce por los lugares más anchos y profundos, sube a los árboles más altos a coger nidos y toca la armónica de tal manera, que sus compañeros de juegos y andanzas bélicas escuchan con la baba caída. Esta faceta musical del pequeño líder es apreciada por sus padres, y como llegase a la villa un hombre alto, escuálido, desgarbado, de sedosa y luenga barba, con una manta siempre colocada sobre el hombro - de ahí que le llamasen "El Tío de la Manta" - y de una condición paupérrima, virtuoso para la música y que con la ayuda económica de los vecinos de Villanueva del Rosario y de Villanueva del Trabuco organizó las dos bandas municipales, Alejandro escogió la trompeta y con sus cualidades y afición llegó a ser un Rudy Ventura de este instrumento.

Sus padres, obedientes a la voz del destino, continúan su vida nómada trasladándose en arrendamiento a un cortijo llamado "Las Escardaderas", situado entre los términos de Archidona y Villanueva de Tapia. Tenía la finca dieciséis fanegas de olivar, veinte de calma y cuarenta de sierra con buenos pastos y chaparros, que en otoño se cargaban de bellotas, con las cuales cebaban en estado libre buen número de guarros en la montanera, que después vendería su padre, matando otros para el gasto de la casa.

Los fines de semana recorría, bien andando, a caballo o en bicicleta, cincuenta kilómetros entre ida y vuelta para ver a sus padres. En "Las Escardaderas" tiró su primer tiro con la escopeta del doce de Antonio González a un triguero, que cantaba posado sobre la copa de una encina. Le propinó tal culatazo que le hizo sangrar por la boca pero el pequeño volátil pasó a mejor vida. En este nuevo domicilio y en vacaciones hizo de cabrero, pastor, porquero, erero, gañán y leñador de otoño, cortando leña en la Sierra del Conjuro para el invierno. Su querida madre preparaba con ella el carbón, apagando las grandes ascuas, y también hacía queso con la leche de las cien cabras que poseían para venderlo. Echado en aceite y ya añejo, cuando adquiría un color rosado, constituía un manjar exquisito para Alejandro.

En "Las Escardaderas" tuvo lugar su formal bautismo cinegético en una noche oscura. Con un palo, y acompañado del fiel y valiente Moro, cazó a un tejón que bajaba de la Sierra de los Castillejos, de la Cueva de Sol Palmito, al maizal. Entre los trabajadores que había en el cortijo a todos los recuerda con gran cariño. El primer cabrero, apodado "El Chico" y "más largo que un domingo sin dinero", era un buen hombre. Su altura estaba en consonancia con su sentido de la pulcritud, y odiaba las manchas. La criada, María, mujer de costumbres arcaicas, decía que ella no moriría nunca, ya que cuando enfermase no se acostaría. Asociaba la muerte con la cama. Cantaba continuamente mientras hacía sus faenas. Sus canciones eran de una melodía muy antigua y rural. Las letras eran nostálgicas: "Gerineldo, Gerineldo... "Las sábanas de mi cama/ todas la noches las lavo/, con lágrimas y suspiros/ de ver que me has olvidado/. Sábanas, sábanas/, sábanas lavo".

Más tarde vino otro cabrero, pues "El Chico" se jubiló, era el primo Manolo, el del "Brazo". Lo perdió en un accidente ocurrido en el molino "Zamora" cuando trabajaba con el tío Miguel, hermano de la madre de Alejandro. También tenían un porquero apodado "Zampa", calificativo que hacía honor a sus "hambres caninas". Y, por último, Pepe Pedrosa el gañán, mozo muy capaz de hacer y saber todas las faenas del campo.

En este cortijo, y cuando un cabrero avisó, desde lo alto de la Sierra del Umbral —donde abundaban las perdices— que una gran riada se aproximaba, Alejandro montó rápido en el caballo que tenían, partió a galope tendido, y cabalgó delante de la muerte, hasta el huerto donde Cristóbal, hortelano viejo y sordo como una tapia, cuidaba el regadío y dormía en una choza en la margen derecha por donde bajaban las aguas devastadoras. Alejandro le salvó la vida, pues a los cinco o seis minutos de sacar al hortelano de la choza, la corriente la arrastró y aquél, abrazándose al joven jinete, lloraba de agradecimiento.

Antes de la gran nevada, el año antes, el padre del futuro pedagogo decidió trasladarse al cortijo "El Indio" y gracias a Dios que lo hizo, pues con la nieve y las heladas posteriores se helaron los olivos. Entre la renta que pagaba y los sueldos de los trabajadores difícilmente iban tirando. Después de aquel acontecimiento meteorológico fue imposible seguir viviendo en "Las Escardaderas", cortijo donde el joven Alejandro tuvo nuevas experiencias con los trabajos agrícolas y su primera como cazador de un mustélido.

Durante su estancia en "El Indio" siguió sus estudios, siempre por enseñanza libre, en Villanueva del Rosario. Andaba diariamente cuatro o cinco kilómetros entre ir y venir al pueblo. En este pobre cortijillo estudiaba de noche en una cocina con el candil colgado en el humero y con la luz que producían las llamas de la candela donde ardía la leña de olivo. Aquellos años tuvo la suerte de tener un gran maestro, D. Antonio Velasco Muñoz, que junto con su gran voluntad para el estudio aprobó en un curso cuarto, reválida e ingreso en el Magisterio. Él quería hacer el bachiller superior, pero se encontró con el obstáculo de que su maestro sólo tenía el elemental, por lo que tuvo que conformarse con éste.

Le hubiese gustado ingresar en la Milicia Universitaria y una nueva dificultad se lo impidió, ya que le exigían tener las oposiciones al Magisterio para poder optar a este nuevo intento de integrarse en la milicia, cosa injusta. Soñaba con ser alférez para poder ingresar en la Academia General Militar de Zaragoza, ya que al ser oficial provisional podía tener acceso al ingreso con más edad que desde la vida civil. Su gran amor al Ejército, a la carrera de las armas, le llevó a estudiar por su cuenta, manuales de la milicia, que aprendía con gran facilidad. Estudió,

Academia General Militar de Zaragoza.
"Lugar en el que el autor soñó ingresar allá en su lejana, y como no añorada juventud, como Caballero Cadete".

empezando desde abajo: galones, estrellas y demás distintivos. Después se sumergió en la teoría del tiro, táctica militar, armamento, explosivos. Todo cuanto caía en sus manos sobre la vida castrense lo asimilaba y disfrutaba con su aprendizaje. Tenía vocación militar. Practicaba las pruebas físicas que exigían en la Academia, como salto de longitud y trepar por la cuerda. Para realizar esta demostración había amarrado una soga de esparto a una traviesa de hierro que había en el pajar, a cinco metros de altura. Trepaba hasta lo alto con gran rapidez y adquirió tal destreza en este ejercicio que subía a pulso y en escuadra. Otras veces, y para endurecerse físicamente, se iba a cazar sin llevarse comida y permanecía todo el día en el monte cazando sin temerle en absoluto a las inclemencias del tiempo. Su padre jamás le dijo que estudiase, ya que era un gran aficionado a la caza, por lo que le incitaba a cazar y nunca se metió en si Alejandro cumplía su cometido como estudiante, pues tenía en él absoluta confianza en todos los aspectos.

El "Niño del Indio" - como algunos le llamaban - también adquirió fama en aquellos contornos por la forma de montar y saltar sobre su yegua, que manejaba como un apache.

El abuelo Clemente había estado en la guerra de Marruecos y, como se iba largas temporadas al "Indio", le contaba su participación en el frente, le narraba multitud de anécdotas de la Legión Española, las cuales escuchaba Alejandro ensimismado, grabándolas en lo más profundo de sus sentimientos. Llegó a sentir un gran amor, admiración y respeto por la Legión.

Ya tenemos a Alejandro hecho cazador, con el Magisterio terminado y con una gran vocación por la milicia, cuando le llegó el amor y la desgracia ante la pérdida de su querida Esther, fue víctima de la incomprensión e intolerancia de unos padres egoístas, que cifraban la felicidad de sus hijos en el aforismo que circulaba por aquellos contornos a la hora de elegir marido o mujer para ellos: "Sota con sota y caballo con caballo", o sea, riquezas con riquezas.

Alejandro vivió su infancia y adolescencia con tal entusiasmo, vitalidad, optimismo y alegría que con todo cuanto hacía disfrutaba y aquel impetuoso y sano regocijo, lo transmitía a todos con tal vehemencia, con tal fuerza, que, sin proponérselo captaba el afecto y la simpatía de todos cuantos vivían en "El Indio" y sus alrededores.

Los días de lluvia, los períodos de "chamá" - cuando llovía durante muchos días seguidos -, todos los jóvenes vecinos se reunían en "El Indio" y jugaban a saltar sobre las yeguas y caballos, a echar el pulso, a tirar al palo, a luchar y a echar carreras. El militar en ciernes destacaba, igual que en su infancia en todo. Su amigo Carnerillos decía de él: "Salta más que nadie y con la escopeta le pega un tiro a un mosquito".

Tenía infinidad de amigos que le querían, respetaban y admiraban por sus cualidades humanas, sus aptitudes físicas y por el sacrificio que hacía estudiando en condiciones miserables. Conocí a todos cuantos a continuación relaciono a modo de modesto homenaje: Joseíllo "El del Indio", al que Alejandro aficionó al cine, y con el que iba en noches de perros a Villanueva del Rosario. Juanito, Pepe, Antonio Cano y su hermana Mari, la mudita, que para nombrarle ponía las manos junto a la boca y susurraba bu..bu.. - el que lee, el estudiante -. Sus padres Antonio y María, personas rústicas, sin cultura, pero con un corazón ASÍ de grande. Entre los vecinos: Pepe, Carlos y Vicente Podadera, hijos de Vicente y Amalia. El pequeño, Vicentillo era compañero de Alejandro en sus aventurillas amorosas y festivas. Carlos, con otro carácter, era uno de sus mejores amigos. Paco Luciano, el de la yegua pinturera y presumida. En ella, los domingos y días de fiesta, cuando al padre de Alejandro le servía la suya, montaban los dos y marchaban a buscar la diversión, que no encontraban en el cortijo, hacia Villanueva del Rosario o Villanueva del Trabuco. En otras ocasiones, antes de tener la preciosa y veloz alazana, iban en noches de invierno andando, sin luz, al "Brosque", en busca de fiesta donde las muchachas y muchachos bailaban el fandango al compás de las castañuelas, con lazos de arco iris, el sonido metálico de la dorada almirez y el ritmo vidrioso de la botella de Anís Arruza. Durante el baile, osados cantaores con ingenuas aspiraciones a poetas, les cantaban fandangos a la pareja danzante con letras referentes al amor, a los celos y a todo lo relacionado con el complicado tema de la coquetería femenina. En más de una ocasión, y como el contenido de las coplas fuese altamente ofensivo, los puños ponían fin a las estrofas, llegando a intervenir en aquellas bellas noches brosqueñas la Guardia Civil para calmar los ánimos o llevarse a los belicosos a pasar el resto de la fría noche festiva en el breve "Talego" del cuartel de la Benemérita ubicado en el bonito pueblo de Villanueva del Rosario.

Su vida en "El Indio" - aparte de sus vigilias estudiantiles - era una constante aventura cinegética o de pescador solitario en su río, en su amado Guadalhorce de los dos corazones. Cazaba durante todo el año - excepto en primavera -. Raramente iba acompañado por sus amigos del campo, que siempre estaban labrando sus tierras y haciendo las distintas labores y sólo podían cazar los días peores, los de lluvia. Decían: "Con el Niño del "Indio" no se pué ir de cacería, termina uno reventao". De esta forma expresaban la fortaleza física de Alejandro. Más de una vez, persiguiendo a un bando de perdices - lo que requiere una gran forma física - terminó con él de poder a poder, a base de corazón y pulmones.

Tenía un gran amigo - que podía ser su padre -, que vivía de la caza, era cazador profesional y furtivo. Manuel Sedano, apodado "El Pinga" era una mezcla de lince y zorro que jamás se cansaba de andar ni de cazar. De este gran cazador profesional y buena persona aprendió muchas cosas, que le sirvieron para conocer mejor el campo y la fauna cazable. Jamás nació otro cazador más fino ni tan de ley como "El Pinga". Lo mismo pegaba con su escopeta que con cualquier otra. Para él, el tiro al plato, al vuelo o corriendo no tenían secretos. Veinte tiros, veinte perdices. ¡Cuánto sabía de caza!. Laceaba el monte en la madrugada con cincuenta o sesenta lazos, y a las siete u ocho de la mañana entraba pegando palos a las matas y con su famoso Cohete - perro feo, sin raza y desgarbado - tan fino como el dueño y, tras desenlazar veinte o treinta conejos, no perdía un lazo. Los cepos para bichos montunos los usaba como nadie, era un auténtico catedrático del trampeo. En los duros inviernos de la Cordillera Penibética, entraba por las Sierras de Mijas y Frigiliana con otro cazador, apodado "Turones" ,y al mes caían por Sierra Nevada. Cogían zorros, gatos monteses y sobre todo "pichiblancos" - garduñas - cuya piel era la más valiosa. Vendían las pieles en Granada, cogían el tren, estaban dos o tres días en casa y a empezar de nuevo. Comían conejos asados, sin lavarles la sangre. Desollados y con las tripas sacadas y un poco de sal, según "El Pinga", estaban para chuparse los dedos. Cuando realizaban estas cacerías eran muy malos tiempos. Dormían en cuevas, que en más de una ocasión tuvieron que compartir con los fugitivos maquis. Otras temporadas se dedicaban a "cazar enjambres de abejas". Castraban la miel, que la vendían juntamente con la cera y con el enjambre. Observando a las abejas en los agüaderos, localizaban a la colmena que la mayoría de la veces estaba asentada en un tajo inaccesible, por lo que tenían que transformarse en suicidas escaladores, ya que no poseían ningún tipo de material adecuado como llevan los alpinistas contemporáneos.

Los buenos perros no faltaron nunca en "El Indio", eran los mejores cazadores de toda la comarca. La Chica, sedeña cordobesa muy fina para los conejos. La Canela, doctorada en la caza de los astutos lepóridos, la mejor de todos. Era podenca con el rabo de setter. Seguía a los conejos como nadie. Jamás se le perdió uno, o lo encerraba, o lo metía en la escopeta, ¡qué nariz!. El Moro, orito, grandote, valiente y más veloz que el viento. Más de una vez, cuando corría tras un conejo, éste comenzaba a chillar como "sabiendo de la superioridad" del

Moro para la carrera, antes de que lo pillase. Para la caza de perdices tenía el joven cazador una esquelética e insaciable setter —nunca estaba harta de comer— que llegó a sacar de la olla el tocino y a comerse en una ocasión ocho hermosas morcillas que colgaban en el humero donde su madre las ahumaba. Pero, aparte este defecto, para la caza de la perdiz era un portento.

¡Que mal rato se llevó aquella mañana Alejandro, cuando al levantarse vio que en la puerta del "Indio" todos lo perros estaban muertos! Se habían envenenado. Como su padre los tenía sueltos para que se buscasen la vida, y en el ventorro de D. Francisco Sevilla, el veterinario, habían muerto unos cerdos de los cuales ellos comieron y allí estaba el trágico cuadro, no pudo reprimir las lágrimas. ¡Estaban muertos sus compañeros, sus fieles amigos, acompañantes en días de lluvias y escarchas, de sol y viento!. ¡Habían muerto sus más entrañables amigos!.

Pasó días enteros cazando en aquellos inhóspitos montes, sin comer, algunas veces, otra cosa que aquello que la Naturaleza le ofrecía, pero ésta en aquel entorno no era muy generosa.

Cazó con el reclamo de perdiz en gélidas albas, al sol y a la tarde. Cazó en aquella gran nevada, como un novel cazador de la taiga rusa, tras los rastros de las liebres, y consiguió en media jornada, en condiciones durísimas de frío y llegándole la nieve en algunos lugares hasta la cintura, una liebre, una perdiz, ocho conejos y siete avefrías, todo a edad temprana.

¡Cómo amaba al campo!. La soledad, el supremo ejercicio físico, la sana libertad que respiraba, el superar los obstáculos del terreno, el trepidante espectáculo de un amanecer, el color púrpura del horizonte en el ocaso, su desafío continuado a las inclemencias del tiempo, su concepto de la disciplina, puntualidad, espíritu de servicio, obediencia, lealtad, honor y amor a la Patria, fueron factores que forjaron su carácter, totalmente identificado con la milicia, con el estilo de vida castrense.

Un año en "Las Escardaderas" y cuatro en "El Indio" estuvo Alejandro durmiendo durante todos los veranos en la era, bajo las estrellas y el canto negro de los grillos. Otras veces se iba a darle compañía al "velaor", el hombre que cuidaba de noche las caballerías de todos aquellos cortijos. Dormían sobre un montón de rastrojos donde les cogía la noche, y a la mañana siguiente, tempranito le quitaba la traba a su yegua, se la echaba al cuello y sin rienda ni silla partía hacia "El Indio" a galope tendido, feliz y satisfecho de aquellas noches oyendo el agradable pastar de los equinos y los oscuros ruidos de las sombras del estío.

Sus días de pesca eran toda una aventura deliciosa. El Guadalhorce de aquel tiempo era un río de aguas diáfanas y argentadas, con sus orillas festoneadas por piramidales chopos, sauces blancos y cantores, serios álamos negros, alfombrados suelos con sedosa hierba y un sinfín de aromas silvestres. Los fogosos barbos y las astutas bogas, parecían sacados de un acuario de plata. Abundaban en sus aguas, ya que nunca fueron ofendidas por la contaminación. En la Presa de Adolfo, en la Venta de José María "El Tempranillo", en Puente Quebrá, en el remanso de la Junta de los Ríos, que cual espejo de rizada luna bordado con flores blancas, pescaba en las perfumadas primaverales albas, grandes, bigotudos y fogosos barbos de picada profunda. También lo hacía en Los Ciruelos de Luna, en "El Platero" y sobre todo en la soledad salvaje de Las Laeras, donde pasaba a sus trece o catorce años días enteros, sin más compañía que las vacas bravas, el reclamo grana de las perdices y el vuelo líquido de los ánades reales. La Laeras eran sus lugares preferidos donde pescaba y fortalecía su espíritu en el amor a la Naturaleza. ¡Qué mundo más sano y limpio le había regalado Dios y cómo sabía gozar de sus bellezas naturales!.

Toda esta maravillosa forma de vida cesó, murió de repente, con su primer amor. La vida para Alejandro había dejado de tener sentido.

A pesar de poseer a mi familia y amigos, a la muerte de mi querida Esther, me encuentro solo. Me refugio en la bebida. Tengo que marcharme de casa. Lo pienso muchas veces por que sé que a mis padres les ocasionaré un gran dolor. ¡Son tan buenos y me quieren tanto! No puedo vivir en este mundo rodeado de tantos recuerdos felices y al mismo tiempo sufro lo indecible al darles a mis queridos progenitores - que tanto han hecho por mí - un gran disgusto, pero por más que lo pienso he de irme, he de correr del fantasma de los recuerdos funestos.

¡Cuánto echaré de menos la dulce mirada de mi madre y las cacerías con mi padre!.

Sé que, por muy lejos que me vaya, jamás se borrará de mi mente la imagen de Esther, sus promesas de amor eterno, el día que la conocí, nuestros elocuentes silencios, el olor blanco de la perfumada higuera junto a la Fuente de "El Peñón", donde el sabor de nuestros besos se confundía con el rumor del manantial y el ronquido líquido de los cántaros al llenarse. No la podré olvidar, porque todo mi ser se ha impregnado del, olor suave, cálido y entrañable de su piel rosada y silvestre como las rosas blancas que lozanas crecen en el monte. El fantasma del tul blanco, mi querido fantasma, me perseguirá toda la vida. Pienso que, por muy lejos que me vaya, su faz querida, su bello rostro, seguirá el sendero de mi existencia, presidirá mis sueños de alcohol y aposentos míseros. No puedo huir de mí mismo y ella es mi yo, mi ser, mi pasado, mi presente desbocado, sin timón, sin rumbo. Formará parte de mi futuro, decidirá mi vida venidera. A veces pienso que su ida será el planeta que eclipsará mi carrera de Magisterio. Tengo vacía la mente. Voy andando hacia la Estación de Salinas pero no tengo plena conciencia del acto que estoy realizando.

Voy hacia allá, igual que podía caminar en dirección opuesta. Mis senderos se han fundido en un indescifrable laberinto y mi ser se mueve en virtud de una ley instintiva, la ley del animal irracional.

¿Me perdonará mi madre algún día este pago ingrato y cruel que doy a sus desvelos? ¿Qué pensará mi padre, un hombre cuya principal característica es la bondad, de este acto de deserción, de esta sucia falta de reconocimiento hacia su amor y admiración profunda hacia mí? Estoy seguro que cuando oiga el reclamo de la perdiz en albas, soles y tardes, sus notas sonarán para él como melodías nostálgicas y tristes de aquellos días que cazábamos felices presididos por la comprensión y el gran afecto de una afición común.

Un amigo de mi padre me ha prestado veinte mil pesetas. Cuando gane dinero se las enviaré. Con esta cantidad se puede vivir poco tiempo y menos aún si me lo gasto en bebida y juergas. Veremos lo que el destino me tiene reservado.

Mi equipaje es una maleta de cartón a rayas con dos mudas de ropa interior, pantalón vaquero, una camisa, lo puesto, la trompeta metida en una bolsa de viaje y un corazón destrozado.

Más de tres horas he tardado en llegar a la estación de Salinas. Saco el billete para Barcelona y en la cantina compro dos bocadillos y dos botellas de vino.

Los primeros resoplidos asmáticos de la locomotora despertaron mi subconsciente y me devolvieron a la realidad. Busqué un departamento solitario y, apoyándome en la ventanilla, vi cómo desfilaba ante mí un libro sin grafías, impreso de imágenes difusas, una chica que agitando un velo blanco me decía adiós. Vi una madre que sollozaba y a un hombre serio, bondadoso y rígido, - en aquel momento - que marchaba camino del monte con El Camachero colgado a la espalda bajo su pelliza marrón y en el hombro derecho su querida escopeta del doce.

El otoño lloraba a través de los sauces lágrimas salpicadas de ocre y amarillo. Se paseaban, ante mi vista indecisa, los álamos desnudos del Arroyo de la Negra con sus orillas bordadas por grandes mariposas de color canela, que yacían en el postrero adiós de la vida, alfombrando suelos de mi infancia. Al silbido del tren, por el paso a nivel del Herrador y la Moyana, grandes bandadas de zorzales se elevaban sobre los ramones cenicientos de los fértiles olivares. Las encinas de la dehesa estaban cansadas por el peso del fruto de la montanera y los quejigos, mis adorados quejigos, sangraban por sus hojas y doraban cañadas, umbrías taciturnas y solanas caldeadas por el aliento del sol otoñal. Todo el paisaje conocido y amado, iba desapareciendo, iba corriendo de mí, de mis recuerdos y mi alma herida, dolorida y angustiada se alejaba de mi tierra, del lar de mis mayores, de mis raíces, de mis amigos. ¡Cuánto trabajo cuesta alejarse de lo que más se quiere!

Entre trago y trago apareció la sultana de la Mezquita y el navegable río bético. Bajé en la estación y compré una botella de vino de Montilla. Fui al lavabo y comprobé, con paso vacilante, mis ojos enrojecidos por efecto del alcohol. El vino empezó hacerme efecto y entre los nebulosos recuerdos e ideas descabelladas que navegaban por mi cerebro, se alzaba jadeante el sonido asmático de la locomotora que enfilaba su metálica proa rumbo al manchego nudo ferroviario de Alcázar de San Juan. No era don Quijote el que marchaba a lomos del enclenque Rocinante, no, era yo, un quijote herido, un quijote contemporáneo que viajaba huyendo de sí mismo, algo muy difícil, imposible de conseguir. Se puede huir del mundo, de las tentaciones de éste, pero no puede uno desnudarse de su cerebro, de sus sentimientos y despojarse de ellos como si se tratase de cambiar la ropa sucia por un traje flamante.

La uniforme llanura, extensa y plana como mi alma, se extendía infinita ante mi enrojecida mirada. Un profundo sopor posó su peso sobre mis párpados y cuando desperté, un rótulo azul sobre fondo blanco, con caligrafía mayúscula, me anunció que habíamos llegado a Socuéllamos. Llegó el revisor, un hombre bajito y entrado en años, que por su expresión un tanto huraña, parecía que se hubiera comido la RENFE y se le había indigestado. Me pidió el billete y con una especie de indescifrable gruñido, entre dobermann y fox terrier, quiso manifestarme su conformidad con la clase que indicaba el rectangular boleto. La máquina, con su bronquitis crónica, continuaba su ruidoso jadeo. Villarrobledo, La Roda, Albacete, —patria chica de la afilada chivera—, Almansa, La Albufera, espejo donde se miran millares de acuáticas, Silla y la bella ciudad de las flores, con remoto olor a cartón piedra y a policromadas pinturas quemadas. En el paisaje se notaba un ausente olor a azahar, y los naranjos estaban pintados de ocre. Continúa el tren por Castellón de la Plana, y un pueblecito cuyo nombre es de los más bonitos de nuestra Patria: Oropesa del Mar. Después, a un lado, Torre Blanca y, entre crujidos metálicos y un ultrasónico silbido, llegamos a Benicarló y Vinaróz. Al poco rato divisé el acueducto de la romana Tarraco. De aquí, a Vilanova i la Geltru, Castell de Fels, Hospitalet de Llobregat y la gran urbe de ramblas y rieras: Barcelona.

SOLO EN BARCELONA

Las estaciones férreas que yo había visto, se reducían a la de Málaga, Bobadilla, el más importante centro ferroviario del Sur, y alguna que otra observada a vista de pájaro emigrante. Por este motivo al contemplar mi indecisa mirada la Estación de Francia, quedé alucinado. Creí haber llegado a una estación metropolitana de una ciudad extranjera. Pensé en Nueva York, Chicago, Londres o París. Recubierta con un armazón metálico y con claraboyas para la entrada de la oscura luz de una ciudad contaminada. Al fondo, sobre la salida principal, un gran reloj marca Festina, servía de instructor a los viajeros para informarles del tiempo. Un ir y venir apresurado de gentes caminaba en todas direcciones. No recuerdo exactamente, pero quince o veinte vías convergían en aquella estación de la Ciudad Condal. En el momento de nuestra sorprendida entrada - seis de la mañana - una voz potente anunciaba por el altavoz: "Tren procedente de Andalucía estará estacionado en la vía número cinco".

Debido a la gran polución, todo, desde las paredes al suelo, estaba teñido de un color oscuro que le daba un aspecto de rancia permanencia en el tiempo, lo que juntamente con el gran bullicio, rugido de altavoces, mozos transportando triciclos cargados con maletas, algún que otro chiquillo voceando La Vanguardia, amas de casa que volvían a cercanías cargadas como mulas tras haber hecho sus compras en el Mercado Borne, obreros del ramo textil y de la construcción que subían a los trenes en busca de sus centros de trabajo, hacían que esta nueva visión me transportase a una hipotética estación que yacía en mis recuerdos cinematográficos. Bajé del tren , la bolsa de viaje colgada del hombro derecho y la maleta en la mano izquierda, como un autómata. Me sumergí en aquella riada humana y por una puerta lateral salí al exterior sin tener la más remota idea de mi situación dentro del casco urbano. Un mísero y estrecho callejón, me invitaba a hospedar mi pobre economía y mi no menos pobre estado de ánimo, en una casucha ruinosa, con un deteriorado letrero donde en otro tiempo diría, "Camas". Dejé mi modesto equipaje, en poder de una desgarbada señora, con los dedos amarillos de la nicotina, de bastante edad, que fumaba más que un carretero y que me atendió en un apolillado mostrador. Mil pesetas me cobraba la dueña de aquel viejo caserón por dormir en una húmeda y reducida habitación sin ventilación, provista de destartalada cama, con sábanas oliendo a humedad de cementerio, una palangana para lavarse y un retrete más sucio que las letrinas de un campo de maniobras, teniendo que pagar esta porquería de habitación una semana por adelantado.

La figura de Esther se me apareció en aquel momento, en aquella zahurda impropia para los cerdos. ¡Cuánto pesaban sus imágenes en la balanza de mis recuerdos, en esta jungla de asfalto, en esta multitudinaria soledad, en este diluvio de vehículos contaminadores, que hacen que el entorno sea el reverso de la pureza de mis hermosos cazaderos del Sur!

No me acosté y salí a la calle. La mañana es húmeda y plomiza. Cojo el autobús cincuenta y cinco y desciendo por la Avenida del Paralelo - antes Marqués del Duero -. Una riada de coches y taxis con banda amarilla, escoltan con el ruido de sus motores al urbano medio de transporte. En el corazón del Paralelo barcelonés hago una parada y allí, sin rumbo, sin haberme fijado ningún objetivo, desciendo y contemplo admirado y un poco indiferente la fachada del cine Regio donde proyectaban Zulú. En la otra acera, el Teatro Apolo y local de atracciones abría sus puertas para distracción de los desocupados, a pesar de la hora tan temprana. Más abajo se encuentra el Nuevo Cinema - con proyecciones en cinerama - y "El Molino". Estaba en el Barrio Chino, algo así como la antesala, el ingreso en el infierno, en el corazón de Barcelona. Todavía deambulaban por las calles gran cantidad de trasnochadores y ojerosas prostitutas, macarras, yonkis colocados, guiris, argelinos, negros senegaleses, portugueses de Angola, chinos, rockers, heavy, algún que otro skin-head con la cabeza rapada, muñequeras con brillantes clavos, botas militares y tatuajes con motivos neonazis. Un grupo de legionarios, hartos de alpiste y acompañados por tres señoritas callejeras cantaban: ¡"Y aunque a nadie le importa el sufrimiento/ que un legionario lleva en el corazón,/ demostramos que estamos satisfechos/, - y llevamos en el pecho/ el emblema de la Legión"!.

El neón de los últimos tugurios abiertos parpadeaba soñoliento y cansado, alumbrando débilmente a los empedernidos etílicos que balanceaban, a ritmo de salsa y "bakalao", la beodez de sus cansados cuerpos.

Jamás pensé que pudiera existir en pleno centro de una ciudad otra, dedicada a los vicios más raros y rastreros que mente humana pueda imaginar. En las esquinas y escaparates de las casas de placer las pintarrajeadas furcias exponían y vendían sus cuerpos, como si se tratase de objetos, productos inanimados, que se ofrecen en cualquier comercio. Mi inocencia y candidez de joven rural en alardes publicitarios sobre el sexo estaban realmente sorprendidas ante tanta degradación moral. Los anuncios luminosos pregonaban descaradamente los más diversos aspectos, acciones y artilugios relacionados con el mundo pornográfico. La osadía eléctrica, con maliciosos guiños multicolores, le hablaba al lujurioso, en varios idiomas, de aposentos dedicados a los placeres de la carne: habitaciones, rooms, habitaciós, chambres... Los camellos, en su deseo irresistible de ganar dinero fácil y propagar el secretamente mal disimulado cáncer de la droga y uno de los medios para contraer el sida, ofrecían yerba, nieve, hachís y otros estupefacientes. Un borracho cayó a la calzada de una semialumbrada calleja, arrojado por el guardaespaldas de un cafetín expendedor de dudosas mercancías. La sirena de la policía, con su ulular mecánico, puso sobreaviso al mundo de la delincuencia, y una garganta potente, drogada y alcoholizada gritó: ¡Redada...redada! Gran desbandada de chorizos, bandas de barrio, carteristas, tramposos y demás escoria de la sociedad, se quitó de en medio. Me encontraba perdido en un extraño mundo desconocido para mí. La calleja, que estaba en penumbra, cómplice del vicio, quedó desierta en un santiamén. Sin comerlo ni beberlo, de buenas a primeras, a la fuerza y sin dejarme explicar nada, me metieron dentro del coche celular entre malhechores de la más baja estofa. En comisaría me tomaron declaración, me remangaron la camisa par ver si tenía huellas de haberme pinchado, y tras hacerme algunas preguntas, me soltaron. Volví al lugar donde me habían detenido y continué mi paseo, en la soledad de aquel gentío, por el Barrio Chino. Quería conocer aquel enigmático estilo de vida, pintoresco, lleno de secretos a voces y, a veces, de los más oscuros negocios y proyectos delictivos del mundo mafioso chino e internacional y del hampa más superficial de pícaros y rufianes.

La imagen de Esther me acompañaba en su silencio de muerte. Poco tiempo llevaba en Cataluña y la nostalgia por mi pasado feliz, paseando por aquel nuevo mundo pecaminoso, triste y con exceso de alegría pasajera, se acentuaba ante la visión de gente unida por lazos casi siempre formados por una consistencia material, de conveniencia. Seres unidos por el vicio, el crimen, la droga, la prostitución, el homosexualismo y la delincuencia en sus más diversas facetas. Un cosmos donde los sentimientos hay que dejarlos sepultados bajo la piel. Tienes que hacerte fuerte o sucumbes ante el hipnotismo del placer deshonesto y depravado. Deambulé por callejones y tugurios buscando el faro de mi vida, como un solitario náufrago en el tempestuoso océano. El ámbito donde paseaba mi soledad era, a pesar de la hora, bastante animado y en más de un local intenté saciar mi insaciable sed de alcohol, pero mis visiones del pasado no las borraba la bebida. Nadaban, se hundían, flotaban los más íntimos y entrañables recuerdos, como en una noche de misterio, en una oscura noche febril y de angustiosa pesadilla. Continué "visitando altares" y bebiendo pirriaque barato para estirar mi economía, procurando que ésta tardase lo más posible en llegar al límite de la elasticidad. Eran las ocho de la mañana y la humedad del próximo Mediterráneo entumecía mis miembros, por lo que, a pesar del progresivo colocón, sólo deseaba andar, andar. Conde del Asalto, Escudillet, Robadores, Las Tapias, fueron rótulos que borrosamente aparecían ante mis ojos velados por la amargura, la apatía por la vida y la acción nefasta del nocivo líquido. En la calle Las Tapias, contemplé espectáculos en los que el envilecimiento y la degradación humana alcanzaban sus cotas más repugnantes. Prostitutas que habían superado la senectud, arrugadas, de movimientos torpes y convulsivos, realizaban toda clase de atrocidades sexuales. No vomité porque tengo un estómago a prueba de bombas. De todas las calles que he recorrido, la de Las Tapias trae a mi recuerdo los viejos barrios neoyorquinos. Era la más oscura, sucia, vieja y pestilente. En ella los emigrantes, desplazados a Cataluña durante el éxodo nacional y como hubiesen estado en largos ayunos y abstinencias sexuales, no ponían reparo en la mercancía. Sólo contaba para ellos el barato precio de las diversas aberraciones eróticas. De ahí la gran cola que había frente a los locales con tenues luces, que indicaban la existencia de habitaciones donde se realizaban toda clase de porquerías carnales. Se dejaban la semanada en aquellos antros de la corrupción, en menos que canta un gallo. Alrededor de esta calle gira todo un completo repertorio de macarras, homosexuales y toda clase de granujas y timadores.

En la puerta de una lóbrega tabernucha, un joven de mi edad poco más o menos insistió para que me limpiase el calzado. Acepté y desde aquel momento una corriente de simpatía hizo que surgiese lo que sería en el futuro una leal y profunda amistad. Era de Martín de la Jara, un pueblecito de Sevilla. Vino con trece o catorce años a Barcelona, murieron sus padres y, al quedar solo, se crió en la calle, en el Barrio Chino, en la universidad de la corrupción. Alegre, despierto, muy simpático, inteligente, muy valiente, tenía información sobre todo lo relacionado con la atmósfera viciosa donde él realizaba su trabajo cotidiano. Vendía encendedores, Winston, Chesterfield, preservativos y otras baratijas. No me dijo su nombre, sólo que le llamaban "Chispa", apodo debido a que su estatura era más bien baja. Le dije donde me hospedaba y quedamos en vernos - a pesar de mi cogorza - en días próximos. Allí o en la puerta de elegantes locales de alterne donde él trabajaba, como el Tokio, el Venezuela, el M X o el Panam's. Antes de despedirnos le invité a un par de chupitos - que echamos al coleto de un golpe -, los cuales, debido a las mezclas alcohólicas de que están hechos, contribuyeron a acelerar mi estado de embriaguez. Haciendo eses, como una serpiente mareada, me despedí del astuto "Chispa" y emprendí el regreso a la pocilga que tenía por habitación, dudando si la encontraría o no. Entré dando traspiés, me lavé un poco y me tendí vestido sobre la mugrienta cama con olor a sepultura húmeda. El alcohol y el cansancio no doblegaban mis párpados y mi cerebro empezó a recorrer los senderos de mi vida afectiva y las rutas anecdóticas y biográficas de mis familiares, cargadas de anhelos y retrospectivas añoranzas. Recordé bajo la luz mortecina de la abandonada lámpara y con la mirada perdida en aquel sucio techo al abuelo Clemente, que a pesar de sus rarezas, me profesaba un gran cariño. Le veía cazando el pájaro o los conejos con el hurón, en cuyo adiestramiento estaba doctorado. Le recordaba junto al fuego, en el humero del "Indio", narrándome infinidad de vivencias entre las cuales, las que más le entusiasmaban y en las que ponía verdadera pasión eran aquellas referentes a su permanencia en la Legión Española durante la guerra de Africa. Fue un legionario ejemplar. La Legión había dejado una profunda huella en su alma campesina y ésta me la transmitía a mí, con tal ímpetu, con tal vehemencia, que desde hacía tiempo anhelaba estar en una formación cantando "El novio de la muerte", soñaba con la disciplina legionaria, con su Credo, con el uniforme verde, remangada la chupita más arriba de los codos, con ganarme el "chapiri" y con todas las virtudes castrenses que adornan el alma del bravo legionario español. Rondaba muy a menudo por mi inestable cerebro la idea de ser legionario. En esta pocilga, en este aborto de dormitorio, en mis circunstancias y con mi vocación militar, la idea de irme voluntario a la Legión iba tomando cuerpo. Ser legionario es una cosa muy seria, tendré que considerarlo detenidamente y reflexionar al respecto. El abuelo Clemente es un hombre rudo y de carácter muy raro. Trabajaba en el campo de sol a sol. No fumó ni bebió jamás. Su gran afición, su única afición fue la caza de la perdiz con el reclamo, los conejos con el hurón y los perros. Con setenta y cuatro años subía a lo alto de Sierra Gorda a cazar el pájaro. Su padre, mi bisabuelo José Blas, era uno de los hombres más ricos de Villanueva del Trabuco. Casi todos sus hijos estudiaron, pero el abuelo no quiso, a pesar de ser muy inteligente y de tener una memoria prodigiosa. Estaba muy arraigado a la tierra, por la que sentía verdadera pasión, y fue labrador toda su vida. Ésta le había ofrecido pocos momentos de felicidad, sólo trabajo y problemas familiares, que pesaban sobre sus cansadas espaldas. Tuvo dos hijos en la guerra. En el Brasil se le murieron otros dos. Las secuelas de la posguerra, el duro trabajo del campo y otras penalidades le transformaron en un hombre taciturno. El más pequeño, Eugenio, heredó su predilecta afición, pero tuvo que pagar un alto tributo: la pérdida de la mano derecha, debido a un accidente cazando.

El día, según mi reloj, iba abriéndose camino a través del bullicio ciudadano. En mi antihigiénico habitáculo, no sabía, a imagen del prisionero, "cuándo es de noche, ni cuándo los días son". Mis párpados me pesaban mucho, se fueron cerrando y, por la rendija de mis pestañas, penetraba la imagen de Esther, llena de juventud y belleza, que en un supremo esfuerzo de vitalidad me decía adiós junto a una blanca higuera y a una fuente de orfebres ronquidos, portando en su delicada mano un velo blanco, muy largo, infinito.

Cuando desperté, un regusto a vino picado se extendía por mi encallado paladar. Me lavé la boca, de nuevo me eché sobre el descuidado lecho y mi cerebro comenzó su viaje hacia el Sur. Eran las dos de la tarde, entorné los ojos y vi al abuelo junto al humero con sus dedos cortos e impresos con el sello del trabajo. Nunca hubo mejor Documento Nacional de Identidad que la honradez de los callos. Su mirada vacilante sobre la candela de olivo mostraba el interior de sus párpados inferiores, rojos como las llamas. Los tenía vueltos hacia abajo, mostrando el color rojizo de la sangre. Era un defecto que padeció casi siempre. Le daban un aspecto desagradable, pero no le impedían tener una perfecta visión. Decía que veía hasta lo traspuesto. La pierna derecha le fallaba algunas veces, y él comentaba que el tiempo iba a cambiar. Salía cojeando de su casa en Villanueva del Trabuco con el escardillo al hombro rumbo a las Hazas de la Cruz, donde iba a labrar sus tierras, y cuando llevaba unos trescientos metros andados y la pierna se le calentaba, adiós cojera. Nunca estuvo enfermo, pero los años no perdonan. Cada día le veía más pensativo y menos comunicativo, aunque conmigo era toda una enciclopedia de anécdotas y vivencias. Me quiere mucho y está orgulloso de mí. ¿Qué pensará ahora?

Recuerdo cuando al anochecer entraban por las calles terrizas de la villa con los mulos cargados de aceitunas. Los llevaban de reata él, el tío Víctor, el tío José y mi padre. Se dirigían al molino de aceite y las pesaban en una romana de pilón dorado. Al aroma denso del aceite fresco, se unía el del humeante orujo acabado de salir de la prensa, que los "cagarraches" - como una mancha total - apilaban con carretillas. ¡Cuántas guerrillas echábamos los niños con el orujo seco! Los aceitosos capachos de esparto viejos, salidos de la prensa hidráulica, los quemábamos el día de la Candelaria. Alrededor de la hoguera, jugábamos los niños y los mayores a la rueda. La villa se impregnaba del perfumado olor del aceite que flotaba entre el humo y sobre las gigantescas lenguas de las llamas enfurecidas.

Intento levantarme, pero desisto, los recuerdos me adhieren al sucio camastro. En el invierno, en el tiempo de las aceitunas, caen en la aldea unas heladas de mírame y no te menees, pero el frío es muy sano porque es seco y no hay ninguna humedad. Todo amanece blanco. El agua sobrante de la fuente del Prado se congela, y los carámbanos, como espejos gélidos, los cogíamos los chiquillos, y poniéndolos al sol, colocábamos sobre ellos una moneda, la cual, al irse derritiendo el hielo, dejaba impresa su imagen sobre la placa congelada, con el consiguiente regocijo de la chiquillería.

A pesar de lo entrada de la hora, no hay el menor indicio del tiempo en la monotonía estática de mi eventual estancia. Parece que aquél se ha detenido dentro de estas sucias paredes. Sólo hay espacio para el recuerdo desgraciado, para la remembranza triste y fatal. El presente no existe para mí, lo busco dentro de un vaso rebosante de alcohol.

Pienso cómo el abuelo Clemente vivió su vida a su manera, con una gran personalidad, sin importarle, entre otras cosas, el aguijoneo a que era sometido cuando los amigos querían que bebiese y él, de fuerte voluntad, se negaba. Trabajó mucho, pero el metal de que está hecho, le mantiene todavía bastante fuerte, a pesar de sus años. Vivió una etapa intensa en la Legión, de la que se enamoró profundamente. Su existencia transcurrió entre los cortijos: la "Chocilla", cortijo "Alto", "Cerro de Eulogio", "Ventorrillo de Facundo" y "Calasar". En Villanueva del Trabuco, y cuando ya tenía a sus hijos Víctor, José, Eugenio y Dolores, quiso dar rienda suelta a su espíritu intrépido e inquieto. Sin estar necesitado, se embarcó como emigrante a bordo del buque Guarujá y marchó al Brasil, donde el libro de su vida fue rico en capítulos llenos de audaces aventuras. Su hermano Ricardo - cura de la iglesia de San Pedro en la ciudad de Antequera -, cuando el abuelo Clemente se marchó a "Las Américas", dejó de hablarle, pues le había aconsejado que no se fuese, ya que no tenía ninguna necesidad de hacerlo.

Jamás comió tocino de cerdo, ni tampoco tomate, pimiento o cebolla cruda. Era tozudo como una mula.

Recuerdo en este instante a la abuela Dolores: limpia, hacendosa y paciente. La estoy viendo criar pavillos, para lo que hace falta una paciencia de santa. Se casó con el abuelo, y no la querían mis bisabuelos, que eran campesinos adinerados. Ella estaba de criada con mi bisabuela Pilar. El abuelo se la llevó, la raptó sin hacer caso de las conveniencias sociales de su familia. Cómo gozaba en mi infancia, cuando la tía Gracia, su hermana, la peinaba. Su cabello muy largo blanco y sedoso, le llegaba a la cintura. Parecía estar arropada por un velo de novia, que nunca tuvo. Era de decisiones cerradas, y cuando se enfadaba, en más de una ocasión cogió una soga, la cual dejaba ver por debajo del delantal, dando a entender que se iba de casa y se colgaría por el cuello. Acto que no pasaba de ser una mera amenaza ingenua, para atraer la atención de todos cuantos la rodeaban.

Era anochecido cuando desperté de mis familiares recuerdos y decidí darme una vuelta por la noche barcelonesa, pero sin ningún objetivo premeditado. Sólo me animaba un leve sentido de mínima supervivencia. Me dirigí al Barrio Chino, donde la actividad viciosa empezaba a desencadenarse. Compré un bocadillo de sardinas en conserva y una botella de vino tinto, que apuré en dos o tres tragos: el tinto era del peleón. Deambulé de aquí para allá buscando a "Chispa" y no logré encontrarlo. Mi caminar solitario e indiferente se vio interrumpido por el aullido de las armas automáticas. Según me dijeron era un tiroteo entre mafiosos chinos y narcotraficantes colombianos. Dos hombres yacían boca abajo, sobre sendos charcos de sangre, cuyo color rojo era acentuado por los reflejos del alumbrado. Los disparos cesaron, y la calle Conde del Asalto quedó desierta. Sólo el concierto antivicio de las sirenas policiales amenizaba el escenario del violento barrio. Quien hablase de paz en el Barrio Chino estaba hablando de una auténtica utopía. Debido al incremento preocupante del consumo de drogas en los últimos años, las peleas callejeras entre mafiosos, bandas rivales, camellos, chivatos y policías eran muy frecuentes. La realidad de este basurero de la delincuencia y el crimen organizado, era el disparo a la cabeza y el navajazo mortal. La mafia china se había instalado en aquel entorno desde hacía no mucho tiempo lo que empeoró la situación. Entre ellos y los "sudacas" se habían repartido el comercio vicioso del codiciado arrabal. Los primeros comerciaban con el juego, la prostitución y la trata de blancas, que traían de China, Filipinas y otros países, y los sudamericanos, especialmente los colombianos, abastecían de drogas, ocupando el primer lugar la coca. A los enganchados, y aprovechando los vicios de los más marginados, los iniciaban a veces desde los colegios ganando así nuevos adeptos.

Los colombianos, camuflada de mil maneras distintas, enviaban la cocaína a través del Canal de Panamá y de aquí a Mauritania. De este país y por diferentes medios de locomoción, los tentáculos del poderoso comercio se extendían hasta Marruecos, donde su difusión por las románticas ciudades de Marrakech, Casablanca - la de Ingrid Bergman y el duro del celuloide Humphrey Bogar - Rabat, Tánger..., era un hecho consumado. Desde Marruecos, la heroína, coca, marihuana y el hachís cruzaban el Estrecho de Gibraltar, llegando a España por los puertos de Huelva, Cádiz, Algeciras, Málaga, Almería y playas intermedias. Otra ruta - según me informó más tarde el documentado "Chispa" - es la que va de Marruecos a Argelia y de ésta a España, por los mismos sitios. Procedente la droga de los distintos puertos andaluces, llega a Barcelona. También desde Argelia, embarcada en grandes mercantes y yates de recreo, la envían a Marsella, donde el gigantesco pulpo, extiende dos enormes tentáculos: uno, hacia Roma, Nápoles, Palermo y, desde estos lugares a Turquía, especialmente a Estambul. El otro, con centro también en Marsella, directamente a Barcelona. Desde España, por Irún, Portbou y los Pirineos, circula al resto de Europa. El fructífero negocio de los estupefacientes había llenado las arcas del poderoso narcotraficante Pablo Escobar y de otros menos conocidos que viven empringados en este diabólico negocio.

Hastiado de vagar sin rumbo por este laberinto de callejas, luces y degradación, bebo sin tregua y voy agotando mi escasa economía. Por mucho que beba no puedo olvidar los días de felicidad pasados junto a Esther. Todo me da igual, el presente, el futuro, vivir, morir, mendigar o revolcarme en los vómitos de mis borracheras. Pasan los días y mi incurable estado va desmejorando por momentos. Tengo un aspecto deplorable, me doy perfecta cuenta, pero no me afecta en absoluto. Me he dejado la barba, mis vestiduras están sucias y cada día más viejas. Me miro al desconchado espejo, que supervive sobre la vieja palangana y veo un Alejandro desconocido, famélico, pálido, con los ojos hundidos, llorosos y muy enrojecidos por la constante ingestión de alcohol. Estoy muy débil y toso con mucha frecuencia.

He recorrido muchas veces el Barrio Chino y no he conseguido encontrar al simpático "Chispa". Es tan inquieto y nervioso que seguirle el rastro es más difícil que encontrar huellas en el agua. Espero verlo algún día y reanudar nuestra incipiente amistad. Han pasado ya dos meses de mi estancia en Barcelona y me encuentro muy solo. Empiezo a sentir necesidad de comunicación, de afecto, de amistad. Se me ha terminado el dinero, y la vieja bruja de la cochambrosa pensión no deja de insultarme y me amenaza constantemente con echarme porque ya le debo dos semanas. Discutimos siempre que llego si está levantada, y si no lo está, se levanta. Me llama maleante, vago, delincuente, y todo lo que su bífida lengua puede vomitar. No me dará la trompeta ni la maleta mientras no le pague. Dice que para qué quiero el instrumento que podía tocar en alguna sala de fiestas y ganarme la vida. A mí no me atrae la idea de hacer nada. Mis achaques respecto a un hipotético trabajillo que tengo entre manos, no se los cree. Pero como la necesidad agudiza el ingenio, no dejo de meterle rollos, para que me deje dormir, a pesar de la porquería que tengo por habitación, o me pone en la calle. Las noches son frías y húmedas. Mi naturaleza está muy debilitada por la bebida y la falta de alimento, lo que aumenta mi poca resistencia a la intemperie y a las inclemencias del tiempo, a las que tantas veces desafié. Ella vuelve a insistir. - ¿Cuándo me vas a pagar?, me pregunta con machacona frecuencia. Nuevos trabajos, que no existen, promesas de que le voy a pagar la próxima semana, proyectos que no se cree, y me ha puesto de patitas en la vía pública, amenazándome con llamar a la policía.

Se ha quedado con la maleta y la trompeta como "rehenes". Dice que no me las devolverá hasta que haga efectiva mi deuda por pernoctar en tan limpio y acogedor dormitorio. ¡Tendrá cara!

Desde el momento de mi expulsión del antro donde he cobijado mi soledad y mi endeblez física, me dedico a la mendicidad, a vagabundear como un topo, como una rata de cloaca. El metro será mi hogar nocturno. Pido limosna en las puertas de las poco concurridas iglesias, en las de los grandes almacenes y las bocas del metro. Voy tirando muy mal. El sufrimiento y la falta de nutrición no alejan de mí el recuerdo de Esther. Lo poco que recojo mendigando me lo gasto en bebida. Llevo tiempo de no tomar alimento caliente, sólo carajillos, con más coñac que café.

Un vagabundo más que incrementa el número de los que arrastran su miseria por las galerías frías, por la proximidad del invierno y la falta absoluta del calor humano, del metro barcelonés, rodeado de yonkis, marroquíes y de gente marginada. En las horas puntas los vagones repletos de viajeros, a tope, parece que van a estallar. Corren, se empujan, como una plaga de marabuntas humanas, que se dirigen a sus centros de trabajo a ganarse la semanada, que junto con la prolongación del trabajo, traducido en horas extraordinarias, serán los ingresos de este mundo deshumanizado y profundamente materialista, fruto de la sociedad de consumo y que después de tanto esfuerzo y sacrificio invertirán en multitud de cosas, de objetos, sin cuya posesión el ser humano puede vivir perfectamente.

Contemplo, desde mi miseria física y espiritual, este maremagnum de ir y venir, prisas, sinsabores, insaciabilidad, intranquilidad, inconformismo de una riada humana de consumidores absurdos, esclavos del trabajo por el lujo y la galería al exterior. ¡Qué diferente a la vida en las tierras del Sur!

Abandono el metro por la mañana y, como un perro callejero, vago por bulevares, plazas, garitos y locales de poca monta donde se venden bebidas. Las venteo, como mi perrilla Canela los conejos del "Brosque". Se me van los ojos tras el alcohol. Acepto las más indignas ofertas de trabajo, con tal de satisfacer mis ansias de beodo. En el Teatro Apolo, me proponen que barra y friegue el bar. Es un salón bastante amplio donde se tardan varias horas en su limpieza. Cuando terminé, y como el barman encargado viese la atención que mi vista prestaba a los restos de bebidas que habían sobre el mostrador en botellas de diferentes marcas y clases de licores y el deseo reflejado en mi rostro, me ofreció una copa de coñac. Ávido de saciar mi sed, no califiqué la enorme ofensa que infringía a mi dignidad y la apuré de un trago. Me mira de nuevo y observando en mis ojos una expresión de ansiedad patológica, algo anormal, volvió a llenar la copa, y así tres veces. Me dijo que me largase, que ya estaba más que pagado. En otras circunstancias le hubiese partido la boca. Cogí el harapiento abrigo que un día encontré en un contenedor y proseguí mi incierto deambular matutino, como si la ofensa de aquel engreído empleado no me hubiese afectado en absoluto. ¿Cómo es posible que el ser humano venda su dignidad por tres copas de coñac?

Cuando el día va llegando a su ocaso, cuando la gran urbe empieza a mirarte con ojos eléctricos, lo ojos de los establecimientos, y los faros vacilantes de los taxis de franja amarilla, me introduzco en el metro, siempre por la línea que va desde Santa Coloma a Hospitalet. Busco el refugio subterráneo y como rata de alcantarilla, recorro el subsuelo en un ir y venir sin meta, buscando no sé qué. He viajado por todas las líneas del metro de Barcelona - muchas veces, la mayoría, colocao -, pero es entre San Andrés y Hospitalet donde tengo mi nocturna residencia. Donde me parece, me bajo y allí me quedo hasta la mañana siguiente, si antes no me expulsan de mi nómada estancia alguna banda o grupo de golfos, que tanto abundan en estas profundidades. Me quedo de una forma mecánica, no tengo preferencia por ninguna. Duermo sobre cartones y envuelto en plásticos en el Arco del Triunfo, Urquinaona, Plaza de Cataluña, Universidad, Urgel, Rocafort, Sants, Santa Eulalia u Hospitalet.

Todo era actividad en Clot. Luces que, como procedentes de otra galaxia, se deslizan por las vías a gran velocidad e irrumpen y llenan con sus fantásticos efectos ópticos mi breve mundo. Los anuncios y las barras fluorescentes le dan a la parada un aspecto de moderno supermercado, aunque eso sí, a trechos, se rompe su aparente fisonomía comercial con pintadas de los más variados logotipos y consumidores. Desde las consignas políticas, a la cruda pincelada porno, pasando por la pintura fantástica del imaginario cómic, sloganes nacionalistas, cruces gamadas, alusiones racistas y amenazas de muerte contra los "charnegos", por Terra Llure, por negarse a que sus hijos den clase de catalán en las escuelas. Un silbido me sacó de mi rutinaria observación y se estrelló contra el alicatado ferroviario. Era un tren que, como oruga gigante de potentes ojos luminosos, llegaba procedente de la estación de Sants. Estaba sentado sobre el paquete de cartones y plásticos, recostado sobre la pared y con el raído cuello subido. Alguien me conoció y, antes que efectuase el tren su parada me hizo señas para que no me moviese de allí. Un chirriar breve sobre los raíles y el ruido producido por el sistema automático de las puertas al abrirse, indicaban que el vehículo hacía un alto en su recorrido. Un joven más bien bajo de estatura, con una caja de limpiabotas, me conoció a pesar de mi andrajoso disfraz. Los ojos muy abiertos por la sorpresa y con una amplia y sincera sonrisa se dirigió hacia mí con los brazos extendidos, como si de un querido familiar se tratase: era "Chispa". Sería por encontrarse solo en este mundo de prisas y aglomeraciones o porque en él concurren circunstancias análogas a las mías, el motivo de su expresiva alegría. Bajo el nervioso temperamento de "Chispa" y su experimentado carácter en la escuela de la vida, late un corazón bondadoso. Lo cierto es, que me abrazó con ese nervio y fuerza que caracteriza a la mayoría de los hombres de estatura un poco más reducida de lo normal. Me quería decir tantas cosas al mismo tiempo, que no me enteraba de nada. Me levantó y, cogiéndome del brazo, nos dirijimos a la boca del metro y, en un bar que hay justo enfrente, nos sentamos con las consiguientes miradas despectivas de los clientes y la no muy aprobatoria del estúpido camarero de turno. Pidió un bocadillo de jamón, un vaso de leche para mí y no dejó de hablar ni un segundo. Había recorrido media Barcelona buscándome y como no sabía - no tengo un paradero fijo últimamente - el lugar donde podía encontrarme, este fue el motivo por el cual tardó tantos días en dar conmigo, y solo por casualidad. Que no beba, que me cuide y me alimente, que me puede buscar algún local donde pueda actuar tocando y otras pruebas de generosidad, que me dio con sus consejos y ofrecimientos. Le agradezco profundamente el interés que se toma por mí, pero estoy en otro mundo. Vivo, pero fuera de mí y al mismo tiempo me ahogo en lo más hondo de mi ser. Me encuentro por debajo de las lógicas y justas normas de conducta que me han enseñado mis padres. La vida es un asco y mi destino tan sólo es sufrir.

"Chispa habló sin cesar, sin tregua, sin reposo, arrastrando tal cantidad de palabras que al expresarlas parecía un arma automática disparando proyectiles contra un enemigo imaginario. Habla con excesiva rapidez, lo que contribuye, junto con su temperamento nervioso, a que para comprenderlo, para interpretar correctamente lo que dice, tenga uno que hacer un gran esfuerzo de imaginación junto con una gran dosis de adivino. Me ha ofrecido un hueco para dormir donde él lo hace. He comprendido su buena intención, pero según me ha descrito su mísero refugio, el aceptar sería lo mismo que salir de Herodes para meterse en Pilato. Duerme en un cuchitril muy reducido, donde apenas cabe una cama mueble. Es en un burdel donde la mestressa le deja dormir porque le lleva algún que otro cliente a su decadente negocio, que está situado en un callejón sin nombre del Barrio Chino, y no es precisamente el edén que invite a dar rienda suelta al sexo, si no es alimentado por un depravado instinto sexual, ya que la "mano de obra" está muy deteriorada, aunque eso sí, debido a su bajo coste, siempre pica algún que otro incauto sin experiencia, recién aterrizado del pueblo o el clásico degenerado, que le da lo mismo ocho que ochenta. "Chispa" no me deja abrir la boca. Quiere que le indique un lugar fijo donde pueda buscarme y ayudarme sin perder nunca el contacto. Me habla de su mercancía ambulante. La competencia se va a dar con el negocio - me dice. Los guiris, sobre todo los morenos africanos, están infectando el mercado del tabaco con precios que no dejan margen alguno de ganancia. Cada día hay más vendedores de Winston, proliferan más que las ratas, en todas partes te los encuentras. En los bares, puticlubes, metro, pasos de peatones, salidas de los cines, campos de deportes, discotecas. Son como una plaga de langostas, que se están adueñando de las calles y han invadido el Barrio Chino y sus cercanías. Los "maderos", e incluso los "picoletos" han tomado cartas en el asunto y como el tráfico del contrabando de tabaco aumenta, si te pescan con el cartón o la cajetilla en plan comerciante te enchironan. La calle es un estercolero, que cada día huele peor y donde ir tirando, supone a veces revolcarse en toda la mierda de que está hecho este asqueroso barrio. Si algún día pudiera, cambiaría de aires dejaría este maldito ambiente del que estoy hasta los mismos. El único artículo - continuó - que tiene una gran aceptación y no persiguen su venta, el que está en pleno auge, es el número uno de "los cuarenta principales", es la gomita profiláctica, más comúnmente conocida con el nombre de condón o preservativo, sobre todo desde que el sida se está extendiendo cada vez más y a raíz de la dichosa campañita, cuyo slogan publicitario, más que de un preservativo parece que está anunciando un traje por aquello de "póntelo, pónselo". Por lo demás, hay que llevar los ojos como rastros para que no te trinquen.

Me dio una palmada en la mano, me dijo "adiós colega" y prometió que me buscaría y me ayudaría en todo cuanto él pudiera. Una breve luz de nostalgia y esperanza se encendió en la semiapagada lámpara de mi cerebro. A pesar de mi pesimismo ante la vida, algo me decía que había encontrado un buen amigo.

Compré una botella de vino con mis escasos fondos y volví al frío y olvidado dormitorio. La noche barcelonesa empezaba a despertar de su letargo diurno y el metro vomitaba por sus bocas de hormigón toda clase de abortos sociales. Empezarían las peleas, el mercado negro y las bacanales. La prostitución abriría de par en par, con los fuertes brazos del vicio, las abundantes puertas de su almacenes de lenocinio. Los macarras, aplicando la imaginaria combinación numérica de la caja fuerte de sus bolsillos para controlar los beneficios obtenidos por sus protegidas, utilizan la bofetada, y como respuesta, el taco violento y nocturno de la desencantada pelandusca. En la lejanía de la noche corrompida se oye una sirena, profeta de accidentes, enfermedades o violencias.

Volví al metro, me senté sobre los cartones, envolví mi débil humanidad con los plásticos contaminantes y con el viejo abrigo que olía a suburbio, a Bronx neoyorquino. Tomé un pequeño sorbo de mollate peleón para darle prórroga al contenido de la botella, entorné los ojos y vi al abuelo Clemente sentado en la vieja silla de anea en la prehistórica cocina del "Indio", atizando el fuego con leña de olivo y hablándome de la villa de su niñez y juventud. Me contaba cómo era el pueblo en el pasado, en el lozano pasado de sus primeros años. Sólo existían "Las Suertes", formadas por una treintena de casas y alguna que otra más aislada. Con el tiempo fueron llegando colonos de Alfarnate y Riogordo para explotar sus fértiles campos. La villa fue creciendo, aunque de una forma muy lenta. De su juventud recordaba muchas cosas, pero las que echaba de menos en estos últimos tiempos eran las buenas costumbres, el respeto a los mayores, la ingenuidad de las diversiones y todo el entramado sociocultural que definía a la sociedad rural de otros tiempos. Se imaginaba a su madre, mi bisabuela Pilar, encalando la fachada de la "Casa Grande", llena de apariciones y extraños ruidos nocturnos, limpiando las gotas de cal que manchaban, como níveos copos, las inmaculadas piedras del empedrado. Veía a su madre levantada muy temprano en las mañanas del caluroso verano y a las golondrinas gorjeando sobre el metal enmohecido de las viejas farolas de petróleo en la tibieza primaveral. Con qué ternura y placer regaba los geranios blancos, que impregnaban de aroma el entorno de la Placeta. La villa rezumaba cal y blancura. Sus calles, aunque terrizas y con huellas de ganado, siempre estaban limpias.

Sé que en aquel tiempo las mujeres eran sumisas en el más alto grado, y su exagerada obediencia llegaba a la servidumbre de una criada sin sueldo respecto a su marido, que era un auténtico patriarca. Andaban solemnes, silenciosas, por casa, ocultando sus encantos desde los pies a la cabeza, tocadas con pañuelos negros, aunque no tuviesen luto. Si éste llegaba al hogar, el negro era perpetuo. Sus vestidos eran muy largos, no dejaban ver ni ápice los dones con que la Naturaleza las había adornado. Habían nacido para traer hijos al mundo, trabajar y obedecer. Sólo una o dos veces al año salían con sus altivos maridos, en feria o el día de la Patrona. En invierno, en el duro invierno de la cara norte de la Penibética, se liaban una toquilla de cintura para arriba tapándose la boca y encorvadas, sosteniendo la malla con la mano derecha y expeliendo vaho, por la acción del frío, acudían tempranito al pregón del molletero: "¡Molletes calientes y buenos... llevo los molletes! ¡Qué son como panes hoy!" Un gran canasto de caña muy blanca albergaba en su interior grandes molletes calientes liados en un lienzo blanco y embadurnados en harina fina. ¡Qué olor tan casero, íntimo y familiar! ¡Con aceite, chicharrones o manteca de chorizo hacían las delicias de los escasos habitantes de la villa y aún hoy son un delicioso menú matutino! ¡Qué diferencia con la mayoría de los alimentos actuales, adulterados con productos químicos!, decía el abuelo suspirando profundamente y entornando sus enrojecidos párpados.

Para el abuelo la tierra, su tierra, lo es todo. Observaba todo el proceso de la cosecha. Miraba al cielo y como conocía las cabañuelas parecía un consumado meteorólogo indicando, pronosticando el tiempo para su amado campo. Sus raíces, muy profundas, hablaban por si solas de el amor que siente por extraer con su honrado sudor los frutos de la tierra. Está felizmente atrapado. A pesar de esto, un día se desligó temporalmente de ella marchando al Brasil de emigrante, para dar libertad a su espíritu aventurero y audaz. Su vocación es la de labrador, pero también ama profundamente a la Legión. Estuvo en la guerra de Africa, en la que tanta sangre española se derramó.

Cada vez sentía más frío. El metro estaba paralizado, casi desierto, sólo algún que otro viejo vagabundo, varios adictos en estado de viajeros soñadores, borrachos que mitigábamos el frío con la ayuda de la vidriosa compañera y que intentábamos dormir entre harapos y basura. Eché un trago y continué añorando, soñando despierto, con las historias que el abuelo Clemente me narraba junto al tibio hogar, allá en el "Indio".

Su padre no quería, pero él se alistó en el Tercio de Extranjeros. A sus manos había llegado un bando que decía según él, con su portentosa memoria, a pesar de los años transcurridos: "Los que deseéis una vida cambiante y sugestiva. Los que aspiréis de la vida de las armas. Los que seáis bravos. Los que sintáis y améis a España. ¡Alistaos en la Legión!" Me contaba con una imperceptible sonrisa de hombre cuyo espíritu vagaba en aquel momento por tierras africanas, cómo los aventureros que se alistaban al ser preguntados por sus nombres, contestaban saltando por los Cerros de Ubeda con cierta seriedad y fría indiferencia. Uno dijo - según el abuelo Clemente - que se llamaba "Rodrigo Díaz" y, al ser interrogado sobre el segundo apellido, contestó - "de Vivar". Sorprendido el interrogante volvía a preguntar - "¿El Cid Campeador?" Respuesta del aspirante - "Simple coincidencia". Otros decían llamarse "José Nuez Moscada", "Armario Ropero" o el "Marqués de Antofagasta".

En aquellos tiempos - proseguía el abuelo con gran interés por darme a conocer sus conocimientos sobre nuestra Legión - estaba integrada por pistoleros de la "Semana Trágica de Barcelona", desertores de la Legión Francesa, amantes despechados y aventureros. Sus fuertes impulsos habían de encauzarse con mano dura, con férrea disciplina. Hombres que una vez forjados en las filas legionarias tenían muy claro y lo sentían en lo más profundo de sus almas heridas o desengañadas el "morir, sin entorpecer la marcha de los que aún puedan caminar". "No decir nunca basta, siempre es posible más".

En nuestra familia no había antecedentes militares sólo hubo un teniente coronel de Ingenieros, llamado D. José Luis Millán que era pariente lejano. Un gran militar y muy inteligente, que dirigió durante la Guerra Civil las trincheras que todavía existen en la carretera que va desde Granada a Málaga pasando por Alfarnate y que fueron auténticos nidos de la muerte. La simpatía del abuelo y de mi padre por la milicia estaba identificada con el pensamiento de los legionarios de aquel tiempo. Para ellos, la Patria era un culto, el valor un deber y el honor un mandamiento. El abuelo estuvo en Ceuta, en el Cuartel del Rey, y en la auténtica cuna de la Legión: Dar - Riffien, entre Ceuta y Tetuán.

Cuando el abuelo me contaba del compañerismo que se vivía en la Legión, entornaba los ojos y parecía que se trasladaba a las áridas tierras marroquíes. Era admirable - decía -, a pesar de mezclarse el ruso con el chino, el francés con el inglés, el árabe con el español, el sueco con el sudamericano, el mendigo con el prócer, el expolicía con el expistolero, el hombre honrado con el exladrón, el patán con el culto. La Legión, la consideraban como una segunda madre, y sus compañeros, como nuevos hermanos. Recuerdo ahora, en estas circunstancias de soledad, tristeza y abandono más que nunca, sus relatos. Unos, que les contaban legionarios que participaron en los hechos y otros que él vivió. Me narraba - con su prodigiosa memoria - como en una de tantas gestas gloriosas de las que la Legión fue protagonista, el comandante de la Primera Bandera Franco, al pie del monte Uisán pidió permiso para conquistarlo, lo obtuvo y al frente de sus valientes legionarios, que llevaban los cerrojos y machetes cubiertos con los capotes tomó el Uisán a los gritos de "¡Viva España! ¡Viva la Legión!", en una acción estudiada y dirigida por un modelo de estratega. Decía el abuelo, entre otros nombres y hechos de armas de nuestra Legión, que no recuerdo, que los de Taquil - Manín, el Barranco del Infierno, Sidi-Hamed-el -Hach, Izmoar y muchos más fueron claros testigos de la bravura y el coraje de los legionarios. Cuando recuerdo estas narraciones se aviva en mi corazón dormido, la llamada de una vocación por la milicia, un poco aletargada. Se engrandece mi espíritu, aparece una ilusión que jamás llegué a pensar que sentiría. Mi alma experimenta un gozo especial, sólo sentido antes de la muerte de Esther, cuando estaba en compañía de mis padres o cuando cazaba en la soledad buscada del monte perdices y conejos practicando mi afición preferida, heredada de mi inolvidable padre. ¡Es posible, quién sabe! ¡A lo mejor se cicatriza un poco mi herida y algún día cambio mi novia muerta por otra viva!

Cuando el abuelo Clemente se concentraba en sus narraciones, daba la sensación que las estaba viviendo. Se extasiaba, las sentía en toda su grandeza, hasta tal punto que yo observaba los rugosos surcos de su honrada frente y por ellos se deslizaba, como recuerdos que se hubiesen licuado, finas perlitas de sudor, como aquel sudor africano que tantas veces expelió debido al trabajo, a la entrega y al sacrificio.

Me contó también cómo en Casabona dio el Tercio una prueba más de su espíritu combativo. Decía que la acción de los legionarios fue tan heroica en este combate, que la Orden General del Ejército de Africa refiriéndose a este hecho de armas, y que él reproducía con la exacta fidelidad del texto decía: "En nombre de todos los compañeros del Ejército de Africa, que se enorgullecen de vosotros, os felicito efusivamente y os ratifico nuestra confianza absoluta. Debéis sentiros satisfechos por ello, por haberos hecho dignos de la admiración de nuestra querida España. Os habéis cubierto una vez más de gloria con vuestro indomable valor y vuestra incomparable pericia, asestando al enemigo uno de los mayores golpes que ha sufrido a lo largo de toda la campaña".

Un prolongado trago humedeció la sequedad que en mi boca producían los recuerdos. ¡Qué memoria la del abuelo, qué buen letrado ha perdido el Reino!

Una ráfaga de viento frío se paseaba por las semidesiertas galerías del metropolitano. En aquel gélido instante, el pernoctador mendigo de mi derecha, dio un ronquido, y la botella que sostenía en su mano derecha, cubierta por unos viejos guantes que dejaban ver las primeras falanges de sus dedos adornadas con negras uñas, se estrelló contra las heladas baldosas con un rugido cristalino, que retumbó en el silencio, como si un alma errante vagase por los túneles o un corazón hubiese reventado por el sufrimiento. El efecto del peleón empezaba a calentarme y un ligero sopor invadía mi cuerpo maltrecho. Todavía recordaba, como un sueño africano, cuando al abuelo le pregunté sobre cómo era y cómo estaba organizado el famoso pelotón de castigo, alrededor del cual se han tejido gigantescas fábulas y exagerado hasta la saciedad.

El abuelo cogió las tenazas y removió los rescoldos del fuego brotando de éste infinidad de estrellas rojas que ascendían por el negro conducto de la chimenea que un día, en un crudo invierno se incendió a causa del exceso de hollín y que tuve que apagar a tiros, determinación esta que puede parecer descabellada, pero que es de gran efectividad. Su vista, con síntomas de somnolencia, perseguía las fugaces estrellas rojas y comenzó a relatarme lo que vio y lo que le contaron de este pelotón disciplinario. Dijo que visto desde el exterior puede parecer salvaje y cruel, pero que las actitudes disciplinarias que se adoptaron fueron necesarias para evitar males mayores. Antes de que cayese el alba tocaban diana - yo tuve la suerte de no estar nunca en el pelotón - dijo el abuelo mirándome con seriedad de juez. Los arrestados - continuó - eran conducidos a la playa y se les cargaba un saco de arena, que llevaban a hombros hasta el acuartelamiento para las obras que se realizaban en el mismo. Una vez realizada la limpieza de las diferentes dependencias, aseo personal, desayuno, que consiste en media ración de la normal. Después del desayuno - siguió explicando el abuelo -, traslado a la cantera donde extraían piedras para las construcciones y con este trabajo continuaban hasta el almuerzo, del que se les daba también media ración. Terminado el almuerzo, vuelta al trabajo hasta el toque de retreta, y se les encerraba, para dormir, con sólo una manta, sea cual fuese la estación del año, no permitiéndoles el uso de la colchoneta. Se les descontaba de las sobras sólo abonándoles cincuenta céntimos de ellas.

Cuando la falta era grave, se les aplicaba el régimen celular y se les privaba de toda comunicación con el resto del campamento y con sus compañeros de prisión, recluidos en calabozos de escasas dimensiones, dependiendo el tiempo de permanencia en aquéllos de la falta cometida. El castigo llamado "del saco" era aplicado a los reincidentes, y éstos eran considerados traidores a la Legión. Era un saco de arena colgado a la espalda sujeto con unas correas a modo de mochila y que debían llevar toda la jornada sin importar el trabajo a que se les dedicasen. El peso se les quitaba sólo para dormir. Pueden parecer estos medios - opinó el abuelo - utilizados en el pelotón de castigo muy duros, pero dada la clase de hombres que engrosaban las filas legionarias fueron imprescindibles. Se dio el caso - prosiguió el abuelo - del asesinato del coronel jefe don Miguel Mateo y López de Vicuña por un exaltado, que después se disparó un tiro en la sien. También fueron matados a tiros los sargentos Iglesias y Cuervo, por el simple hecho de haber aplicado los arrestos. A veces, se les colgaba un rótulo en la espalda, bien visible, donde se detallaba la causa de su permanencia en el pelotón. Si la falta era contraria a la virilidad masculina, se les sustituía la borla roja del "chapiri" - gorrillo legionario - por otra blanca que indicaba su reprobable desliz. Terminó el abuelo echando agua sobre las ascuas para evitar que ardiese la chimenea. El tibio chisporroteo de los rescoldos y el suave ruido producido al apagarse, pusieron una nota cálida sobre mis recuerdos y sobre el sueño de una interminable y fría noche.

Cuando finalicé la evocación de esta narración, en la frontera entre el estar dormido y despierto, a la mañana siguiente, no recordaba cuando me dormí, mis remembranzas habían disipado la noción del tiempo. Mi cerebro estaba nublado, embotado, cubierto por el infranqueable velo del alcohol. Hice un bulto con mis andrajosos bártulos y, tiritando de frío, cogí el metro dirección Sants. El revisor estaba finalizando de picar los billetes de aquel vagón, yo, con paso indiferente y despreocupado, abrí la puerta del servicio y, dejando una pequeña abertura para mirar, esperé que pasara el "picabilletes" y entonces me volví para atrás viajando de polizón hasta Urquinaona, donde bajé. En esta plaza, una buscona exhibía sus sobados encantos - a pesar del frío y de la hora temprana - declarándome abiertamente la guerra del sexo. Pensé en aquel momento: o tiene el gusto atrofiado o sus necesidades económicas son de gran perentoriedad, ya que mi aspecto desaliñado y mendigante inspira más lástima que cualquier otro sentimiento por muy sexual que fuese mi físico. Sin hacerle ni puñetero caso - por aquello de mis creencias - continúo hacia el Paseo de Gracia. Me introduzco por un dédalo de calles de edificios negruzcos ausentes de cal y me di de narices con un gran mercado en plena actividad comercial. Gentes madrugadoras que hacían la compra para la semana. Camiones con matrículas de toda España que llegaban para descargar sus mercancías y otros que, descargados, volvían a sus lugares de origen. Infinidad de puestos donde sus propietarios voceaban en catalán y en español los productos más variados. Desde jilgueros traidos de Andalucía a claveles del Maresme, pasando por toda clase de pescados, carnes de faisán, perdiz, conejo, pollo, paloma, alguna que otra becada, cordero, ternera, cerdo y gran profusión de frutas y verduras. Le di la vuelta al mercado y justo detrás de una pescadería, fuera del recinto comercial, observé que de una motocarro abandonada y vieja, cubierta por una lona sucia y remendada, salían a intervalos pequeñas volutas de humo azulado. Me acerqué despacio y por una agujero de la lona vi a un hombre fumando, que tosía con frecuencia. Estaba pálido como un muerto, envuelto en plásticos y guiñapos. No se dio cuenta de mi presencia. Le miré detenidamente y si mi aspecto es el de un hombre acabado, el suyo, la viva imagen de la muerte. Algo me resultaba familiar en aquel rostro alargado, inexpresivo, flacucho y con carencia de vello, lo que evidenciaba una faz barbilampiña. Se levantó al ser sorprendido y me reconoció inmediatamente. Sabía que mi padre era Eugenio el del "Indio", el hijo de Clemente. Él era el hijo de Mariano el del bar de Villanueva del Trabuco y llevaba mucho tiempo en Barcelona. Sólo con esta breve información le reconocí. Sí, era Antonio el de Mariano, un desgraciado como yo, que había sido expulsado de la Guardia Civil por los motivos que fuesen. La novia cuando estaban a punto de casarse lo había dejado, y se vino a Barcelona. Sus padres llevaban varios años sin saber nada de él y me encargó que no se lo dijese a nadie. Me contó infinidad de cosas. Había contraído la tuberculosis, - a pesar de estar casi erradicada - debido a la mala alimentación a la pésima vida que llevaba, al alcohol, a las mujeres y al puñetero tabaco. Se escapó de un sanatorio y vivía de la caridad, pero como ésta escasea, las estaba pasando canutas. Dormía en el metro, en alguna obra en construcción, en caserones y ahora en la motocarro abandonada. Era un fiel calco de mi existencia en algunos aspectos. Nos hicimos amigos, dormíamos los dos en esta habitación con ruedas, juntábamos el escaso dinero que reuníamos pidiendo limosna, nos lo gastábamos en vino y coñac y algún que otro bocadillo. La pescadería está muy cerca de la motocarro, yo distraía al pescadero hablándole y Antonio, mientras tanto, le robaba algunos cangrejos de mar, que asábamos en una hoguera que hacíamos detrás del mercado.

Los accesos de tos eran cada vez más frecuentes, su estado se agravaba por momentos y pienso que la tisis estaba progresando furiosamente. A pesar de su mal estado, le gustaba recordar cosas del pueblo y en más de una ocasión lloró como un niño, contándome los errores que había cometido en su vida y los sufrimientos que sus padres estaban padeciendo por su mala forma de proceder.

Me insistía en que le contase cosas de la villa, de mi familia y la suya. De ésta nada pude decirle, ya que sólo la conocía de vista. Una profunda nostalgia emanaba de todo su ser. No quería que nadie supiera de su existencia. Como una nodriza, como una ama de leche, le narraba cuanto recordaba. Yo también necesitaba a veces, recordar los sugestivos y entrañables relatos de mi padre y de mi abuelo Clemente para que en mi vida no muriese la esperanza. Le conté lo del padre y el hijo que estuvieron emparedados durante dos años en un espacio muy reducido, temiendo a las represalias de los nacionales durante la guerra, pues ellos se definieron como comunistas sin saber nada de esta ideología, ni de política, sólo llevados por las masas, como la mayoría, y la ignorancia rural de aquel tiempo.

Ni que decir tiene que este espacio dedicado al recuerdo, a pasar el tiempo de alguna manera, era remojado con vino y coñac peleones pagados por nuestra raquítica economía, cuyos ingresos procedían de la limosna. Nos habíamos juntado tal para cual. Dos seres amargados por reveses del destino, cuyo remedio o medicina lo buscábamos y creíamos encontrar en el alcohol. Antonio seguía tosiendo, pero muy interesado en conocer esta breve historia.

Padre e hijo taparon con yeso y cal un hueco, un espacio pequeño, apenas cabían. La puerta, encajaba herméticamente sin dejar ninguna fisura, por lo que nadie podía pensar ni sospechar que tras aquella pared se escondiesen los fugitivos. Llegaron de noche de la sierra. Los buscaban para ser fusilados, para darles el paseíllo, como hicieron injustamente en muchos casos ambos bandos. Un miedo exacerbado se había apoderado de toda la familia. La mujer era una autómata con la boca precintada por el temor a que fuesen descubiertos y, enlutada de pies a cabeza. Cuando la Guardia Civil le preguntaba por ellos, sólo decía que no sabía donde estaban. A los cinco niños pequeños los habían aleccionado de tal manera para que no hablasen, que parecían infantiles tumbas selladas. El miedo a la muerte de su padre y hermano, los convirtió en inaccesibles cajas fuertes del secreto. La casa era vigilada día y noche, y un silencio negro y apagado se extendía tras la falsa puerta. La señora de la guadaña rondaba la humilde vivienda. Padre e hijo, más blancos que la cal que los cubría y aterrados por el miedo y la claustrofobia, - según contaron después - se decían perrerías y se peleaban como tigres enjaulados. Al oír - en su prisión domiciliaria - una noche a mis padres que fueron de visita, sintieron ganas de salir y abrazarlos, ya que eran parientes lejanos y además les querían mucho, pero el terror a que alguien les oyese y les delatase fue superior a sus deseos de salir y se contuvieron. Al finalizar la guerra y con síntomas de locura, sin poder soportar más su autoencarcelamiento, se entregaron. Los encarcelaron en la prisión de Málaga durante un par de años, y en este tiempo sus hijos todavía pequeños y su mujer los visitaban en su injusta reclusión, yendo, casi descalzos andando y pasando hambre desde Villanueva del Trabuco a la capital, en un recorrido de cien kilómetros entre ida y vuelta. ¡Cuánto se amaban los miembros de aquella familia!

Antonio, con la boca abierta y reflejando en su rostro de cera la temprana y fría visita de la muerte, hacía un duo irreconciliable de ronquidos y toses.

El sueño no se había apoderado de mí todavía y la visión de mis seres queridos, de mi tierra, el problema de mi situación, traían a mi embotada mente hechos, recuerdos, relacionados con mi gente.

Cuando el abuelo era niño - me contaba - y estando jugando con otros de su edad, calle arriba, pasando por la Placeta, subía una especie de juguete solo, sin que nadie lo manipulase. Tenía la forma de un carrete de hilo y daba saltos como una rana de madera. Una música muy agradable acompañaba al extraño objeto. Al llegar a la puerta de la misteriosa Casa Grande, propiedad de mi bisabuelo José Blas y que tantos secretos guardaba, dando un gran salto subió el escalón de la entrada y entró en ella, al cabo de un rato volvió a salir. La suave melodía siguió grabando sus notas sobre la vieja fachada de la solariega vivienda, y el insólito instrumento se perdió calle abajo ante la incrédula mirada de pequeños y mayores. Recuerdo - como si ahora estuviese viéndola - la expresión de veracidad y convencimiento que emanaba del rostro honrado y sincero del abuelo Clemente, mientras me narraba este acontecimiento.

A pesar de no dejar de pegarle al morapio, no me rendía el sueño. Antonio, en su duermevela, se convulsionaba debido a que los accesos de tos eran cada vez más frecuentes e intensos. Mezclada con la saliva, que le caía por la comisura del labio inferior, me pareció en mi ligera modorra y a la escasa luz de la vacilante farola, que un hilillo de sangre resbalaba por entre el escaso vello de su ósea barbilla. Su estado empeoraba. Seguí recordando, un poco preocupado por el estado de mi compañero de infortunio.

El amor por mi padre y mi madre, - mi más entrañables amigos - el respeto y admiración por el Ejército, figuran entre los más elevados sentimientos - junto con la Religión Católica - que puedan anidar en el corazón humano. A él, después de licenciado del Cuerpo de Intendencia en Melilla, cazando, se le disparó un tiro que le inutilizó la mano derecha. Este accidente motivó que no se reenganchase en la milicia donde pensaba hacerlo en el Arma de Infantería. No obstante, no ha decaído su vocación militar lo más mínimo.

Siento dentro de mí y cada vez con más intensidad la llamada de la carrera militar. Mi sangre hierve alborotada ante ese estilo de vida. A a lo mejor algún día, si recupero al otro, al Alejandro de antes, al que murió allá en el "Indio", me iré voluntario a la Legión.

El insomnio se está apoderando de mí. A pesar de beber con exceso todos los días, cada vez duermo menos y mi dislocada mente me traslada, al hogar de mis mayores. Mi padre me habló mucho de la Casa Grande, la de mi bisabuelo José Blas. Decía que estaba cerrada, deshabitada porque por las noches se oían ruidos extraños, que ellos llamaban "martinillos" y que, según pensaban, eran almas en pena que no habían pagado sus deudas en la tierra y estaban condenadas a vagar en la oscuridad eternamente, arrastrando gruesas cadenas por los lóbregos y fríos corredores de la misteriosa casa. El tío Ricardo, hermano del abuelo Clemente, era cura y, como tal, no creía en estas historias. El abuelo, para que se convenciese, le propuso que durmiese solo en la Casa Grande. El sacerdote que, además de serlo, era Millán de apellido, llevaba con sano orgullo el valor de toda la familia, y aceptó. A las doce en punto, a la media noche, escuchó un gran estrépito, como si estuviesen arrastrando cadenas, se levantó con su fe sacerdotal y su natural atrevimiento y, apenas hubo andado unos treinta metros por un corredor oscuro, cuando le dieron tres bofetadas. Continuó toda la noche en la Casa Grande, con sus tres guantazos, por si podía descubrir algo, pero la realidad del caso es que nunca se supo quién fue el autor de las tres caricias ni de donde procedían los insólitos ruidos nocturnos. La Casa Grande, hasta hace poco que la derribaron, fue para la gente de la villa una vivienda embrujada.

Los días se cubren de luz, otros, con trajes de plomo. Las noches viciosas y equivocadas se visten de frío, y nuestras almas están heladas, sin que un hálito tibio caldee las ilusiones. Pedimos para mal subsistir y beber. Robamos algún que otro alimento. He abandonado por ahora las galerías del metro. La vieja motocarro da alojamiento a la desesperanza. Las noches, las oscuridades interminables, sólo me sirven para mantenerme, dentro de mi abatimiento, mal erguido ante la adversidad, con los recuerdos de mi querida Esther, de mis padres y de mi hermosa tierra.

Hoy nos hemos acercado a un dispensario antituberculoso. Le llevé a la fuerza. Le han dicho que su estado es grave y que debe ingresar en el Clínico. Antonio no quiere. Para él, la vida no tiene valor alguno. Me dice que sus días han de acabar vagabundeando, errando sin meta ni hogar. No desea estar rodeado de batas y paredes blancas con olor a medicamentos. A pesar de su enfermedad, tiene un gran sentido de la libertad a su manera. Aunque apenas comemos, la bebida no nos falta. Al anochecer, y con un par de botellas, nos cobijamos en la gratuidad de nuestro paralítico hotel. La tos se le calma un poco con el coñac perruno, mientras tanto, voy recorriendo con las alas de mi mente incierta los senderos del recuerdo y la nostalgia.

Me pregunta mucho, desea que le cuente cosas, acurrucados en la pobreza de nuestro sedentario vehículo. El hilo invisible, el cordón umbilical que me une a los mios y a mi tierra, es lo único que mantiene de pie a mi maltrecha naturaleza. Le relato todo lo que albergo en el fondo de mi olvidado cerebro, pero nunca llega a oirlo en su totalidad. La bebida, con poca que tome, le amodorra entre tos y tos. Y cierra los ojos y yo sigo hablando, hablando, a veces durante toda la noche, hasta que le gano el combate al insomnio, y el sueño, sólo durante dos o tres horas, se apodera de mí. Aunque esté dormido le hablo y le digo que había temporadas en las que el abuelo Clemente tardaba más en visitarnos, pero cuando lo hacía, tenía la exclusiva en cuanto a narrativa se refiere. Todos le escuchábamos atentos, siguiendo sus interesantes relatos. Durante estas esporádicas ausencias mi padre le reemplazaba. Me contó que en los primeros años de la posguerra hubo mucha hambre, y no era extraño que la gente soñase con tesoros fabulosos, que veían en sus dorados sueños. En el cortijo del abuelo llamado Calasar, había un cabrero que era jorobado, y decían que tenía "gracia", poderes. Soñó que junto al cortijo Pinchonete existía una piedra muy grande, y a unos cinco metros, en dirección a la sierra un tesoro enterrado con grandes y relucientes lingotes de oro aguardaba desde tiempos muy remotos ser descubierto. Bajo los efectos del coñac, para mitigar el frío de las grandes heladas invernales, se pasaban horas y horas en el secreto de la noche, cavando hasta que la proximidad del alba les hacía regresar al cortijo donde el contrahecho les contaba un nuevo sueño. Como eran años de escasez, la narración onírica del jorobado despertaba nuevas ilusiones, y vuelta a cavar. Así estuvieron durante quince noches, hasta que mi padre, como hubiese observado que el de la giba le pegaba al coñac con excesivo placer, dedujo - cosa que el cabrero de la chepa corroboró - que se había montado aquellas noches de tesoros para romper la monotonía de sus horas de soledad en el monte y que el de la honda se había quedado con ellos, les había tomado las canas que algunos peinaban. El guardián del ganado cabrío aprovechaba estas veladas para satisfacer con repetidas libaciones etílicas su gran afición por el dorado aguardiente. Desde entonces, y como de vate novel parece ser que el cabrero corcovado poseía ciertas habilidades, desde aquel tiempo, por montes valles y pueblos de mi tierra circula esta estrofilla, que sin ser una joya ni estar contrahecha debe el honor de su existencia al poeta entre dos platos que la expresó de esta forma: "Cuando con tesoros sueñas/ y no está llena la panza/, es señal que te alimentas/ con la fe y la esperanza".

La noche, en el arrabal barcelonés, transcurría fría, solemne y silenciosa. Sólo la tos de mi compañero, golpeando como un martillo sobre el yunque de sus maltrechos pulmones, su dificultad respiratoria, y el rugido lejano de algún motor, rompían la penumbra del interior del averiado triciclo a motor. A pesar de mi estado de semiinconsciencia, algo flotaba en el ambiente con olor a beneficencia y a velatorio pobre de hospital. Antonio, el hijo de Mariano, tenia un pie puesto en el estribo. Seguí bebiéndome el coñac que a él le sobró, con el riesgo de contagiarme de su avanzada tisis. En este escenario no pude evitar el desplazamiento vertiginoso de mi mente hacia mi hogar y la evocación agradable de la compañía de mis padres, así como sus relatos y anécdotas, unas presenciadas y otras oídas a lo largo de su vida.

El compadre de mi padre, cuando estaba sobrio —me contaba mi progenitor— era un tío estupendo, trabajador y honrado. Sin embargo, estando ebrio, era peligroso. A la Guardia Civil les tenía dicho que cuando le viesen empinando el codo, no se metiesen con él, que le dejasen quieto, ya que no respondía de sus actos. Trabajaba en Francia y estaba de capataz en una hacienda durante la vendimia.

Volvía todos los años y siempre le reservaban el cargo. Cada temporada regresaba al país galo dejando en la villa un descendiente más. Tenía ocho o diez hijos a cual más pequeño. Como era pobre, nadie quería apadrinar a sus hijos a la hora de bautizarlos. No está bien decirlo, pero mi padre es el padrino de cuatro o cinco, algunos de los cuales los llevó a cristianarlos andando por su propio pie. Una de las veces que volvió de Francia y estando el compadre tomándose una botella de vino en su casa, se llegó un gitano y le faltó el respeto. El compadre se le avalanzó como un tigre y le cortó el labio inferior de un bocado. Cuando llegó el médico, en la cocina había un gran charco de sangre. El gitano pálido, casi desmayado, le dijo al galeno. "Doctó, coner payo no hay quien puea". Desde aquel día fue el jefe, el rey del barrio. Golpeó a uno de sus hijos - con indicios de enajenación mental - con una piedra en la cabeza, le abrió una gran brecha y aquél, con una escopeta de caza del calibre doce, cometió el parricidio pegándole dos tiros. Las vísceras abdominales se esparcieron por donde pocos días antes había regado la cocina la sangre del calé.

Dado su estado mental, el hijo estuvo una temporada en prisión, luego le pusieron en libertad. El suceso sobrecogió a todos los habitantes de Villanueva del Trabuco. A pesar de su carácter, a mi padre le respetaba profundamente.

El sueño me venció a las claras del día y, cuando desperté, vi que Antonio tenía los ojos desmesuradamente abiertos. Una foto pálida de la muerte se reflejaba en su rostro, y por la comisura de los labios había expulsado una bocanada de sangre, que cubría su famélica barbilla y el mugriento ropaje que llevaba por abrigo.

Al morir el exguardia civil, como los skin-head descubrieron mi alojamiento le prendieron fuego creyendo que me encontraba durmiendo dentro de la motocarro. Tuve que volver a las frías galerías metropolitanas de noche, y de día, seguí practicando el vagabundeo y la mendicidad.

No puedo evitar el evocar que se va aproximando la época de cazar la perdiz con el reclamo. Es el celo que llaman los jauleros de la bellota o del rabanillo. A pesar de mi situación y de la distancia, no me abandona el venenillo de la caza. Me imagino a mi padre picándoles a sus queridas perdices, al "Camachero" y al "Valenzuela", tiernas cerrajas y doradas bellotas otoñales. Ahora están los pájaros, la mayoría en bandas, pero, poco a poco, se van separando las colleras y cuando sienten a un intruso que ha invadido su hábitat, el macho valiente y furioso lanza en la tarde hermosos reclamos, discursos granas, que le reafirman como señor de una zona. Veo a mi padre con la jaula bajo la pelliza dirigirse hacia nuestro amado monte para sumergirse en la soledad deseada de su afición favorita.

Bebí más que otros días - que ya es decir - y el apogeo de la borrachera me sorprendió en un callejón en penumbra alumbrado sólo a trechos por enmohecidas y viejas farolas de cristales rotos, lleno de ratas, contenedores de basuras, edificios ruinosos, pardos y oscuros como la noche, de arquitectura inexplicable e indiferente, con solares llenos de chatarra y algún que otro harapo tendido a un sol invisible. Recuerdo vagamente, cómo surgieran de las tinieblas tres sombras, tres navajeros, tres chorizos, cuyas manos - a pesar de la penumbra - despedían agresivos destellos metálicos. Eran navajas sedientas de sangre inocente, que buscaban a la incauta víctima en la oscura soledad del "Bronx" barcelonés. Me pidieron dinero, pero como no llevaba ni un céntimo quisieron robarme el reloj. Mis padres me lo regalaron cuando terminé el Magisterio, con mucho sacrificio. A pesar de la humera, ante la inminencia del peligro me despejé un poco y desde luego que me las jugué todas. Me tenían que matar para llevarse el reloj. Al negarme rotundamente, se me avalanzó el que llevaba la voz cantante y al que rechacé propinándole un derechazo, que fue muy efectivo, aun con mi inestabilidad alcohólica. Cayó sobre un montón de cajas vacías, abundante porquería y botellas no retornables con gran estrépito. El eco asustado, se repitió en la noche marginada. Inmediatamente se arrojaron contra mí los otros dos secuaces, y al brutal encontronazo caí al suelo. Aunque peleé con todas mis fuerzas, mi estado de embriaguez y mi nula forma física dieron con mi cuerpo en el sucio asfalto, y se ensañaron conmigo golpeándome sin piedad y haciéndome sangrar por varias heridas. Todavía no me habían robado el reloj, y cuando estaba a punto de perder el conocimiento, de entre unas cajas sucias y viejas y donde había mucha basura amontonada, surgió un hombre de equilibrio inestable, de gran estatura y fuerte complexión con una botella en la mano, la cual estrelló sobre la sudadera frontal de colorines que el jefecillo llevaba para sujetarse el pelo largo y descuidado, que le caía lacio sobre una chupa vaquera adornada con abundantes pins. La sangre del navajero cubrió su rostro y los otros dos, ante la inesperada intervención, acostumbrados a correr de la pasma lo mismo en la luz que en la oscuridad, salieron como chorizos que lleva el diablo. A partir de aquí nada más recuerdo. Sólo que me levantó con facilidad y echó mi brazo izquierdo sobre su fuerte cuello. Describiendo eses me sacó de aquel sitio infecto y peligroso y me llevó al lugar donde él tenía su residencia.

Cuando desperté estaba solo y tendido sobre un camastro. Me dolía todo el cuerpo creo que tenía fiebre, la boca seca como la yesca y la cabeza me zumbaba como si un enjambre de abejas se me hubiese colado por los oídos. Me incorporé a duras penas y mirando el entorno, creí que estaba soñando o delirando a causa de la fiebre. Me encontraba en una pobre y no muy amplia buhardilla, llena de los más variados cacharros, que trajo a mi calenturienta mente los refugios de las bandas de los barrios bajos que vemos en las películas americanas. La casi totalidad de las sucias paredes es un minimuseo de cantantes y músicos modernos y de otras épocas, cuyos pósteres evidencian la afición de su dueño por la música. Están agrupados por géneros más o menos definidos. Cantantes y músicos del rock: Elvis Presley, Rolling Stones, Elton John, Los Beatles y Paul Mc Carthney.

En la pared situada a la derecha de mi estropeado camastro se encuentran dos grandes láminas: una, de la famosa orquesta del inolvidable Glenn Miller, el autor de "En forma", Pensilvania 6-5.000, Patrulla americana y un largo etcétera de composiciones inolvidables y otra de Benny Goodman. Completan la decoración musical extraordinarios trompetistas e intérpretes de jazz, como Duke Ellington, Herb Alpert, Miles Davis, Louis Armstrong y algún que otro virtuoso español, como Rudy Ventura.

Unas carcomidas escaleras ascienden cansadas hacia la vieja azotea. Cerca de ésta hay un hueco adornado con un viejo póster de un músico sudamericano. Un par de mesas descoloridas, cuatro sillas, un sofá aburrido por su falta de uso, dos butacas de color indefinido por su vejez en la buhardilla, partituras musicales tiradas por todas partes, como si el desconocido dueño hubiese regado la estancia con una melodía incomprensible. Dos camastros con viejos colchones de espuma reposan sobre un pavimento de madera crujiente y roído por la carcoma. Un fregadero, con un grifo que gotea con ansiedad y constancia, repleto de platos, vasos, tenedores, cucharas y algún que otro cuchillo sin lavar desde el año de la nana, junto a él, un hornillo de butano. El techo es de madera recubierto con plástico endurecido. Aletargado sobre una de las paredes, un destartalado ropero muestra sus entrañas de madera mal adornadas con ropa muy usada, varias cajas de zapatos, botas de punta fina, suela gruesa, tacón alto con hebillas metálicas color plata. Una puerta con ligeras huellas de cristales lejanos, separa a la cochambrosa buhardilla de lo que con buena intención - un propietario desconocido - quiso que desempeñase el papel de retrete y lavabo.

Ardiendo por la fiebre, me sumí en un profundo sopor. Al anochecer del día siguiente unos pasos me despertaron. Era mi ángel justiciero y salvador, que volvía a su apestosa madriguera. Me encontraba muy débil y no me dejó que hablase. Balbuceando le dí las gracias y cerré los ojos. Me curó y me prodigó toda clase de cuidados. Se llama Salvador Carmona Jiménez. Lo del alias, lo de Salvatore, se lo dicen porque vivió hasta los diez años en Italia. Volvieron a Barcelona cuando murió su madre. Su padre le dejó la breve estancia y a los once años le abandonó. Desde entonces tuvo que recorrer en solitario el sendero peligroso, duro y lleno de obstáculos que transcurre por las violentas e indiferentes callejas del Barrio Chino, donde ha crecido entre depravadas costumbres, sin llegar a sumergirse en el mundo de la droga. Tiene una gran fortaleza física y es un atleta alto y musculoso. Un joven de mi edad, víctima de su yo y sus circunstancias. Por lo demás, el hecho de ayudarme en lugar tan peligroso demuestra un corazón justo, noble y valeroso. Es dócil y servicial con un alto concepto de la amistad. Su vida y sus aficiones corren paralelas a las mías. Bebe con exceso, es un juerguista de campeonato, ha dormido siendo niño en el metro en la más absoluta miseria y soledad. Estuvo comido de piojos, y la tuberculosis le enseñó sus pálidos dientes. En este medio se mueve como pez en el agua. No sabe lo que es una profunda amistad y está, como yo, muy falto de auténtico afecto. A todas estas notas que definen su vida, tengo que añadir la feliz y sorprendente alegría que me dio cuando, después de mirarme las heridas y comprobar que iban mejorando, sacó de una funda de cuero una preciosa trompeta y, extasiado como si viviese en otro mundo, en el mundo que él hubiese querido vivir, como si desease expresar mediante la música la inquietud de su alma solitaria y abandonada, le arrancó maravillosas notas de cerezos floridos, de nostalgias por otro cosmos desconocido, no vivido por él, pero existente en lo más profundo de su espíritu desamparado. La trompeta vibraba de emoción, lloraba, reía, y todo un volcán de sentimientos circulaba por el río metálico, por el cauce que va desde la boquilla hasta el pabellón, donde la escala musical se transformaba en una sublime melodía que jamás a nadie oí interpretar con tanto acierto y sentimiento como Salvatore. No pude contener - a pesar de mis dolencias - una gran emoción. ¡Toca la trompeta, toca el mismo instrumento que yo! Parece que el destino lo ha puesto en mi camino, para que, motivado por esta común afición musical, mi vida se regenere. Comienzo a sentir algo nuevo. Siento que estoy en este mundo, la música eleva mi espíritu y me hace experimentar nobles deseos. No estoy seguro, pero presiento que algo va a cambiar respecto a mis ilusiones y a mi forma de actuar. Una diminuta luz de esperanza parece que se enciende en las profundidades de mi alma indiferente.

Sigo en la cama. Salvatore me trae comida y me cuida como a un hermano. Sin embargo, por mi ya crónica adicción a la bebida, no dejo de pedirle que me traiga cualquier cosa que contenga alcohol. Salvatore, que también le pega al trinquis, no sólo trae vino y coñac, sino que coge cada colocón de padre y muy señor mío.

Estoy casi mejorado y le digo al fortachón de mi amigo que tengo una trompeta (la cual sé tocar algo) y una maleta en calidad de "rehenes". Me pide la dirección de la sucia hospedería. Le doy una nota para la bruja que la regenta y, cuál no sería mi alegría cuando regresó, no sólo porque me traía la maleta y mi bolsa de viaje con el instrumento tan querido por mí, sino que venía acompañado por "Chispa", al que Salvatore conocía desde hacía mucho tiempo. Aquél no tenía la más mínima idea de que yo me podía encontrar allí, ni el supuesto italiano sospechaba en absoluto que nos conocíamos y que fuéramos además muy buenos amigos. "Chispa", que es la encarnación del cariño, se abrazó a mí muy contento, hablando de prisa, como siempre, y haciéndome tantas preguntas que me fue imposible poder contestarlas.

Salvatore muy satisfecho por este inesperado encuentro, dijo que allí viviríamos los tres, noticia que fue acogida con gran entusiasmo por "Chispa" y por mí.

De las contínuas charlas entre los tres amigos, iba surgiendo entre Salvatore y "Chispa" una profunda admiración hacia Alejandro. Su carácter centrado y reflexivo, su cultura, la forma de entender la vida, la moral, su concepto de la Patria, el sacrificio, la amistad, iban - a pesar de su débil voluntad en aquellos momentos - creando inconscientemente un ídolo, un líder caído, pero con la esperanza de que volvería a ser un hombre de pies a cabeza.

Estuvo varios días en cama mimado por sus dos colegas, y cuando volvían de su trabajo o sus juergas, Salvatore y "Chispa", sentados alrededor del pobre lecho, hablaban de miles de cosas y hacían proyectos para el futuro. Alejandro, animado por los consejos de los dos amigos y sobre todo por el optimismo de "Chispa", se fue levantando, bebía algo menos y, cuando estuvo casi restablecido, empezó - ante el asombro de los dos amigos que le habían visto totalmente abatido - a ponerse en forma, levantando pesas de fabricación casera que Salvatore se ha construído con dos grandes latas rellenas de cemento y unidas por un palo grueso. En la misma buhardilla corre sobre el terreno y poco a poco va reconquistando la extraordinaria forma física de otros tiempos.

No quería volver a tocar. La música le traía dulces y amargos recuerdos. Pero sus amigos le insistieron tanto que no tuvo más remedio que complacerles. Se decidió a tocar la "Balada triste de una trompeta". Nada más adecuado para su estado de ánimo.

En medio de aquel escenario y bajo la mirada inerte de los pósteres y grandes genios de la trompeta, se irguió sereno y todavía pálido, como raptado de un museo de cera. Su rostro se transfiguró, y la trompeta rescatada lanzó al exterior quejidos profundos procedentes de un mundo interior atormentado por el recuerdo fatal. El silencio en la buhardilla era denso. Salvatore y "Chispa" no parpadeaban, estaban sorprendidos por la magistral interpretación. Las notas tristes de la balada se transformaban en lágrimas invisibles, lágrimas de amor y soledad. La trompeta emitía lamentos, clamores fantásticos, como procedentes de una garganta humana. Elevaba la dulce y a la vez triste melodía hasta la cúspide de la escala musical y gradualmente descendía, apagándose, como la vida misma que se va, que cae a ras del suelo, en una horizontalidad nostálgica y no muy distante. Un sudor frío resbalaba por la faz exaltada del músico herido, y su expresión era una mezcla de vida y muerte, de desesperanza y dolor, de mundos pasados y futuros donde brillaba en la lejanía una luz débil, una luz de esperanza.

La balada fue deslizándose suavemente a través del áureo metal, la deleitable melodía descendía en intensidad hasta hacerse casi imperceptible e inmediatamente escalaba el macizo de los sentimientos, como un grito desesperado, como una voz solitaria que pide ayuda en un desierto poblado de seres deshumanizados. Las notas tristes de la balada se perdieron en el vicio loco de la noche arrabalera. Terminó casi exánime ante el regocijo de sus amigos, los abrazos y el estruendo sincero de una larga ovación.

Casi restablecido del desafortunado encuentro con los golfos, la sorpresa de encontrarse los tres juntos y la fenomenal ejecución de la balada les animó y montaron una juerga que duró toda la noche. Tocaron a dúo los grandes éxitos de Louis Armstrong, "Satchmo", como era llamado familiarmente. "Chispa", bastante achispado, se contorsionaba al ritmo lánguido de las partituras de Nueva Orleans, mientras las trompetas, bajo la influencia mágica del jazz, introducían sus notas en el color dorado de miel del coñac y los cubalibres. Dieron todo un recital, desde Hello, Dolly!, que fue disco de oro, pasando por "It's been a long, long time", el idílico y sugestivo tema de "A kiss to build a dream on", "Someday", continuando por la cadena de éxitos, "Istill get jealous", y "Moon river". Atacaron seguidamente los temas nostálgicos y amorosos "Be my life's companion", "Yo are woman", hasta terminar con el recuerdo fascinante de una colina poblada de arándanos, "Blueberry hill".

Salvatore prometió que, si lo deseaba, le buscaría trabajo como solista en algún night-club, sala de fiestas o discoteca.

Pasaron los días y poco a poco va recobrando su forma física, mas no la espiritual. Mientras, Salvatore y "Chispa" le llevan comida abundante y van estrechando inconscientemente sus lazos de amistad. A veces, en los ratos de ocio, que son muchos, a los tres amigos les gusta deambular por el puerto. Lo recorren a bordo de unas pequeñas embarcaciones llamadas Golondrinas, y cerca del mediodía, vestidos decentemente con las aportaciones de "Chispa" y Salvatore, empiezan a "visitar altares" y echan todo el día de farra, empalmando éste con la noche.

Quería ser militar y a medida que va recuperando sus facultades, su deseo más imperioso es ingresar en la milicia. Quiero ser militar, les decía a sus compañeros mientras paseaban por el puerto barcelonés. Me agradaría mucho emprender una nueva etapa en mi existencia. Me gusta el estilo de vida de la carrera de las armas y voy a alistarme a la Legión, y su hija la muerte, será mi novia. Llevaré sobre mi pecho la ballesta, el arcabuz en aspa, con la pica truncada, el inmortal emblema creado por el capitán Justo Pardo. ←

Sólo una vez me he enamorado, pero fue de verdad, como un auténtico Romeo, y la parca se llevó mi amor y con él parte de mis sentimientos. Ahora presiento que mi amor será diferente. Es el amor que siento por la vida castrense y más concretamente por la Legión Española. Fuera de este amor y el que siento por mis padres, ninguno más tendrá cabida en mi corazón. La Legión exige amor a la Patria, espíritu de servicio y sacrificio, lealtad, obediencia, disciplina, honor, amistad y un largo etcétera de valores. No sé cuándo me iré pues todavía tengo prórroga por estudios, pero estoy seguro que me alistaré cuando las aguas vuelvan a su curso.

Salvatore y "Chispa" le escuchaban atentamente. Ellos no han pensado en estos conceptos jamás, ya que sus vidas siempre han transcurrido por la calle del descarrío. Son insumisos y el servicio militar les importa un pimiento. Nadie les ha hablado de estos temas y no tienen idea de la Patria, honor... Su patria es el Barrio Chino con su libertinaje y depravación. Dicen que la mili es una pérdida de tiempo y que no quieren estar sujetos a ninguna disciplina ni reglamento. Hoy, en los tiempos de gran crisis económica y con el "paro como ilusión", hay millares de jóvenes - incluso con brillantes carreras universitarias - cuyos títulos académicos amarillean colgados en las paredes. Pasan los años y no se colocan, así que no pierden el tiempo en el servicio militar, el tiempo dada la escasez de puestos de trabajo, donde lo pierden actualmente es en la vida civil.

A "Chispa" y a Salvatore nadie les mete en sus cerebros de barriobajeros que existen grandes valores, que son el ornato y la formación recta de un espíritu patriota y cristiano.

Entraron los tres en un cafetín - donde se vendía de todo menos café - de la Barceloneta, que estaba muy animado. La clientela era de lo más variopinta. Cargadores del muelle, de fuerte complexión, marineros de mercantes que hacían escala en Barcelona, viejos lobos de mar, vendedores de relojes japoneses y otras baratijas, dos legionarios con un par de furcias y alguna que otra deambulando de mesa en mesa, atiborradas de parroquianos con olor a brea, salitre y a ron.

Se sentaron cerca de los "legías", que entonaban un viejo tango que hablaba de los amores entre un legionario y una prostituta en un cabaret de Barcelona.

Les habló a los dos amigos con gran pasión. Puso tal énfasis en sus relatos sobre la Legión, que aquéllos le escuchaban embobados, con más interés que curiosidad.

Les decía que la Legión la fundó un hombre llamado José Millán Astray y Terreros. Se desposó con ella y le entregó lo más sagrado que poseía, su propia vida. Dijo muchas cosas sobre el valor, la vida, la Patria, la muerte y compuso el CREDO legionario, con sus doce espíritus. Éste es un desafío sobrecogedor a la guerra y a la muerte. Un canto a los fundamentos castrenses de la raza española. Un código que habla un idioma universal. Hermanó al belga con el australiano y al sueco con el senegalés. Podía estar horas y horas hablando de este glorioso cuerpo, de esta fuerza de élite, que es la Legión Española. Cuando escucho alguna marcha o himno militar, me emociono al máximo. Mi alma respira Patria, Dios, justicia, libertad ordenada y todo un maravilloso mundo repleto de servicio a los demás y como consecuencia a España.

Decía el Fundador que "El himno es la marcha nupcial del soldado cuando va a desposarse con la muerte".

El narrador hizo una pausa, y, mientras tanto, las puertas oscilantes del cafetín se abrieron bruscamente y una docena de marineros del destructor "Fraternité" entraron cantando "La Madelón", con un follón tal que le decían de tú al lucero del alba. Irrumpieron en el ahumado tugurio y por su actitud un tanto agresiva, se diría que llevaban ganas de armar camorra. Uno de los marineros, versión contemporánea del típico aguafiestas, se dirigió al cuarteto formado por los dos legionarios y las dos "generosas señoritas" y, cogiendo a una de las féminas, quiso llevársela por la fuerza, a pesar de estar acompañada por los "legías". Se levantó un legionario y ni corto ni perezoso lo cogió por la chupa azul marino y le propinó tal gancho con la derecha, que fue tambaleándose hasta la ennegrecida barra, derribando en su forzosa trayectoria mesas, sillas, cristalería y todo cuanto se le interponía. Inmediatamente los franchutes de agua salada se lanzaron sobre él y la emprendieron a golpes. El otro legionario no lo pensó ni un segundo y como un leopardo rabioso, saltó sobre ellos con indomable valentía en defensa de su amigo. Para algo lo dice uno de los espíritus del Credo. La superioridad de los elementos asíduos a la Place de Pigalle, fue notoria, pero los legionarios hacían honor a su bravura peleando como leones. Uno de los legionarios, viéndose acosado por varios "gabachos", gritó con todas sus fuerzas: "¡A mí la Legión!". Un huracán parecía que entraba en el cafetín de la Barceloneta. Cuatro legionarios que pasaban en aquel bélico instante por la puerta entraron al oir la llamada legionaria de auxilio. Todavía superaban los franceses en seis a los legionarios, por lo que el terceto decidió, como buenos españoles, intervenir en favor de las FAR. Ni que decir tiene, que a pesar de superar los marinos a los españoles en tres, la victoria fue para éstos. Los galos abandonaron el tugurio como marinos que lleva el diablo.

Los legías pertenecían al Tercio Alejandro Farnesio, 4º de la Legión, con acuartelamiento en Ronda, y eran de la tercera compañía.

Legionarios y paisanos se saludaron con cordialidad y agradecimiento y formaron una sola reunión. La bebida corría en abundancia y los legías, orgullosos de pertenecer a la Legión, les contaron infinidad de anécdotas y les animaron para que ingresaran en el Tercio.

Las canciones legionarias se sucedieron sobre temas diferentes, sólo interrumpidas por una cadena sin fin de brindis, que abarcaban desde sus novias, las prostitutas, pasando por el tinto peleón, España, la amistad, la Legión, la tercera compañía, la toma de Alhucemas, Ronda y el caballo blanco de Santiago.

Cuando los legionarios supieron que "Chispa" y Salvatore eran insumisos adoptaron una actitud un poco tensa. La serenidad, la seriedad, las cualidades de persuasión del otro miembro del terceto, su amor al Ejército y a la Legión apaciguaron los ánimos. No obstante, los de Ronda, golpeando lentamente la mesa alrededor de la cual estaban sentados, todos a una repitieron: ¡Insumiso no seas melón/ y alístate en la Legión/!. "¡ Deja la insumisión/ y márchate a la Legión!"/ Tras estas dos consignas, como una sola voz potente y recia y con ritmo castrense recitaron una sencilla poesía, que probablemente algún día sea una especie de antídoto contra los que se declaran insumisos. La estrofilla dice así:

Insumiso, que de la Patria no haces caso.
¡Sírvela y entrégale el corazón!
¡Ser apátrida, es un fracaso,
que entristece el alma del español!

Desde este momento Salvatore y "Chispa" quedaron muy pensativos. Posiblemente cambien su postura con el tiempo, respecto al servicio militar.

Su vida iba girando grado a grado. Su aspecto físico había mejorado notablemente, lo que influía en el ánimo de sus dos inseparables, sobre los cuales inconscientemente estaba ejerciendo su liderazgo, que despertaba tras tristes letargos de experiencias de abandono físico y espiritual. Es indudable que la buena forma física repercute en nuestras decisiones psíquicas en todo lo concerniente al modo de comportarnos.

Salieron del cafetín despidiéndose de los legionarios con gran cordialidad. Las primeras luces se reflejaban en las aguas del puerto, y una brisa salada se estrellaba contra sus enrojecidos rostros. Caminaron en silencio recorriendo los muelles Nuevo, el de San Beltrán y el de Poniente. Cuando empezaron a sentir frío tomaron el metro por San Jaime, Urquinaona, Plaza de Cataluña y Liceo. Aquí, recordando la charla con los legionarios y admirados de su compañerismo, valor y sentido profundo de la amistad, bajaron del metropolitano. Fueron paseando hasta el Apolo, donde en la barra del bar se acodaban algunos bebedores. Las mujeres del arte exponían sus carnes a los ojos de los paletos del sábado. Las máquinas tragaperras entonaban sus canciones monetarias entre retazos musicales y luces de mil colores. Un señor vestido con uniforme de botones voceaba las excelencias del espectáculo nocturno nombrando a Fosforito, Juanito Valderrama, Dolores Abril y los Romeros de la Puebla, entre otros. Parecía una paradoja que actuasen estos artistas andaluces en Cataluña, pero la gran afluencia de inmigrantes del Sur era el motivo por el cual el Apolo y el Molino agotaban sus entradas los fines de semana con espectáculos de variedades donde predominaba el folklore andaluz.

"Chispa" y Salvatore eran muy conocidos en el ambiente nocturno del arrabal, por lo que constantemente saludaban a la gente, en especial a las mujeres de la vida. Al bajito se le iban las manos tras los traseros ceñidos de la fulanas. No paraba un segundo. Se pierde, aparece y desaparece como por encanto. Es un huracán, muy simpático y más enamorado que "Guiñapo".

El caserón es viejo y de aspecto tétrico, habitado por diez o doce vecinos de mal vivir. La buhardilla está bastante alejada del resto del vecindario. Es la segunda vez que entró en la destartalada vivienda. La primera fue cuando Salvatore lo llevó inconsciente. Por eso ahora su sorpresa fue mayúscula al traspasar el umbral. Las escaleras son de madera muy deteriorada por los años, por lo cual, al ascender por ellas sus crujidos parecen lamentos de ancianos moribundos. Las paredes vestidas de mugre hacen difícil, mejor dicho, imposible, identificar su color primitivo. La claridad no entra por ninguna parte por lo que día y noche, la luz cansada de una bombilla arcaica, son testigos del paso vacilante de los inquilinos, principalmente mujeres pálidas y esqueléticas, materias primas de los lupanares, que hacen vida nocturna y duermen de día. La verdad es que entrar en esta casa, situada en la calle Conde del Asalto, en el pórtico del Barrio Chino, causa la misma sensación que sentirían los viajeros perdidos en tierras de Transilvania en los temas de ficción del Conde Drácula, cuando cruzaban las puertas de su castillo.

¡Qué juerga se montaron los tres elementos! ¡Whisky con cocacola, y pelotazos al canto! ¡Ron con idem, y cubalibres que te crió!

Los dos trompetistas atacaron a dúo temas de Louis Armstrong y gran parte del repertorio de Glenn Miller, del cual Salvatore poseía una amplia representación: "Pensilvania 6 - 5.000", "Patrulla americana", "En forma", "Collar de perlas"... Después le tocó el turno a Herb Alpert y a Miles Davis, trompetas de oro del jazz. Exhaustos, finalizaron cada uno con su tema preferido: "Balada triste de una trompeta" y "Cerezo rosa", que interpretó el fortachón del apelativo italiano con gran sensibilidad. Mientras ellos tocaban, "Chispa" danzaba abrazando una botella de invención yanqui, contemplado por la sonrisa de los músicos.

Llenos de euforia debido principalmente a la acción etílica, reían sin cesar. Se tumbaron sobre sendos camastros y, tanto Salvatore como el de Martín de la Jara, le dijeron que les narrase cosas de su familia. Él, que disfrutaba recordando el anecdotario familiar, les contó la marcha del abuelo Clemente a las tierras de Cabral. Allí las gentes, por aquella época, eran muy inocentes. Un negro, Gerineldo, le dijo al abuelo que ponía la mano en la pared para que le disparase con la escopeta del doce, que llevaba a todas partes, y que cuando sonase el tiro quitaba la mano y no le ocurría nada. El viejo Clemente, joven por aquel entonces, como sabía que el moreno era padre de familia no quiso dejarle inútil. Su carácter aventurero y audaz le llevó a comprar vacas con el tío Juan Millán a la tribu de los charrúas, totalmente en estado salvaje. Eran capaces de matar a su propio progenitor por un pedazo de pan. Menos mal que eran vegetarianos - decía el abuelo -. Tuvieron que dormir vigilando la puerta de la choza y escopeta en ristre. El tío Juan Millán llevaba una túnica de cuando hizo el papel de Jesús en la villa representando el Paso y a la mañana siguiente se la puso, y los indígenas le adoraron, como si de un dios se tratase. "Chispa" y Salvatore se mondaban de risa. El "Peque", como le decían en algunas ocasiones, se revolcaba por el suelo riéndose del relato sobre el abuelo en el Brasil y, cuando se levantó, preparó otros cubalibres.

Sí amigos, mi destino, mi meta, mi fin, está en la milicia —dijo Alejandro. No sé cuando será pero espero no tardar mucho en marcharme a la Legión, cuna de héroes e insuperable Fuerza de Acción Rápida. Es la élite del Ejército. Su Credo, con sus doce espíritus, encierra el alma legionaria. Su jefe, su fundador, fue uno de los más altos ejemplos de amor y entrega a la Patria. Cuando el general Millán Astray hablaba de sus sentimientos más íntimos decía: "Tengo dicho siempre, y por escrito, que soy católico, apostólico y romano, que siempre he procurado seguir el camino del amor a Dios, culto a la Patria, al honor, al valor, a la cortesía, al espíritu de sacrificio, a la caridad, al perdón, al trabajo y a la libertad con justicia. O sea "El camino de los caballeros."

"Nosotros queremos vivir para amar a Dios y sacrificarnos por Él y por la Patria".

Miró a los dos amigos. Estaban cejijuntos, pensativos. Algo en su interior estaba cambiando. Parecían darse cuenta que en la vida hay valores que están muy por encima de lo vulgar y mundano, de lo material. No tenían cultura, pero lo que les faltaba de ésta les sobraba de corazón y sentimientos nobles.

Cada día y con más intensidad, se iba perfilando, iba resucitando a los ojos de los dos expertos en el Barrio Chino, la figura del líder que fuese en su infancia y aún en su adolescencia le admiraban profundamente. Se declaraban insumisos porque jamás nadie les habló de deberes para con la Patria ni de otros valores del espíritu. Su mundo, el que vivieron desde pequeños, era el mundo de la calle, el de la indiferencia, la crueldad, la violencia, el vicio y el ingeniárselas para poder subsistir en ambiente tan adverso.

Continuaron bebiendo y los dos amigos interesados por el tema, le invitaron a que les narrase anécdotas del abuelo Clemente cuando estuvo en la Legión.

El abuelo Clemente no estuvo en Kala Bajo, pero sí estaba por aquel tiempo en Marruecos y en la Legión, contaba el viejo legionario.

Era por el año 1.924. El suboficial Munar Munar de nombre don Bartolomé, se ofreció voluntario para abastecer de agua su posición. La empresa era sumamente arriesgada. Munar arengó a sus legionarios y se lanzó al salto de la última loma que les separaba del Kala Bajo. Van cayendo legionarios hasta quedar el suboficial con cuatro de sus hombres. Grita ¡Adelante! "¡Adelante! ¡Viva la muerte!". Y en un alarde de valentía, cercados de enemigos, llegó a la posición. En estas peligrosas circunstancias hay que retirar del escenario de la batalla a los caídos, y lo consiguieron. Atacaron los rifeños y pasaron a cuchillo a los escasos defensores. Munar arremete y desaloja al enemigo entre él y sus cuatro legionarios de los alrededores de la avanzadilla. Los rifeños combaten con más coraje ante la muestra de valor de los españoles al entrar en la posición. Quedan un legionario herido y un oficial en las mismas condiciones, que va cargando cuantos fusiles puede. Ordena al legionario que golpee una caja de latón y que cante himnos legionarios. Mientras Munar dispara sin cesar cambiándose de sitio para dar la sensación de que había más hombres en el reducto. El enemigo, desmoralizado no se atrevió a lanzarse a un asalto. Al amanecer las cornetas de la columna de socorro anunciaron el final de aquel infierno. El valiente suboficial salió de la posición y le dio al mando que venía al frente de las tropas la novedad diciendo: "Sin novedad mi comandante". - "Dame un abrazo, valiente" - le contestó el comandante. A más de uno de los que presenciaron la escena se le cayeron las lágrimas.

Sobre el pecho del heroico suboficial don Bartolomé Munar Munar, prendieron la Cruz Laureada de San Fernando.

En los rostros de los dos colegas se reflejaba la emoción que el relato sobre la gesta legionaria había producido en lo más profundo de sus almas.

"Chispa" y Salvatore querían informarse de todo lo referente a la vida militar y a los militares, por lo que le preguntaron a Millán si el militar era un hombre como los demás o si era un superhombre.

La profesión militar es casi tan antigua como la existencia del ser humano. Los hombres sienten la necesidad de aunar sus fuerzas para defenderse del peligro, bien de las bestias salvajes en otros tiempos, o del empuje de las tribus a las que les guiaba el afán de anexionarse nuevos territorios o apoderarse de algún bien material del cual carecían.

Igual que cada oficio, para desempeñarlo exige unas aptitudes específicas, una determinada formación. La profesión militar, el oficio de militar, se caracteriza por una serie de valores o virtudes sin las cuales el hombre puede ser cualquier cosa, puede realizar diferentes funciones en la vida, menos la de militar. La disciplina, la obediencia, el valor, el espíritu de sacrificio, el amor a la Patria, la amistad, la lealtad y la auténtica valoración de lo que significa la paz - entre otros valores del espíritu - ya que algunos militares han padecido en sus propias carnes los dolorosos efectos de la guerra. Un recto sentido de la libertad, una justa valoración de los derechos humanos y de la dignidad del hombre constituyen la esencia del militar, me refiero al auténtico militar. Su formación es para la guerra. Está entrenado para matar, como el cirujano para operar. Puede parecer inhumano y cruel, pero no es así, pues dentro de su corazón anidan los nobles sentimientos propios del género humano ya que humana es su naturaleza. Nacido de padre y madre - como cualquier hijo de vecino - a los que ama con veneración. Su amor a Dios es una constante. Tuvo su infancia, sus juegos como todos los niños. Esperó con ilusión a los Reyes Magos. Celebró sus cumpleaños. Hizo su Primera Comunión rodeado de los niños de su edad y de su entorno. Tuvo sus amores y entregó su joven corazón a la mujer de sus sueños y con ella, protagonista también de sacrificios, fundó un hogar. Nacieron sus hijos, y procuró educarlos en el amor a Dios, al prójimo y el respeto a los mayores. Ama profundamente la vida y el estilo que ha escogido. Tiene amigos entrañables. Se alegra y sufre con sus hermanos y en todo momento siente una gran inquietud por el bienestar de sus compatriotas. No le importa la privación de muchos placeres humanos sacrificando sus energías y su juventud en beneficio de los demás. Sueña con un mundo donde sólo reine la paz.

¡Quién piense que el militar no tiene sentimientos, ha invadido el campo del más absurdo de los errores!

¿Qué puede haber algún militar que no sea digno de vestir el uniforme? ¡De acuerdo! Lo mismo que pueden ser indignos los que no utilizan la toga con toda la ética que exige la Ley, los que no son fieles al juramento hipocrático, los corruptos políticos y todos aquellos que no cumplen con su deber como Dios manda.

El militar defiende lo cotidiano, las cosas elevadas y las sencillas, la independencia de la Patria y los símbolos de la misma, la libertad ordenada, la justicia, la familia, el paseo sosegado del ciudadano por el parque o por la ribera edénica del río. Defiende la tertulia en la taberna, la tranquilidad, el hogar y la residencia del jubilado, las clínicas del sufrimiento, la paz de los escolares, la blanca llanura y el verde monte, el mar y las cumbres de las sierras pintadas con las blancas acuarelas. Realiza misiones humanitarias en su propio país y más allá de sus fronteras. Entrega su ser por todo aquello que de alguna forma contribuye a que el rey de la creación sea más feliz. Para ello, es tan generoso y desinteresado que no le importa sacrificar su vida en favor del bien común. Está sujeto a una disciplina - sólido pilar de los ejércitos - que ha de cumplir contra viento y marea.

Así es mis queridos amigos, como yo veo al auténtico militar, al militar de "oro puro".

El dúo que tenía por auditorio, tras las brumas del alcohol, escondía dos corazones muy capaces de sentir los relatos llenos de pasión y convencimiento, que les llevarían posiblemente a alistarse en el Tercio.

Al día siguiente y cuando hubieron pelado la mona nocturna, al anochecer, "Chispa" y Salvatore abandonaron la buhardilla para incorporarse a sus quehaceres. Él no quiso salir y se entregó al ejercicio físico y al recuerdo.

Cuando el cansancio y más tarde el agotamiento hicieron presa en su organismo, debido a la prolongada sesión de gimnasia se tumbó en su camastro y hasta su mente llegó la imagen de su padre y recordó aquel día feliz en que los dos, con todos los pertrechos preparados y montados en la yegua, marcharon muy temprano a pescar en la soledad salvaje de su querido Guadalhorce. Era primavera, y el monte que atravesaron para acortar la distancia, olía a gayomba y a ládano procedente de las floridas jaras. Todavía no daba el sol en el profundo barranco de "Las Laeras", por donde se deslizaban limpias y alegres las aguas del agareno río, cuando ellos preparaban los avíos para pescar. Las perdices saludaban con sus cantos el nuevo día y por doquier los signos de abundante vida animal. Los conejos enseñaban la borla blanca de su breve rabo y los azulones recorrían con su vuelo tornasolado el espejo de las aguas que murmuraban en el sosiego de los remansos y en los elocuentes meandros adornados con el rosa de las adelfas.

Trabaron la yegua para que pastase de la abundante hierba y ellos, caña al hombro, llegaron por la estrecha vereda que culebrea entre la orilla del río y la cantera natural de yeso, donde anidaban los cernícalos, hasta "El Montón de Trigo". Es un montículo que la Naturaleza caprichosa ha construído en una pequeña isla, que a pesar de estar en aquel rincón olvidado, algunos años la sembraban, quién sabe quién, de veza, lo que constituía un exquisito menú para las patirrojas y un lugar querencioso para las mismas. Llegaban al alba, sol y tarde, descolgándose de los verdes ganchales, donde el madroño tiene su reino y es ornato verde y rojo de soledades invioladas. Su padre, con sus buenos reclamos, las cazaba en aquel edén de silencio y sosiego.

Llevaban cola de cangrejo del río, grillos negros, cebolleros, masilla con azafrán y lombrices, cinco cebos variados a los que los argentados barbos entraban como tornados acuáticos, hundiendo los flotadores hasta lo más profundo del mundo fluvial. Cuando pescaban en la corriente y el barbo atacaba la carnada, el sedal silbaba la canción de la victoria del agua y el silencio. Los briosos barbos tiraban con tal fuerza, que en más de una ocasión rompieron las cañas, teniendo que sacarlos tirando del trozo que flotaba, como un náufrago pendiente de un hilo.

En ningún instante de su vida olvidaría aquel día de inmensa felicidad en un escenario tan bello, salvaje y natural acompañado de su padre.

Cuando llegó la hora del almuerzo, el sol bañaba de luz verde y gualda el entorno. Los cernícalos planeaban sobre la cantera azul y blanca y el agua moruna y cárstica brillaba como una joya alargada que se deslizaba en hilos azulados y rectos y en forma de meandros amarillos y rosáceos.

Clavaron sus cañas en la orilla, los flotadores volcados, ya que pescaban al fondo y, sacando de la talega los exquisitos alimentos de elaboración casera que su adorada madre les había preparado, se dispusieron a dar buena cuenta de ellos. La dicha, el bienestar que respiraban se reflejaban en la expresión de sus rostros y en el brillo ovalado de sus alegres pupilas. ¡Qué afortunados eran compartiendo las bellezas que había creado el Señor en aquel apartado y agreste rincón de Andalucía, en el cauce apacible del Guadalhorce!

Durante la comida campestre, un ruido, una especie de húmedo chapoteo, atrajo la atención de los dos pescadores. Una de las cañas era arrastrada por la corriente y por una fuerza procedente del interior de las aguas. Su extremo superior se iba perdiendo en la plata azulada del argentado cauce. El pedagogo en ciernes, la cogió del otro extremo y, tirando hacia él, agarró el sedal. Éste silbaba al ser desplazado por la pieza y poco a poco se lo fue enrollando en la mano hasta que la sorpresa apareció en la superficie en forma de un colosal ciprínido de vientre anaranjado, que bravo y rebelde se resistía a dejar la morada líquida de la mahometana corriente. Padre e hijo ante la visión del gran ejemplar, saltaban de alegría. ¡Qué sencilla es a veces la felicidad! Recordaba las emocionantes escenas que vivieron cada vez que tenían que cruzar el río y no encontraban ningún vado. Con una larga soga amarrada a las bridas pasaba uno de los dos. La yegua nadaba, y tenían que encoger las piernas para no mojarse. Las vivencias fueron de gran emoción, pues, aunque la corriente no era muy rápida, si alguno de los caballistas se caía de la cabalgadura, podía verse en serios aprietos. El río, más ancho en aquellos parajes, y nadar vestido - sin ser un Tarzán -, suponía un gran esfuerzo. Cuando cruzaba uno el otro le echaba la soga. Pasaba la yegua sola, ya que el que se había quedado en la orilla opuesta tiraba de ella, se subía y así vadearon el Guadalhorce muchas veces. Pasaron de una orilla a otra y fueron pescando río arriba: "La Tosquilla", "El Platero", Los Ciruelos de Luna, La Junta de los Ríos, Puente Quebrá, Presa de Adolfo...

Con una gran ristra de bigotudos fisóstomos llegaron al "Indio", ante el regocijo y la admiración de la familia y los vecinos. Éstos recibieron algunos de regalo. ¡Jamás olvidará aquel lejano día, ni tampoco que, para ser razonablemente feliz, no hacen falta lujos, riquezas ni grandes acontecimientos! La indumentaria con la cual se viste a veces la felicidad, es tan sencilla como un día de pesca en el Guadalhorce con su corriente argentada, sus enérgicos barbos, cernícalos sobre una cantera, reclamos de perdices de ganchales verdes y rojos y la cálida compañía del mejor de los padres.

Solo en Barcelona, separado de su familia y a pesar que había encontrado dos buenos amigos y con su herida espiritual con síntomas levísimos de cicatrizar, no podía evitar en sus ratos de soledad en la vieja buhardilla, sentir la nostalgia por los múltiples recuerdos que tenía acompañando a su padre bien de pesca o en sus correrías cinegéticas.

Recuerda la primera experiencia que tuvo con su progenitor el día que aquél le dijo que iban a cazar conejos al "chillío".

El conejo cuando está en celo y siente el chillido de alguno de sus congéneres acude, bien por curiosidad o para requerir de amores a alguna conejilla, cuyo montaraz corazón ha traspasado de estos lepóridos con el dardo del amor.

¡Qué bien imitaba su padre el chillido de los conejos! Con una hoja de chaparro doblada, aplicando sus vegetales filos a los labios, el chillido era auténtico al del conejo. También lo reproducía con la boca y el dorso de la mano y con un círculo de hojalata doblado por el diámetro.

Era muy temprano cuando salieron del "Indio" - su mirada estaba perdida entre los descoloridos pósteres de la buhardilla -, el día era hermoso, de un azul pleno e inundado de mediterránea luz. Los campos amarilleaban, el olor a paja humedecida se prodigaba por ellos y el monte, su amado monte, iba perdiendo el verdor y agostándose en los calveros.

Su padre chillaba y él disparaba. No falló ni un tiro. Recordaba cómo en aquella soledad salvaje del Sur, ellos dos vivían, se encontraban como los barbos y las bogas en su agareno río. Eran felices rodeados de aulagas, coscojas, romeros, tomillos, chaparros, húmedas umbrías y aromatizadas solanas, pobladas de perdices, liebres y conejos.

Rememoraba cuando se asomaron al borde de un barranco y al chillido artificial se levantó un conejo con las orejas erguidas. Él disparó poniendo la escopeta totalmente vertical y el roedor dio el último salto de su vida. Gran trabajo le costó cobrarlo. Cuando fue a cogerlo, la púa de un espino prieto le atravesó la rodilla. Sintió como le perforaba la carne, pero él, duro y acostumbrado a los accidentes camperos, dio un tirón y la espina, sin romperse quedó adherida al espino. Se amarró el pañuelo, para evitar que la sangre le manchara el pantalón y ¡a seguir cazando, como si tal cosa, "como está mandao"!

Cobraron una docena de conejos y regresaron al cortijo reflejando sus rostros la felicidad sana y sencilla de una jornada de caza entre un padre y un hijo, entre dos amigos, los mejores de tejas abajo.

Creo que he estado soñando, desde que Salvatore me trajo aquí, a esta vieja casucha de la calle Conde del Asalto. El contraste de los días de vagabundo y el verme ahora acompañado de mis dos queridos amigos, sus atenciones y su comportamiento conmigo han hecho que mi alma dolorida conciba esperanzas e ilusiones, al menos momentáneas. Despierto de la imbecilidad de mi sueño, y la cruda realidad se presenta ante los ojos de mi espíritu tal como es. Estoy en la flor de la vida, en la primavera de los sentimientos, pero no puedo, no consigo ahuyentar de mi cerebro, ni tampoco lo deseo, la imagen dulce y amorosa de mi querida Esther.

¿Es duro perder un ser querido? Mucho, pero más aún cuando éste es el primer amor y además si se pierde de una forma tan trágica. ¡Cuánto debió quererme para llegar al suicidio por mí! Su figura no me abandona. Aunque en estos días parecía que iba a pasar al olvido, esto ha sido sólo un espejismo. Su vida fue y es la mía. La herida por la pérdida de un amor tan puro y fuerte sigue horadando la aparente cicatriz con el aguijón de la tristeza, con el dardo de la amargura y el desencanto por vivir. Deseo profundamente alistarme a la Legión y, si piden voluntarios para ir a América del Sur, o a cualquier parte del mundo, me iré. Quiero estar en vanguardia y mirar a la muerte cara a cara. No me importa morir - soy católico y por eso no me suicido -, pero, como tengo que pasar por el trance de la muerte, deseo hacerlo al servicio de mi Patria y en las filas de la Legión Española, ya que la vida no tiene valor alguno, si no es para quemarla al servicio de una gran empresa. ¿Cómo he podido vivir estos días anteriores, flotando en un mundo que no es el mío? Incluso llevado por el optimismo y la camaradería de Salvatore y "Chispa", en algún momento, en espacios de tiempo breves, he llegado a pensar que todo lo pasado ha sido una quimera, una horrible pesadilla.

Mi deseo de alistarme en la Legión parece una copia de una novela barata o el adueñarse del típico caso del hombre desengañado, que no encontrando otra solución, se va a la Legión, para intentar con este estilo de vida borrar su vida anterior, olvidar recuerdos dolorosos y amargos. No me guía ni el plagio, ni el ejemplo de nadie. En primer lugar, me induce mi amor hacia la carrera de las armas y en segundo término, es la Legión, por ser un cuerpo de élite y de una gran actividad castrense, donde menos tiempo hay para entregar la mente al recuerdo y al deambular por el mapa íntimo de nuestra conciencia.

Con los ojos abiertos veo el almendro junto al "Charco de la Peña", el almendro que cobijó nuestros besos en una noche plateada. Percibo el perfume pegajoso de la jara y el delicado aroma del romero, cuando paseábamos enlazados por la cintura y en el silencio vegetal del monte mediterráneo, en mi querido "Brosque". Oigo el murmullo del agua en la fuente del "Peñón" y el ronquido delicioso del cántaro al llenarse. La higuera, muda y blanda, desde su olor a leche, era testigo mudo de nuestros arrullos de amor. Después, que es antes, te veo, mi adorada Esther, rodeada de las chicas del pueblo en el refrigerio de una boda. Te estoy viendo en el viejo salón del cine entre la niebla del humo azulada, y las notas procedentes de las cuerdas de la humilde orquesta, sonaban en mis oídos como rapsodias celestiales. Poco a poco se oscurecen los recuerdos. Más que ver, adivino un uniforme militar, una reja que te apresa y un largo velo blanco, que hizo cesar tu lozana juventud. A partir de aquí, no veo nada. Se han secado los ojos de mi espíritu, éste vaga por el mundo del desaliento, el dolor, la indolencia, y la carencia de una meta sentimental o de realizarme en cualquier aspecto de la vida, que no sea mi entrega total al servicio de mi Patria. Le doy gracias a Dios porque a pesar de que tu muerte se llevó la mayor parte de mis sentimientos, ha dejado intactos el amor a mis padres y mi vocación militar, ésta última acentuada, si ello es posible.

El tiempo puede ser el antídoto del sufrimiento. Diría que el tiempo es la duración de los hechos, que a medida que se alejan del suceso que nos hace sufrir puede ir cosiendo, como un cirujano sin artilugios, la herida que tenemos en las profundidades de nuestro espíritu. ¿Puede llegar a que la costura espiritual cierre herméticamente esa lesión que poseemos? No lo sé. Y dudo mucho, a pesar del refrán que dice: "El tiempo lo cura todo", que mi recuerdo hacia ti, hacia nuestra tragedia, mi querida Esther, lo cure el tiempo con el borrador implacable de sus meses y años.

La situación que atravieso es muy violenta. Mis dos amigos me cuidan, visten y alimentan. No debo consentir vivir a costa de ellos como un parásito.

Serían las cinco de la mañana cuando volvieron Salvatore y "Chispa", un tanto achispados. Cantaban "Asturias Patria querida"... y otras canciones de las que se echa mano cuando la ingestión etílica es superior a la que el organismo tolera. Estaba despierto, enfrascado en sus recuerdos. El músico y el "limpia", tras una noche de trabajo y juerga, volvían al cubil con dinero, bebidas y un buen acopio de bocadillos variados. Cuando vieron que no dormía le bombardearon contándole las anécdotas que le habían ocurrido a cada uno.

"Chispa" dice que tiene que reponer su mercancía, la ha vendido toda: tabaco, encendedores, un montón de profilácticos, y ha batido todos los récords en cuanto a la "limpia" se refiere. En el Barrio Chino a un numeroso grupo de marines norteamericanos les dio por asearse el calzado y a todos les limpió aquél, y también algunos dólares. Por ser un servicio de madrugada les clavó bien y tan contentos, ya que el whisky estaba haciendo estragos entre las filas de la Armada USA.

Salvatore le propuso que trabajase en el Eurosex Panam's, local de moda situado en Las Ramblas. Había hablado con el gerente para que le hiciesen una prueba. A él lo habían despedido del Kama, en la Plaza Real, donde llevaba unos días actuando. Es un magnífico trompeta, le echan de un local y a pesar de los follones que organiza, le admiten de nuevo. Aquella noche una borrachera, incomprensión mutua con un guardaespaldas, un gancho de derecha y un músico al paro.

Aceptó el empleo, tras haber tenido un gran éxito en la prueba que le hicieron. A pesar de encontrar trabajo, por sus ojos se filtraba una expresión triste. Su carácter serio e introvertido, en estos momentos, le dejan indiferente ante los constantes éxitos que cosecha. Se gana el respeto y el afecto de todos cuantos allí trabajan.

La casa le obsequia con varios trajes lo que contribuye, dada su juventud y aspecto físico, a que las mujeres suspiren por él. Más de una le ofrece sus encantos en forma de anzuelo, como si fuese un barbo del Guadalhorce, para pescarlo, pero su corazón perteneció sólo a Esther. Es de los hombres que se enamoran una sola vez y para siempre.

Después de sus actuaciones nocturnas coloca la trompeta dentro de su bolsa de viaje, la cuelga en su camerino y se pierde entre el asíduo y numeroso gentío que, sobre todo los fines de semana, frecuenta la elegante sala del Eurosex Panam's. Está bien pagado, pero se gasta el sueldo antes de que cobre el próximo.

Deambula por el local saludando con expresión impasible a clientes que le conocen de sus actuaciones.

Todo es colorido y elegancia. La amplificación de la luz por emisión de radiación estimula, se dispara en todas direcciones, parece como si un enorme venero luminoso brotase del centro de la pista. En la barra, fluorescencias rojas y celestes emanan de los anaqueles y el JB - cola, Dyc - cola, Gin Tonic, Burbon, Four - Roses, Lugumba y la Leche pantera, son voces muy frecuentes y familiares en estas veladas, que se oyen con alta frecuencia y se ingieren al ritmo de la canción de turno.

Cansado de vagar y con los oídos bien abiertos se recluye en un lugar apartado portando en la mano un cubalibre. En la penumbra de su solitario observatorio siente a una pareja de tíos con aspecto de extranjeros, que comentan sobre la visita de algunos miembros de la brigada de narcóticos a la moderna discoteca. Parece ser que los narcos han introducido en Barcelona un buen alijo de cocaína, y la poli, como es lógico, está investigando sobre el asunto.

Es muy cumplidor y formal pero su espíritu melancólico le imprime a su carácter una pincelada de nomadismo, por lo que, poco a poco y sin ser expulsado de ninguno, recorre actuando con su trompeta numerosos garitos, salas de alterne, discotecas y night - clubs de la noche condal. Actuó en locales donde se toca jazz y rock, pero su estilo romántico, nostálgico y trágico - a veces - se impone y el pintoresco público que va a oirle le pide su música. Recorre el Abraxaz, la Bodega Bohemia, El Kama, El KM, Zeleste, Goldshlf, El Apolo, El Molino, El Venezuela... Toca y en los descansos alterna pero la expresión de su rostro es impenetrable, ausente. Cuando finaliza su trabajo se dedica a beber y a la introspección buscando siempre un lugar apartado desde donde observa el mundo noctámbulo, paladea el alcohol y piensa constantemente con amargura en su tragedia amorosa. Después, cuando apenas puede tenerse en pie, recoge de su camerino la bolsa de viaje, donde guarda su trompeta y en un taxi o tambaleando su triste humanidad, se encamina hacia Conde del Asalto. Los lamentos de viejo achacoso de las escaleras de madera cansada y la mortecina luz le acompañan hasta la buhardilla donde le esperan sus dos colegas y si no han llegado aún, se tumba en su camastro y hasta el día siguiente.

Bien entrado el día los tres amigos se despertaron. "Chispa" y Salvatore habían llegado la noche anterior cuando dormía como un lirón y no quisieron despertarle. Charlaron animadamente y cada uno contó cómo había pasado la jornada anterior y tras un buen almuerzo, decidieron hacerle sangre a sus respectivos colchones. Al anochecer se marcharon rumbo a su trabajo. Salvatore toca por estos días en un cafetín de baja estofa del Muelle de Poniente. "Chispa" merodea mayormente por donde sus artículos tienen más venta, sobre todo los profilácticos, lo cual le lleva indiscutiblemente al Barrio Chino y sus aledaños.

Marchó al Venezuela, donde actúa ahora. Estaba el garito en todo su apogeo de la orgía nocturna. Aquí había gran cantidad de busconas universitarias. Se puede decir que la aristocracia de la ramera elegante abundaba, la pendanga de lujo que se cotiza a precios muy altos. Según le informaron, una gran sociedad anónima proporciona a clientes del mundo de las finanzas, gentes de pelas, "caballeros de una perfecta inmoralidad", chicas con las que conciertan citas por teléfono y se ven en los reservados del Venezuela. Éste estaba de bote en bote. Un público de lo más heterogéneo llenaba el local con olor a láser, tabaco, aroma delatador de algún porrillo más o menos furtivo, perfumes variados y el silencio amarillo de las lamparitas que alumbraban el romántico impulso de las parejas.

Hacía un buen rato que había terminado su actuación y como de costumbre estaba colocao a tope y separado del bullicio, solitario, rumiando sobre su pasado, el presente en aquella lujosa sala del Venezuela y su futuro velado por la sombra de la duda y la indecisión. Había llegado a la conclusión de que su puesto, su sitio estaba en la Legión. Se marcharía muy pronto. Sus cavilaciones, rayanas en el mundo de lo onírico, fueron interrumpidas por el canto sangriento de las armas automáticas. Un tiroteo violento ahogó, anuló la música procedente de un equipo estéreo muy moderno. Los clientes aterrorizados, corrían sin control derribando todo cuanto se les interponía en su loca carrera hacia la salida. Chillidos de miedo, voces que jamás habían pronunciado el sobrenatural vocablo, imploraban la ayuda de Dios. Mesas que rodaban, tropel de vídrios, sillas y adornos que se hacían añicos al ser volcados de sus sitios de colocación. Tres encapuchados con pasamontañas, disparaban a sus perseguidores, con excelentes pistolas automáticas. Detrás de ellos, cinco agentes de la Brigada de Narcóticos contestaban con inusitada rapidez, cubriéndose detrás de alguna mesa o columna del local. Los narcos, según se supo después, pues de ellos se trataba, corrían en dirección a los camerinos que hay a uno y otro lado de un largo pasillo, al final del cual una puerta da a un sucio callejón. Uno de los perseguidos llevaba un bulto en la mano derecha, disparaba con la zurda y en su desenfrenada carrera entró en un camerino y a los cinco segundos salió, protegido por el fuego de los otros dos, pero ya no llevaba el paquete.

Entre los disparos de los hampones, de los polis y el pánico de los clientes, quedó el Venezuela arrasado, como si un huracán hubiese irrumpido en la moderna y confortable sala.

Cuando cesó el tiroteo, el Venezuela estaba casi destrozado. Una tenue luz daba a la estancia el aspecto de un campo de batalla después de una gran pelea entre dos bandas rivales. No había quedado ni un alma ajena al local. Sólo asomaban tras la barra las cabezas asustadas de los camareros y un hombrecillo regordete y calvo que salía detrás de un sofá, sudoroso y temblón apenado por el espectáculo que estaba presenciando, era el dueño del establecimiento.

Dejó su apartado retiro y tranquilo, sin miedo, pero achispado, se dirigió con paso vacilante hacia su camerino, caminando por el estropicio de cristales y muebles. Cogió su bolsa, se la colgó del hombro derecho y, haciendo zetas, salió a la calle. Los coches de la policía hacían sonar sus sirenas en la lejanía de la noche barcelonesa. Un taxi cruzaba raudo en aquel momento y a una señal del músico ahumado se detuvo.

Cuando entró en la buhardilla, tras oir el lamento de las viejas escaleras, "Chispa" y Salvatore dormían como marmotas. Colgó su bolsa de un clavo y, vestido, se metió en la cama y se quedó como un chorlito.

Se levantó muy temprano. Sobre la mesa había una nota donde "Chispa" y Salvatore le decían que no volverían hasta la madrugada siguiente por motivo de su trabajo. Un rato de pesas, acompañado de una buena tanda de ejercicios respiratorios, y una ducha fría, le pusieron en forma. Rememoró lo ocurrido la noche anterior y descolgó la bolsa de viaje donde guardaba la trompeta para practicar un poco. Su rostro era el fiel reflejo de la impasibilidad, mezclada con el tinte gris de la tristeza. Tenía pensado ensayar dos temas de Armstrong, que de alguna forma estaban unidos a los recuerdos de su tierra del Sur. "Moon river" (Río de la luna) y "Blueberry hill" (La colina de los arándanos). La sorpresa que se llevó fue mayúscula al abrir su bolsa viajera. Un paquete muy bien hecho de unos cinco o seis kilos - peso que no notó dado su estado etílico - reposaba en el fondo de la bolsa. Intrigado deslió la envoltura y quedó boquiabierto ante la visión de aquel polvo níveo. Era cocaína. Una luz brilló en su cerebro. ¿Tendría que ver este hallazgo con el tiroteo del Venezuela? Claro que sí. Los traficantes de drogas, al huir de la policía, habían introducido la droga en su bolsa, donde estarían próximas la melodía triste y melancólica y el dolor y el vicio que tantas vidas se cobran. Mezclada con otras drogas da origen al krac, que puede acabar con la vida del adicto en menos de dos años.

Tenía que decidir lo que haría con el codiciado "zumo nasal". Vendida en el mercado negro valía un montón de millones ¡Tendría asegurada su vida! Su importe ingresado en cualquier banco, sólo al diez por ciento, le produciría una fortuna anual, para vivir como un rey. Su cabeza era una computadora reflexionando y haciendo cálculos económicos. Por otro lado, estaba su conciencia. Sabía el daño y el sufrimiento que ocasionaría con la venta de la droga.

¿Guardaría el secreto para él solo, o lo compartiría con sus amigos? De momento estaba hecho un taco. Recordó que cerca de allí había una obra y sin dudarlo salió a la calle. En la construcción de un bloque que estaban haciendo se amontonaban sacos de cemento y yeso. Era temprano y no había nadie en la calle. Sacó su navaja, rasgó un saco de cada clase por la mitad y se los llevó a la buhardilla. Entre los trastos viejos que había, encontró un pico y un palustre de cuando el padre de Salvatore era "paleta". Quitó el póster del músico sudamericano y en aquel hueco picó la pared hasta hacer una holgada cavidad donde, envuelta en ropa usada y en varias bolsas gruesas de plástico, introdujo la cocaína. Jamás se podía deteriorar la droga, ni aun con el tiempo. Después rebosó la obra con cemento y dejó la pared totalmente plana con ayuda del palustre. A continuación la repelló con yeso y encima colocó el póster. Nadie podía sospechar que bajo el rostro melódico de aquel músico sudamericano yacía una enorme fortuna. En un solar próximo tiró los materiales sobrantes y minuciosamente dejó todo muy limpio, quitando el más mínimo indicio de que allí un albañil había estado ejerciendo su actividad.

Hasta bien entrada la noche no abandonaría la narcotizada buhardilla. Estaba hecho un lío. ¿La vendería?. ¿Se lo comunicaría a sus colegas? ¿Podría mantener él solo el secreto millonario? ¿Sería capaz de venderla a pesar de la tragedia que suponía la venta de aquel alijo? Tenía que reflexionar, tenía que concentrarse muy a fondo en el asunto antes de tomar una decisión. La vida es mucho más que dinero, aunque éste sume muchos millones. Por lo pronto dejaría las cosas tal como están y después actuaría con arreglo a la honradez que sus padres le habían dado a mamar.

Salió de la buhardilla a eso de la once de la noche y una vez en la calle, en la famosa Conde del Asalto, le dio la impresión de que una sombra se ocultaba en un portal. Se detuvo por espacio de unos minutos y nada observó que fuese anormal. Cogió un taxi y le indicó que le llevase al Venezuela. Sería por la preocupación que lleva consigo el tener droga y mucho más cuando se trata de una considerable cantidad, que todos los dedos le parecían huéspedes.

La vida en salas de fiestas, discotecas, night - clubs, le hastiaba. Había inundado su espíritu la monotonía, los reiterados actos que realizaba cada noche degeneraban en rutina. Actuar, buscar un lugar apartado y con su faz impenetrable y portando un cubalibre dejar que el tiempo impregnado de sombras, colores, perfumes y láser, pasase ante él indiferente.

Tenía la sensación de que era vigilado. Su nuca detectaba, sentía una fría mirada que le taladraba el cráneo, que le observaba sin saber de donde procedía. El Venezuela era muy frecuentado por argelinos de dudoso aspecto y sudamericanos muy elegantes, en cuyas manos no había huellas de trabajos manuales. De todos sospechaba.

"Chispa" había dejado su caja de limpiabotas y sus mercancías en el ropero del local. Iba muy elegante, lo mismo que Salvatore. Los vio entrar. Ellos no le vieron porque estaba en una zona apartada y emboscado en la penumbra que invita a reflexionar. Fue hacia ellos, se sentaron los tres juntos y pidieron cada uno un Gin - Tonic. Charlaron sin cesar y los dos tercios le dijeron que les vigilaban, no sabían quienes, pero estaban seguros que eran seguidos por profesionales de la delincuencia. Alguien que se desvanecía entre las sombras callejeras y el gentío de los locales de diversión.

Callaba su secreto, pero la preocupación iba en aumento, ya que sabía que los traficantes en drogas no se detienen ante nadie ni ante nada. ¿Debía decírselo a sus amigos? Estaba obligado por la lealtad de la amistad. Pero ¿y si les cegaba la avaricia y decidían vender la cocaína? ¿Y si la droga rompía sus lazos de amistad? En su cerebro se amontonaban las interrogaciones. ¡No, no les diría nada! ¡No revelaría su secreto a nadie! ¡No se lo revelaría a sus amigos por el bien de ellos! Podía decírselo a la poli, pero no descartaba la idea de que le implicasen en el tráfico de drogas. Estaba llegando el momento de irse a la Legión. Retumbaba en sus oídos "El novio de la muerte", "La canción del legionario", las recias normas de los espíritus de su Credo, la visión de las impecables formaciones, y se veía con el uniforme verde, como la Serranía de Ronda en primavera, como la floresta que rodea el acuartelamiento de Montejaque y la borlita roja del "chapiri", balanceándose y acariciando su rostro hermético, camino del campo de tiro de "Las Navetas".

Mientras sus amigos mariposeaban tras las pivas - como dice "Chispa" - él seguía meditando en su situación. Ganó mucho dinero, pero su alma necesita empresas profundas, un proyecto de amor a la Patria que se tradujera en auténtica realidad. Necesita embarcarse en intentar algo que tenga un gran sentido espiritual y patriótico. Aquí sólo siente un gran vacío, la monotonía ha hecho presa en él y cada día soporta menos esta forma de vida incompleta, materialista, inacabada, desprovista de los grandes valores espirituales, que son los únicos que en realidad alimentan profundamente su existencia, arruinada en plena juventud. Volvieron los dos amigos al apartado rincón donde se encontraba Millán y, como era tarde, acordaron pagar y marcharse a la modesta estancia que tenían por vivienda.

Aprovechando la ausencia de los tres colegas, alguien con un interés desmedido, había puesto patas arriba todo el mobiliario que ornamentaba la reformada buhardilla y había apuñalado el sofá y los colchones buscando lo que sólo los traficantes y él sabían. Quedaron sorprendidos ante los destrozos que presenciaban y, en lugar de avisar a la policía, ordenaron un poco lo que se podía aprovechar y se dispusieron a dormir, acomodándose como mejor pudieron.

Aquella noche durmió mal. Tres figuras encapuchadas, muy difusas, aparecían en su sueño. La buhardilla adoptaba la forma de un enorme cráneo que hacía muecas grotescas. Abría desmesuradamente los ojos, que eran dos enormes ventanales y la puerta de la entrada una inmensa lengua de madera que se alargaba y despedía un río de densa baba por la que se deslizaban individuos famélicos, temblones, alucinados, de grandes ojos, acompañados del canto triste de un grupo de mujeres enlutadas que tendían sus brazos con ansiedad, deseando abrazar al conjunto de seres desdichados. La buhardilla, el enorme cráneo, balbuceaba vocablos incoherentes, voces que retumbaban como el trueno en "Las Laeras" del Guadalhorce, en las vaguadas de la sierra y en los profundos barrancos del monte. Repetían en su baboso parloteo vocablos como: nieve, zumo nasal, vacilón, colocón, drogado, inútil, condenado, drogadicto, sufrir, drogodependiente, dinero, delincuencia, bofia, atraco, cárcel, sida, muerte... La buhardilla, como en sus entrañas está la coca, aparecía drogada, desvariaba, alucinaba. El canto de las mujeres enlutadas retumbaba, como un eco de ultratumba, y cada vez se hacía más triste y adquiría tintes trágicos. Cuando un policía apuntaba con su pistola automática al monumental cráneo, en ese preciso instante, despertó sudando a pesar del frío que hacía, con la respiración muy agitada y el corazón queriendo salírsele del tórax. Por ahora no tocaría la droga, ni diría nada a nadie. La pesadilla parecía una premonición de los efectos trágicos que ocasionaría el alucinógeno si llegaba a venderlo.

"Chispa" y Salvatore le preguntaban sobre lo ocurrido sin llegar a comprenderlo, ya que allí lo que podían robar, que era algunos trajes, estaban intactos, no los habían tocado.

El momento de incorporarse a la Legión estaba llegando. Tanto él como sus compañeros estaban asqueados de su forma de vivir. Les faltaban ilusiones auténticas para la juerga continua en que se habían transformado sus vidas. Al final de un día de orgía, un vacío amargo se apoderaba de los tres. A "Chispa" y a Salvatore, por que les había hecho pensar de otra forma y además no tenían a nadie, y él estaba poseído por la aflicción de su tragedia y aguijoneado continuamente por una voz interior que le empujaba hacia la vida castrense. Después de haber rodado más que una peonza por el Barrio Chino y por todos los locales de la noche barcelonesa, había conseguido cierta posición económica, pero está visto que "no sólo de pan vive el hombre". Sus almas continuaban totalmente huecas, a pesar de que había mejorado su forma de vida.

No les veían, pero se daban cuenta de que les estaban estrechando el cerco de la vigilancia: lo sabían, lo intuían, lo palpaban en cualquier ambiente donde se encontraban. Sus amigos no comprendían a qué era debida aquella extraña sensación de saberse espiados y controlados todos sus movimientos. Le preguntaban pero sólo les daba evasivas.

En su deseo por alistarse a la Legión —se la había descrito un legionario— se imaginaba entrando por la carretera bordada por enormes y piramidales chopos que adornan la entrada al Tercio Alejandro Farnesio de Ronda. Veía la barrera de control en el Cuerpo de Guardia elevándose para dar paso a los nuevos reclutas entre los que se encontraba él.

Fue por la mañana. No hizo nada más que terminar de asearse cuando tres encapuchados irrumpieron en la buhardilla armados. Uno con un revólver del treinta y ocho, y los otros dos, con pistolas automáticas. Vio que eran así porque del treinta y ocho tuvo el cañón metido en la boca y las otras se las apoyaron en la nuca. Querían que les dijese dónde estaba la droga, pero él no hablaba. Sabía que no le matarían pues si lo hacían jamás la encontrarían. Si no pensaba venderla, ¿por qué no les decía dónde la tenía escondida? No le gustaba que le amenazasen, pues además de ser muy bragado, era muy tozudo y sabía también el destino del estupefaciente si llegaba a caer en manos de aquellos desalmados. Los de las automáticas empezaron a remover objetos por todas partes, a romper muebles nuevos que habían comprado, y el del treinta y ocho, que era un tipo alto, delgado y que lo manejaba con la izquierda, se descuidó un segundo y este breve espacio de tiempo fue aprovechado por él para lanzarle un gancho de derecha. Se le escapó el revólver. El encapuchado zurdo saltó sobre él y, al cogerlo, se disparó. Los otros dos dispararon al aire para intimidarle, y en aquel momento una fulana que pasaba ante la puerta y vio la escena, llamó por teléfono a la policía. Fue algo providencial. Una pareja de agentes, que patrullaba por Conde del Asalto, recibió la noticia de la comisaría, y el ulular de la sirena - a pesar de su valentía - le libró de una soberbia paliza. Alguien gritó: ¡La bofia!. Al oir esta voz los narcos corrieron escaleras abajo como poseídos del demonio. En la calle se entabló un tiroteo y dos de los delincuentes mancharon con su sangre el asfalto, quedando tendidos en la violenta calzada. El tercer, el más delgado y alto, el que manejaba el treinta y ocho con la mano zurda, logró huir.

Desde aquel día en que la muerte una vez más hizo acto de presencia en la buhardilla, dejaron los tres el trabajo y se dedicaron a deambular por todos los antros, a ver si de alguna forma encontraban al hombre sin rostro y le ajustaban las cuentas.

Una juerga tras otra, peleas, orgías nocturnas. Pero no consiguieron averiguar nada. Los tres más unidos que nunca comentan su situación, su hastío por aquel género de vida y deciden irse voluntarios al Tercio Alejandro Farnesio cuyo acuartelamiento está en Ronda.

Dejan una buena posición. Tienen trabajo y ganan dinero. Se pegan la vida padre y están en la mejor situación que han tenido en sus vidas. Y él, Alejandro Millán Valenzuela, el del rostro hermético e impenetrable, deja una fabulosa fortuna en forma de cocaína en las entrañas de una buhardilla que alucina en sueños. Escoge entre la riqueza y la gloria de estar al servicio y entrega a la Patria, quedándose con esta segunda opción.

Salvatore dejó la llave a María Jiménez - practicante del oficio más antiguo del mundo en el Barrio Chino -, que había sido su compañera sentimental y, sin darle explicaciones, ilusionados, se fueron al Gobierno Militar de Barcelona para alistarse en la Legión.

Como equipaje llevaban lo puesto y quince o veinte mil pesetas cada uno, ya que durante dos o tres semanas se habían pulido los ahorros que poseían.

En la Estación de Francia, donde tiempo atrás había llegado como un zombi y carente de ilusiones, cogieron el electrotrén rumbo al Sur. En Bobadilla harían trasbordo para tomar el tren que va para Algeciras y que pasa por Ronda. Iban alpistelados, Millán impasible, sin rostro, llevaba en su corazón las estrofas de la canción del legionario que dicen:

> Somos héroes incógnitos todos,
> nadie aspire a saber quién soy yo,
> mil tragedias de diversos modos
> el correr de la vida formó.

> Cada uno será lo que quiera,
> nada importa su vida anterior,
> pero juntos formamos bandera
> que da a la Legión
> el más alto honor.

La locomotora emitió un prolongado silbido, que fue para él, el adiós al pasado y el hola a una vida que empezaba. Juntaron sus manos y recordaron aquella canción que sintió un día, ya lejano, en aquella dura escuela de la vida, que es el Barrio Chino, en aquel lugar del olvido, el sufrimiento, del vacío y que, pasado el tiempo, sólo quedó la esperanza de ingresar en la gloriosa Legión Española:

> ¡Y aunque a nadie le importa el sufrimiento
> que un legionario lleva en el corazón,
> demostramos que estamos satisfechos,
> y llevamos en el pecho,
> el emblema de la Legión!

EN LA LEGION

El Militar

"Tengo dicho siempre, y por escrito, que soy católico, apostólico y romano, y que siempre he procurado seguir el camino del amor a Dios, culto a la Patria, al honor, al valor, a la cortesía, al espíritu de sacrificio, a la caridad, al perdón, al trabajo, y a la libertad con justicia. O sea El camino de los caballeros".

D. JOSÉ MILLÁN ASTRAY Y TERREROS

ACUARTELAMIENTO DE LA LEGIÓN EN RONDA

EN LA LEGIÓN

Se alistaron en la convocatoria para profesionales "Militar de Empleo, Tropa Profesional" (M.E.T.P.).

En las estaciones donde el electrotrén se detenía, raro era que no subiese algún aspirante a legionario. Los vagones semejaban grandes jaulas con medianos apartamentos amenizados por las voces, risas y canciones de los futuros legionarios. Generalmente se agrupaban en compartimentos sólo ocupados por jóvenes que encaminaban sus ilusiones y esperanzas hacia el acuartelamiento de Montejaque, donde años atrás hacían la Milicia Universitaria centenares de estudiantes, que salían de alféreces provisionales de la I.P.S. y que cantaban emocionados sobre las trincheras que auguraban un nuevo amanecer:

En las trincheras luchamos ayer,
por el honor de la España inmortal.
¡Oh! juventud gloriosa que al caer,
te redimió para una eternidad.

Miraba extasiado por la ventanilla contemplando el paisaje de su querida Andalucía. Una fuerza invisible e interior le oprimía el pecho. Después de mucho tiempo retornaba y pasaba cerca de donde un día ocurrieron los sucesos desgraciados que cambiaron el rumbo de su vida. Desde Bobadilla al "Indio", calculó que habrían unos cuarenta kilómetros. Veía el almendro del "Charco de la Peña" bañado de luna y besos, la "Huerta de Eduardo", "Los Peláez", "la Huerta de Manos Sucias", la de "Escobar", la Cuesta de los Almendros, el cortijo de Vicente Podadera, el "Indio" y sus padres. Al fondo, el árido y rojizo monte del "Brosque", saturado de caza y de románticos recuerdos. Al este las "Lomas", y sobre una pedriza, las discretas higueras y la Fuente del Peñón. Oía el ronquido lejano del agua al llenar los cántaros, y un sabor a jóvenes enamorados impregnaba su boca reseca. Todo aquel paisaje, parecía flotar entre una blanca niebla semejante a un gigantesco velo de tul blanco.

Tres argelinos, nacionalizados españoles y también aspirantes, portando bolsas de viaje, entraron en el departamento. Salvatore y "Chispa" entablaron charla con ellos. Alejandro tenía la mirada fija en el paraje, pero perdida en un punto invisible del horizonte. Estaba ausente del departamento.

La primera estación después de Bobadilla es Campillos. Años atrás había acompañado a su padre a cazar acuáticas - caza apasionante para los dos - en las lagunas, hoy zonas protegidas: la Grande, la Salada, Capacete, Morales y el Cerero. Su padre estaba íntimamente ligado a la orografía por donde, con suspiros eléctricos, marchaba el tren. Después, y a través de zonas de cultivos de secano y de regadío llegaban a Teba asentada sobre una colina rocosa. Más adelante Almargen. Un poco más abajo se extienden hacia derecha e izquierda extensos encinares, refugio predilecto de las esquivas torcaces que arriban a nuestra Patria a través de Echalar y otros pasos pirenaicos. En dirección sur corre vieja, erosionada y paralela a la vía férrea la Serranía de Ronda. Dos breves estaciones, la Atalaya y Setenil, indican la proximidad de la bella ciudad del Tajo. La locomotora avanzaba entre jadeos metálicos, y el monótono ruido de las ruedas al deslizarse por los railes se aproximaba a una cristalina corriente donde el agua, como un espejo líquido, está helada en verano. Es el Arroyo de la Ventilla. Su estrecho cauce, adornado por una exuberante vegetación, es un bello escenario para la paleta del más exquisito pintor. Parece mentira que tan cerca de Ronda exista un lugar tan saturado de hermosura y que la gente apenas lo conozca en toda su extensión. El Arroyo de la Ventilla es un oasis de sombras y frescor cuando el rabioso Febo del Sur saca sus rayos a relucir. Una frondosa alameda - por ambas orillas - impide en varios kilómetros que los dardos solares penetren hasta la estrecha vereda que bordea la orilla derecha. Paseando cauce abajo se siente una sensación de bienestar, placer, de paz y de silencio verde y cristal, que nuestra mente nos traslada a lugares alejados, solitarios, como si estuviésemos muy distantes de la civilización. Es un lugar merecedor de cuidados y protección estatal.

La locomotora emitió un silbido, como si la presencia verde de "Las Navetas" hubiese imaginado que arrastraba un contingente de futuros legionarios que ejercitarían sus facultades físicas en el paisaje dedicado a campo de tiro y a los diferentes ejercicios castrenses.

Dos cabos y un sargento les esperaban. En grandes camiones fueron trasladados al acuartelamiento.

Cuando enfilaron la carretera, festoneada a derecha e izquierda por esbeltos y piramidales chopos, divisaron al final de la recta un bello arco ornamentado en el centro con el emblema de la Legión y a ambos lados la eterna consigna: "¡Legionarios a luchar! ¡Legionarios a morir!" Más adelante está la barrera de control. Experimentó al traspasarla y cruzar por el cuerpo de guardia una sensación jamás sentida. Una fuerza inmensa llegaba a su corazón. Sus dientes y sus manos se apretaron y el vello se le erizó. Acababa de franquear el umbral de sus sueños, desde su más temprana juventud. Entraba en otro mundo, en su mundo, en el lugar que amaba tanto como al hogar paterno. Bronce y granito aleados eran el fiel reflejo de su rostro y por dentro, si se pudiese ver la zona abisal de su alma, un regocijo, festejo general de sus sentimientos, una fiesta interior, recorría alborozada por su sangre, agolpándosele toda la emoción y alegría en la garganta como un nudo de gloria. Había atravesado la linde de un mundo diferente, porque así es la Legión. Ya lo comprobaría con el tiempo. Diferente a todas las armas y a todas las formas y estilos de vida de la milicia. Desde este momento consagraría todo el amor, la nobleza y la justicia que albergase en su espíritu, al servicio del Ejército, que es lo mismo que decir al servicio de España. Pasó a la otra orilla, a la ribera de sus ilusiones, al lado de la gran escuela de la obediencia, la disciplina, el honor, el valor y todo un rosario de virtudes engarzadas por el hilo invisible del amor a la Patria. Había recalado en el Tercio Alejandro Farnesio, cuarto de la Legión, X^{a} Bandera de la BLILEG, perteneciente a las FAR. Los camiones dejaron atrás los jardines Teniente Coronel Rodríguez Román y rodaron por la calle Millán Astray hasta el principio del Patio de Armas General Pallás. Giraron hacia la izquierda, cerca de la Plana Mayor, de la residencia de oficiales y pasaron junto a los barracones que serían su alojamiento durante el periódo de reclutas.

Cenaron en frío y se acomodaron para dormir en literas de a dos. Tocaron diana muy temprano y empezó la transformación del novato civil, aprendiz de legionario, en legionario de cuerpo entero. Entrega del equipo, pelados al cero y todas aquellas actividades que cambian al paisano en un nuevo ser, que vive supeditado a la vida militar.

"Chispa", cuando vio a sus amigos con el uniforme y las cabezas como bolas de billar, se meaba de risa. Decía: "no os conoce ni la madre que os parió."

El horario es apretado: diana muy temprano, lista de ordenanza, desayuno, instrucción muy dura. El Cetme en manos de un legionario es como un bolígrafo en manos de un chupatintas de oficina.

Después de la instrucción, gimnasia, a continuación, un breve alto, primera comida - a base de bien -, clases teóricas, mantenimiento, toque de marcha y cena. A las diez y treinta, retreta para todo el mundo, y a las once, silencio.

El líder del trío ha adquirido una gran fortaleza física con esta forma de vida. Destaca en todo sobre sus compañeros. En los obstáculos de la pista americana llega a batir el récord en la rapidez de su ejecución y en la limpieza con que realiza los ejercicios. La escala, alambrada, dados, barras, muro, tabla tahilandesa, gallinero, foso, barra de equilibrio y vigas las sortea con igual facilidad que el conejo de monte se mueve entre coscojas, retamas, jaras tomillos y aulagas. Sube la cuerda de cinco metros de altura a pulso y en escuadra, o sea formando el tronco con las piernas un ángulo de noventa grados. En las clases teóricas, igual que en las prácticas, es el orgullo de sus mandos. Ha sido admirado muy pronto por sus cualidades físicas e intelectuales, y además por su carácter serio, esforzado, sin pereza, decidido, disciplinado y formal se está ganando el afecto y respeto de sus compañeros y superiores. Sin embargo, la expresión de su rostro es dura, dejando entrever levemente un ríctus de amargura. Su vida anterior es de su exclusiva propiedad, no la comparte con nadie.

Los mandos son severos, pero comprensivos, abiertos al diálogo. Les exigen mucho, les animan y al mismo tiempo resuelven todos los problemas que surgen. Predican con el ejemplo. En las carreras matutinas de ocho y diez kilómetros, allí están los valerosos suboficiales "mojándose" al frente de sus hombres, dando ejemplo en todo momento. Son los primeros en lanzarse a la acción en inundaciones, apagando el fuego que está quemando a nuestra querida España y en todas aquellas acciones humanitarias que la sociedad les demanda dentro y más allá de nuestras fronteras.

Desde el coronel Manuel Romero Navarro al muy querido teniente coronel Alfonso Armada de Sarriá, comandantes, capitanes, entre ellos el capitán de la Vega Fernández - éste es tanta la entrega a la Legión, que hay quien dice que va para general -, el teniente Ramón Armada Vázquez, primeraco de la Academia General Militar, teniente Arango de la escala legionaria, pasando por el cordobés de Ovejo brigada Miguel Morales - gran aficionado a la tauromaquia y al cual por su carácter afable los legionarios le llaman el brigada "Güay". Además, existe un plantel de sargentos al lado de los cuales un marine es una consumada señorita.

Tanto los procedentes de la escala legionaria, como Reina, Jareño, Cabrera, César —q.e.p.d.— y aquellos otros que han conseguido un puesto en la Legión y proceden de la Academia General Básica de Suboficiales: Ponlla Catoira, Guillén Pérez, Bermejo, Bilbao Sáez, Penco seleccionado para el Camel Trophy, Conejo Valenzuela y un excelente cuadro de oficiales y suboficiales que este modesto emborronador de folios sólo conoce de vista, pero aunque no figuren en estos relatos sus nombres, deseo que ninguno se moleste. Para todos los mandos legionarios del Tercio Alejandro Farnesio vaya un fuerte abrazo en la Legión.

En las clases teóricas aprenden armamento, explosivos, conocimientos que luego complementan haciendo uso de ellos en las clases prácticas. Practican el argot del legionario y sobre todo el Credo, férreo cimiento de la Legión. Lo han aprendido como el Padre nuestro. Lo recitan marchando, haciendo flexiones, corriendo y en cualquier momento de la jornada castrense. Un mando enuncia uno de los doce espíritus y los legionarios como un solo hombre contestan su contenido. Los espíritus son: el espíritu legionario, el de compañerismo, el de amistad, unión y socorro, marcha, sufrimiento y dureza, el de acudir al fuego, disciplina, combate, el de la muerte, la bandera de la Legión y todos los hombres legionarios son bravos. Además de todo lo anterior el legionario lo que siente en lo más profundo de su alma es el amor a España y a la Legión. Aprendieron, cómo no, henchidos sus corazones, inflamados de amor patriótico: "El novio de la muerte, "La canción del legionario", "Tercios heroicos", "Pobrecitos maridos infelices", "Las cuevas de Ketama", "A la derecha va el Tercio", "El simissi es un palito", "Frente de Gandesa", "Mi amigo José", "De Larache vengo ahora", "Tango legionario" y otras muchas canciones que elevan los ánimos del legionario hasta el paroxismo.

- La Legión no debe consentir que antimilitaristas, políticos de pacotilla o el último monigote de la sociedad - que han intentado suprimir algunos de los espíritus de su Credo - que éste sea mutilado - dijo Alejandro y fue vitoreado por un grupo de reclutas que descansaban tras un alto en la instrucción.

El sargento Ponlla sabía que Millán era profesor de E.G.B. y conocía su gran amor por el Ejército, por lo que le encargó en una de las clases teóricas, que escribiese algunas frases o lo que se le ocurriese sobre la Legión, sencillamente lo que pensaba sobre ella.

Rápido y disfrutando con el acto de la obediencia, pues decía que quien no sabe obedecer, nunca sabrá mandar, cogió bolígrafo y papel y, escribiendo lo que transcribo, leyó en voz alta ante un numeroso grupo de reclutas y la satisfacción de "Chispa" y Salvatore, que se sentían muy orgullosos de ser los mejores amigos de Millán Valenzuela, las siguientes palabras: "Todavía existe la creencia de que todos los legionarios somos maleantes. Los hay y los ha habido, como en cualquier colectividad donde los individuos están seleccionados por su fuerza física, su valor y su desprecio hacia la muerte violenta. Este desprecio se adquiere por el orgullo de ser un legionario de cuerpo entero." Fue interrumpido con una gran ovación de todos sus compañeros. Alejandro prosiguió: "La Legión es una potencia en la cual el amor a la Patria se eleva a su máximo exponente. Patria, valor y honor son valores de la Legión. La Legión es una filosofía castrense para corazones intrépidos. El legionario es el yerno de la contienda, que tiene relaciones con su hija, que es la muerte". Los hurras, bravos y los vivas, inundaron el horizontal Patio de Armas del general Pallás. Fue felicitado por todos y muy especialmente por su sargento Ponlla Catoira. El recluta orador continuó enfrascado en su arenga: "Cuando los valores patrióticos brillan en demasía por su ausencia el legionario los lleva prendidos en el rojo de la sangre y en su Bandera. El "Legía" será un gran representante del legionario anónimo. Un ser cuyo destino es sufrir y que llega a la Legión - hoy menos - vapuleado por el látigo de la vida. Es un enamorado de la muerte, un fervoroso defensor de su familia, que es la Legión. Ama su Bandera, símbolo de la Patria, con todas sus fuerzas. Encuentra en la Legión el amor de su vida, el amor que sustituye a los amores fracasados. Su amor por la Legión es una filosofía natural ante un estilo de vida. Intenta abandonar la Legión y no puede, no puede ni desea vivir sin ella", concluyó nuestro protagonista ante la alegría y el entusiasmo de todos lo presentes.

Un nuevo Teniente Coronel fue destinado a la Legión por este tiempo, Nicolás Perote Pellón. Legionario a carta cabal. Se comenta en este ambiente que piensa que la Legión no debe perder su idiosincrasia, a pesar de los pesares, por lo que recomienda, entre otras cosas, que el legionario lleve las patillas largas, el tatuaje alusivo a símbolos legionarios y a otros motivos y que se conserve en toda su integridad el léxico, el argot característico que arrastra desde hace mucho tiempo y que se ha engrosado con nuevas aportaciones a través de los años.

La tarde florida del mes de mayo se agolpaba alegre, decidida y bulliciosa en torno a la cantina. Los tres futuros legionarios, - "los inseparables", como empezaban a ser conocidos -, tras un alto en la jornada, se sentaron alrededor de una mesa. El bajito de Martín de la Jara ya es famoso por su carácter simpático, nervioso y sus aptitudes comerciales, ya que les vende tabaco a los reclutas.

Entre ellos tres no siempre hablaban así, pero querían practicar el argot legionario. "Tengo Winston a dos pelotes (diez pesetas) el guiri (cigarro rubio). ¡Venga ya pringao (recluta), saca la pelleja (cartera), que te gastas menos que un ruso en catecismos!. ¡Vaya tela!", dijo mirando al recluta. "No sé si serán las Adidas pal (pal monte, pal barro...) o los tachines (pies), lo que sea, te canta por soleares (te huelen)".

En aquel preciso momento entró el sargento Bermejo y Salvatore, dirigiéndose a Millán le dice: "¡Vaya puska (pistola) que gasta el sardigueras! (sargento)". "¡Y que lo digas!", contestaron los dos amigos al unísono.

Alejandro, limpiándose el sudor con un pañuelo, se dirigió a sus amigos: "¡Qué calor hace aquí, cómo pega hoy el mulana! (el sol)".

- "Es verdad", contestaron "Chispa" y Salvatore.

- "Bueno, ¿qué queréis tomar?", inquirió "Chispa".

- "Tráete una botella de mole peleón (vino tinto corriente) y tres garimbas (cervezas)", contestó Salvatore.

- "Me parece que estáis eligiendo muy pronto la senda de la embriaguez", dijo un pringao de la mesa de al lado.

- "Calla moñigona (inútil), me da la impresión de que te gustan poco las pivas (chavalas), tienes aspecto de julai (maricón) y de pegarle en abundancia al may flay (porro)", contestó el fortachón de Salvatore. El recluta quiso agredirle, pero uno que estaba con él le sujetó y le dijo: "¡Ni lo intentes, Salvatore te da un tortazo y das más vueltas que un trompo!"

La cantina estaba muy concurrida. Todos charlaban, reían y fumaban. Un grupo de maños comenzaba a sentir los efectos del peleón y atacaban la canción que dice: "El Ebro guarda silencio, al pasar por el Pilar...

Alejandro sacó unas cuartillas y empezó a escribir una canción dedicada a la Legión, que llevaba por título "Balada de un legionario". A la letra, le adaptaría una música hawaiana bastante conocida, cuya melodía es muy nostálgica y cargada de romanticismo.

Se bebieron la cerveza y empezaron a pegarle al tintorro. Salvatore, dirigiéndose al simpático exlimpiabotas del Barrio Chino, le dice:

- "Vamos "Chispa, a ver si me dices en nuestro argot -aproximadamente- cuántos militares de cada clase hay ahora mismo en la cantina".

- "Eso está hecho", contestó el nervioso sevillano. "Hay cuarenta o cincuenta pringaos, incluídos tú y Alejandro. Estoy viendo desde aquí uno, dos, tres y cuatro cucales (cabos), cinco legías (legionarios), tres tirillas (cabos primeros), dos sardigueras (sargentos), un brigadier (brigada), un cherif (subteniente), y dos dobles (dos tenientes). Ya no veo ningún mando más, pero los que faltan hasta el coronel te los digo también. El triple o capirulo (capitán), el huevo frito (comandante), dos huevos fritos (teniente coronel) y el baranda, el coronel, que es el que manda".

- "Muy güay "Chispa", dijo Salvatore dándole una palmada en la mano. "¿Y esos tres figurines que no son de la Legión, qué nombres tienen?"

"El de la izquierda - contestó "Chispa" - es un pistolo (soldado del Ejército de Tierra), el que está sentado a su derecha es una muñequita del aire (soldado del Ejército del Aire), y el del centro, un popeye (marinero)."

- "Muy chachi (muy bueno), ya vas pareciendo un legionario", contestó el robusto Salvatore.

Cuatro peleonas habían vaciado cuando "Chispa", más alegre que un sonajero, se levantó y llamó a un malagueño del Perchel que toca la guitarra mejor que Paco de Lucía y Manolo Sanlúcar juntos.

- "Ráscala por fandangos", le dijo al perchelero.

- "Voy a hacer varios. Unos por Juanito Maravillas y los otros por Huelva. ¡Vamos al turrón pringao!"

"Chispa" se subió en una mesa para llamar la atención. Alejandro y Salvatore se miraron con los ojos desmesuradamente abiertos. "Chispa" es un joven polifacético, que lleva también en el alma el duende del flamenco. Les iba a dar una gran sorpresa sobre todo a Millán, que es un profundo enamorado del cante de su tierra y además que le trae el recuerdo de su padre, que canta como los ángeles.

- "Qué guardado se lo tenía el muy cabrón", dijo el bestia de Salvatore.

- "Veremos a ver si sabe cantar, o es una de sus muchas travesuras. Mientras no lo escuche no me lo creo," dijo Millán dejando la escritura y con expresión enigmática.

Los dos sargentos que se encontraban en la cantina eran Bilbao y Conejo, también estaba el brigada Morales - "El Güay" - que le pega al cante por bajines. Los tres se fueron acercando al estrado improvisado por el jareño.

- "Lo dicho pringao, "vamos al turrón que el bacalao se ha acabao", dijo "Chispa" y continuó hablando. "Se los dedico a la Legión Española, a todos mis mandos, de los que me siento muy orgulloso, a mis compañeros, al de la "Buena Muerte", para que nos dé fuerzas a los pringaos para que seamos auténticos legionarios dignos del Tercio Alejandro Farnesio. Casi todas las letras de estos fandangos son mias. ¡Va por ustedes!"

La guitarra, como un legionario más que se emociona ante la sublime canción del Novio de la muerte, lloraba desgranando sus notas de oro con sabor a Legión y, exparciéndose por la cantina, le imprimieron al local un silencio tan solemne como el que se oye en el momento de la ofrenda a nuestros muertos.

> Caballero y mutilao,
> a España su vida dio.
> Caballero y mutilao.
> Combatiendo fue un león,
> de la muerte enamorao,
> fundadó de la Legión.

En el interior de la cantina parecía que había irrumpido el terremoto de San Francisco. El brigada Morales y los sargentos aplaudían como locos. Millán y Salvatore se levantaron y lo iban a destrozar abrazándolo. Los reclutas y todos los presentes atronaron el local con sus ovaciones: "¡Viva "Chispa"!" "¡Es el tío más grande de todo el tercio!" "¡Viva la madre que trajo al mundo a este pedazo de cantaor!" "¡De puta madre "Chispa"!" "¡Viva la Legión! ¡Viva Millán Astray!"

- "Si los mandos me lo permiten - dijo "Chispa" con expresión chula e interesante - quiero ofrecer en primacía a todos mis compañeros en la Legión seis fandangos más, como un modesto homenaje a nuestra querida arma:"

"¡Voy pallá!:

> ¡Qué arma meor no hay!
> ¡Ni la hubo ni la habrá!
> ¡Qué arma meor no hay!
> Ener veinte nacerá,
> se llamó Millán Astray,
> un fundadó siniguá.

Los aplausos y el griterío en honor de "Chispa" eran ensordecedores. Todo el mundo escuchaba con los cinco sentidos al cantaor, que hasta ahora había permanecido en el más absoluto anonimato dentro del bello arte del cante flamenco.

Cantó tres por Juanito Maravillas y otros tres por cantes de la bella Onuba. Estas eran las letras del futuro legionario:

Y ener pecho la metralla
y elarma llena de gloria.
Y ener pecho la metralla.
Su Credo fue su victoria,
der "Legía" en la batalla
y de la muerte su novia.

¡Quer cañón está cantando,
y er legionario en su puesto!
¡Quer cañón está cantando!
Una bandera ener pecho,
a una novia recordando
y un ¡Viva España contento!

Y la mira cara a cara,
er legionario a la muerte.
Y la mira cara a cara.
No reniega de su suerte:
coner sol, ni entre la hara,
ni baho er disparo caliente.

De la muerte enamorao,
er legionario estará.
De la muerte enamorao.
¡Ener combate hamá,
dará un paso acobardao!
¡O morí o triunfá!

Porir a tu lao a verte,
¡ay mi más lear compañera!
¡Ay por ir a tu lao a verte!
Me hice novio de la muerte,
la, estreché con lazo fuerte
y su amó fue mi bandera.

El ritmo en la instrucción y en todos los quehaceres castrenses se está intensificando. Los futuros legionarios están asimilando todas las enseñanzas teóricas y prácticas de sus mandos, y una corriente de alegría y optimismo se respira en los barracones. Es una auténtica delicia verlos desfilar por el Patio de Armas "General Pallás" con el braceo marcial y el coraje característico y viril del legionario español. Saben que en breve serán legionarios, celebrarán el Juramento a la Bandera y podrán lucir orgullosos el chapiri con su borla roja.

Por estas fechas ocurrió el caso más inconcebible que mente humana puede imaginarse. "Los hay que tienen la negra". Epifanio Lentisco Céspedes, recluta encarnación del desaliño, es el garbanzo negro de la familia legionaria, la úlcera estomacal de los sargentos, pues tanto en la instrucción como en la teórica va de puñetero culo. Para marcar el paso tienen que recurrir al método tradicional de ponerle una alpargata blanca y otra negra y a las voces: "¡La blanca, la negra, la blanca, la negra!", medio se defiende. No es disminuido psíquico, ni mucho menos, sólo que ha nacido con esa forma "sui generis", único entre un millón. No se enfada ni le preocupa en absoluto ningún tipo de problemas. Es más tranquilo que un rucho. Dice que está casado, estado civil que trae a la mente de todo hijo de vecina la expresión: "Viendo al guarda, se ve la choza". Es un caso perdido. Durante una acampada, por no salir de la tienda de campaña para evacuar - ya que es el rey de los vagos - hizo sus defecaciones dentro del recinto comunitario de lona. "El Cazorla", criado en el corazón de esta hermosa sierra y más basto que un condón de pleita, salió del habitáculo con el apéndice nasal cogido con la mano derecha diciendo: "Mi saento, aquí no hay quien pare, er "Lentisco" sacagao en tó lo que verdeguea." Bronca, arresto y como si tal cosa, Lentisco sólo cambiará el día que estire la pata.

Desde el veinte de septiembre, fecha en que fue fundada la Legión, diría más, me remontaría a la época de los dinosaurios, cuando el homo sapiens habitaba en Altamira, La Pileta y otras mansiones prehistóricas, entre los avatares que haya podido padecer algún aspirante a soldado, creo que se puede afirmar rotundamente que jamás hubo ninguno en cuya desgraciada humanidad se cebara el accidente con mayor generosidad.

Lentisco - maestro de todos los oficios y oficial de "maldita la cosa" - intentó colocar la puerta de un barracón que se había desprendido, le cayó encima y le abrió una gran brecha en el melón que tiene por cabeza. Pero he aquí que la odisea apocalíptica sólo comenzaba. El trancazo en el coco fue el primer eslabón de una cadena construida a base de esguinces, fracturas y hematomas. Cuando nuestro negligente protagonista salía del botiquín fue a la cantina para ver un partido de fútbol por la televisión, y ¡zas!: se le torció el tobillo. Cojeando entró en la guarida del dios Baco, y en aquel preciso instante tenía lugar un altercado entre dos "legías". Aunque renqueando, y a pesar de su apatía por todo, intentó actuar de árbitro y ¡pumba!, puñetazo que te crió, y nuestro Lentisco cobró sin que le debiesen nada. Como consecuencia del fenomenal trompazo le pusieron un ojo, que más que ojo parecía la cagada de una pava llueca. Ante la triple eventualidad y el aspecto semimonstruoso con que empezaba a manifestarse su nuevo rostro, decidieron llevarlo al hospital de Ronda, y como las desgracias no vienen solas ("Ayer se murió mi suegra y hoy he perdido la navaja"), un nuevo chupinazo del destino vino a marcar un golazo en la portería negra del recluta Lentisco, pesadilla y jaqueca de sus superiores.

La ambulancia, cual bólido de competición, partió a toda pastilla con la puñetera mala suerte de que en una pronunciada curva la camilla donde reposaba la maltrecha humanidad de Lentisco que era movible, al chocar con la puerta trasera del consultorio ambulante, salió disparada carretera abajo y fue a estamparse contra un providencial olivo que le salvó la vida a pesar del impacto y que de no haber sido plantado en aquel oportuno lugar, nuestro accidentado protagonista hubiese alcanzado los ciento y pico de kilómetros por hora, campo a través, y vaya usted a saber dónde hubiese aparcado el todo terreno sin motor, con aquel cargamento, que aunque estropeado, todavía era un Apolo, pues hasta aquel instante los hados habían sido muy generosos, comparado con lo que tenía que sucederle en un futuro muy próximo.

Los enfermeros bajaron prestos de la ambulancia y devolvieron a su interior aquel trozo de infortunado e improvisado piloto. Llegan al hospital rondeño, descargan "el bulto" en urgencias, y un celador hercúleo lo abraza cariñosamente para depositarlo en una silla de ruedas, y ¡crac!, dos costillas hechas mierda, con el consiguiente berrido de Epifanio Lentisco Céspedes, que hizo estremecer los cimientos del edificio dedicado a la cirugía y otros menesteres de alivio y recuperación de la salud humana. Colocado en el biciclo sin pedales y dado su lamentable estado, el celoso celador empujó con fuerza el vehículo y éste cogió tal velocidad que el ocupante, nuestro Lentisco, pensando que iba a darse un batacazo, se agarró a las dos ruedas con las consiguientes fracturas de falanges y falangetas. Una vez reconstruida la víctima y como, a pesar de su aspecto de momia egipcia, su estado no revistía gravedad, fue devuelto al Tercio con la mala fortuna que a eso de la media noche, un "lentiscaso" rompió las severas normas del silencio castrense: era Lentisco, que había efectuado un aterrizaje forzoso desde la segunda planta de su piltra.

Un sargento, no recuerdo quién era, quiso inmortalizar los aconteceres narrados en el libro de las efemérides para rememorar en el futuro esta sarta de eventualidades que se habían cebado en la calamidad de proyecto de legionario, que es Lentisco. Pero he aquí que el final de esta anécdota fue sellado con la tragedia de la tecnología contemporánea. El ordenador al ser tecleado y sentir en su interior las letras componentes de esta aromática planta, dio un suspiro metálico y ha quedado inservible, fundido, averiado para todos los restos.

Millán en el tiempo libre ha escrito un sencillo poema. Quiere hacer todas las aportaciones que pueda a la Legión. Desea, si es posible, que el día que cante por última vez "El Novio de la muerte" en el Tercio Alejandro Farnesio queden huellas de su paso por él. Su canto a la Legión lo titula: "Balada de un legionario". A la letra desea que le adapte la música alguien preparado. Tengo el presentimiento que causará furor entre los legías. No es una joya literaria, pero como le conozco y sé que la ha escrito con el corazón, me tomo la libertad de transcribirla.

Mientras es llevada o no al pentagrama, hago la aclaración que de forma "casera" y breve expongo: "Los puntos suspensivos indican, que donde se encuentran, hay que prolongar la melodía".

"A la Legión Española,
crisol de héroes"
Título: "Balada de un
legionario"
Autor: Alejandro Millán Valenzuela

Huérfa...no soy yo...
y sin amores...
Amo...a la Legión...
de mis mayores...

BIS

No ten...go más amor...,
que a ti...brava Legión...,
te entre...go el corazón...
y mis fervores...

ESTRIBILLO BIS

¡Millán, Millán, Millán,
Millán Astray,
Astray, Astray,
hombres como tú...,
que pocos hay...!

Servir...a la Legión...
mi meta es siempre...,
cumplir...fiel la misión...
con sangre ardiente...

BIS

Tu emble...ma es un honor...,
que en mi...pecho ancló...,
juré... con pundonor...
por la Legión...

ESTRIBILLO BIS

¡Millán, Millán, Millán,
Millán Astray,
Astray, Astray,
hombres como tú...,
que pocos hay...!

Soñé ... con la Legión...
desde mi infancia...
Luchar...con corazón...
y con eficacia...

En ti...encontré mi hogar...
mis pa...dres y amistad...,
la paz...y el calor...
de mi Bandera...

ESTRIBILLO BIS

¡Millán, Millán, Millán,
Millán Astray,
Astray, Astray,
hombres como tú...,
que pocos hay...!

Me haré...un tatuaje...
dentro del alma...,
será...como un blindaje...
de amor a España...

BIS

Y si...en peligro estás...
¡A mí... la Legión! dirás...
y to...dos como un hom...bre acudirán...

ESTRIBILLO BIS

¡Millán, Millán, Millán,
Millán Astray,
Astray, Astray,
hombres como tú...
que pocos hay...!

Mi amor...se llama Muerte...
también Bandera...:
"Vivir...para servir...
este es mi lema..."

BIS

Seré...buen legionario...
lucha...ré con ardor...,
morir...por la Legión...
no es un calvario...

ESTRIBILLO BIS

¡Millán, Millán, Millán,
Millán Astray,
Astray, Astray,
hombres como tú...
que pocos hay...!

Todo el tiempo que Millán lleva fuera del hogar paterno le ha estado remordiendo la conciencia. Primero por haber abandonado a sus padres, que tanto quiere y que tan buenos han sido siempre con él y segundo, porque en esta larga temporada no se ha dignado escribirles ni una sola vez, por lo que se imagina que ellos no tienen la más remota idea de donde se encuentra y estarán sufriendo mucho. Ahora al estar en la Legión y como sabe el gran amor, respeto y admiración que su padre siente por la carrera de las armas, quiere mitigar un poco todo el daño que les ha hecho, comunicándoles dónde se halla e invitándoles para que acudan a la Jura de Bandera.

Sus padres recibieron la carta en el "Indio" con el mismo alborozo que aquel padre bíblico recibió al hijo pródigo. Me enteré después por vecinos y amigos que tengo en aquellos andurriales. Al progenitor de Alejandro se le ha muerto el suyo y lleva varios años recluido en sí mismo, haciendo una vida bohemia. Por eso ahora, y según me contaron y además porque le conozco bastante bien, al tener noticias de su hijo, saber dónde se encuentra y, como toda su vida soñó con ser militar, ha olvidado los sufrimientos pasados y tanto su mujer como él han acudido a Ronda a ser testigos del Juramento de su hijo a la enseña Patria.

El padre de Alejandro ha vuelto a la vida, ha vuelto a empezar. Una profunda ilusión presidirá desde ahora todos los momentos de su existencia, por el hecho de tener un hijo con vocación por la milicia, dentro del cual camina errante el espíritu de otro militar sin uniforme.

En la primera fila de los asistentes se encontraban sus padres. El día, majestuoso en luz y color, se había detenido sobre el Patio de Armas "General Pallás". En la rectangular explanada, hollada durante años por plantas prestas al sacrificio y a la entrega, formaban las tropas legionarias del cuarto Tercio Alejandro Farnesio presididas por los guiones y banderines. Enhiestas, en perfecta e impecable formación. Todas las compañías semejaban los retoños verdes de un prolífero vivero, cuyo fruto es el sacrificio y un profundo amor a España y a la Legión. Tras el acto solemne del Juramento, arenga del Coronel y, con el gorrillo legionario en la mano, a la voz del jefe del acuartelamiento se pronunciaron con voz enérgica algunos espíritus del Credo. El progenitor de Millán Valenzuela está ligado a las fuerzas de la formación por un hilo espiritual, ya que bajo el traje visible del paisano, existe otro invisible, un uniforme sin tejido hecho de amor, respeto y admiración hacia la milicia.

Cuando él era niño recuerda como en los escolapios de Archidona, por la mañana, se cantaba en el patio antes de entrar a clase: "Prietas las filas", El Himno Nacional, el Cara al Sol o el Himno de la Legión. Cuando en aquellos infantiles años oía los himnos, ya se estremecían sus tempranos sentimientos. Ahora y ante la visión de su hijo besando el crespón rojo y gualda, la solemne ofrenda a los muertos y el canto noble y bizarro de "El Novio de la muerte", todo un volcán de emociones circulaba por su ardiente sangre española. Se sentía inmensamente dichoso.

Terminó la jura, Alejandro les presentó a sus dos "inseparables". Estuvieron los cinco todo el día en Ronda y fueron muy felices. No se pronunció ni una palabra sobre el pasado. Sólo dijo a sus padres que jamás volvería al "Indio" para evitar que su herida espiritual se abriese de nuevo, razón que comprendieron sus progenitores, con esa ternura y comprensión que brota del amor paterno. Ellos viajarían a Ronda cuando hubiese algún acontecimiento en el cuartel, como son las Juras de Bandera, el día de la Patrona, el Veinte de Septiembre y con motivo de los emocionantes actos de final de mes, conocidos con el nombre de Sábados Legionarios. Ilusiones, nostalgias... el alimento espiritual del viejo soldado.

A pesar del poco tiempo que tenían, ¿cómo no iban a echar un rato de cacería? Mientras la madre de Millán hablaba con "Chispa" y Salvatore, su padre le contó algunas de sus cacerías desde que él abandonó el "Indio". La caza abundaba, tanto la de pelo como la de pluma.

Alejandro dijo a sus padres que deseaba hacer la carrera militar, por lo que haría el curso de cabo, se prepararía bien y se presentaría en la Academia General Básica de Suboficiales de Tremp, noticia que fue acogida por su padre con gran júbilo.

Acompañaron a su familia a la estación de Ronda donde cogieron el tren de las cinco y treinta. A su padre le hubiese gustado más esperar al de las once, pero no lo hicieron porque los chicos tenían que estar en el cuartel más temprano. La madre de Alejandro tras abrazar y besar a su hijo, hizo lo mismo con "Chispa" y Salvatore a los cuales se ofreció como si de su madre se tratara. Los dos "prófugos del Barrio Chino" faltos durante toda su vida del amor materno, estaban visiblemente emocionados.

El grupo de los argelinos tiene un especial interés en hacer amistad con Alejandro y sus amigos. Aprovechan todas las ocasiones y cuando están en la cantina, todo su afán es invitarles y sentarse con ellos. Han sido destinados a la tercera compañía.

Millán, tras la marcha de sus padres, que le proporcionaron una inmensa alegría con su presencia, volvió a su introversión y su rostro adquirió de nuevo la inescrutable expresión del hombre herido en lo más recóndito de su espíritu, mezclada, con una aparente indiferencia por todo cuanto le rodeaba.

Los fines de semana recorren algunas ventas de los alrededores donde toman unas copas y después almuerzan. Estuvieron en La Polvorilla, la de Antonio, Don Benito, El Abogao y La Indiana. Por la noche visitan varias discotecas y pubs. "Chispa" se liga a todas las pivas que se ponen a tiro. Salvatore se acodaba en la barra y Millán se recluía como siempre en el lugar más apartado de los locales con un pelotazo en la mano y la mirada perdida en un punto inexistente. La marcha del fin de semana es por Ruta - 10, en el Pasaje Joaquín Peinado, Baco, Dulcinea, Garden, Discoteca Que, Bohemia y Zona Verde son sus hogares nocturnos, donde deshojan las horas entre copas, bromas y alguna que otra bronquilla sin la menor importancia.

Ya son veteranos, se han ganado el chapiri, lo que lleva consigo una mayor responsabilidad y peligro en los ejercicios prácticos y en las maniobras. Manejan el mortero de ochenta y uno y ciento veinte milímetros, la ametralladora M.G. de siete coma sesenta y dos milímetros, la cinco coma cincuenta y seis, el lanzagranadas Instalaza de ochenta y ocho coma nueve milímetros, armas contra carros C - 90 y Milán. Pero lo que usan tanto como la cuchara los legionarios es el Cetme en el manejo del cual hay verdaderos expertos. El modelo C de siete coma sesenta y dos milímetros se utiliza para la instrucción de reclutas.

Es emocionante ver a los legionarios en "Las Navetas" durante la instrucción nocturna y en las maniobras utilizando el fuego real. Nada de fogueo, es real, del que "hace pupa". Verlos reptar, como grandes ofidios, con indumentaria de campaña, a través del pasillo de fuego es algo verdaderamente alucinante: hay tres calles con explosivos intercalados y el tableteo de las ametralladoras disparando por encima de sus cabezas. ¡Un pasón! ¡Es digno de ver y admirar cómo con prontitud y valor realizan los más arriesgados ejercicios!

Ya están familiarizados con la orografía y demás accidentes geográficos de la zona. Han pateado durante las marchas los ríos Guadalcobacín y Guadalevín, los arroyos Lifa, de la Cuna, Ventilla y Cijuela y son fieras monteando los accidentes del Hacho, Medio Culo, Mures, Cancho de las Navetas, Algarrobo, Peñón de Ronda, Molototo, Sierra de las Nieves, Sierra de los Merinos, Vértice Espejo, Vértice Salinas, Puerto de los Queguijales. Han pasado también muchas veces por cortijos, unos habitados y otros en ruinas, como son "Navetas Viejas", "Nuevas", "Castro", "Huerta Reala", "El Copero", "Armiñán", "Garrapiño", "Los Llanos", "Cupil Alto" y demás caserones y majadas abandonadas de la Serranía de Ronda.

Hoy, un día cualquiera, realizan los legías una marcha a la Sierra de las Nieves. El sargento Reina manda el pelotón donde van los "inseparables". "Chispa", obedeciendo órdenes del Sargento empieza una canción - marcha, de su cosecha particular. Él entona solo una estrofa y los legionarios le contestan con el estribillo muy conocido por todos:

"CHISPA"
Dicen las pivas de Ronda
que quieren a los legionarios,
porque somos muy altivos,
valientes y temerarios.

LEGIONARIOS
ESTRIBILLO
A la Legión, a la Legión,
a la Legión vine a luchar.
¡Adelante la Legión,
porque en ella está el amor
y en el amor la eternidad!

"CHISPA"
Tengo en la Jara una novia,
que ella me quiere pescar,
yo le digo que nanai,
que espere un poquito más.

LEGIONARIOS

ESTRIBILLO

"CHISPA"
Yo le digo, si me caso,
ha de ser con condición,
que si su madre me gruñe
la tiro por el balcón.

LEGIONARIOS
ESTRIBILLO

"CHISPA"
Ella me compra el tabaco,
yo siempre prefiero el ron,
pero lo que más le gusta
es que le dé un revolcón.

LEGIONARIOS
ESTRIBILLO

El espíritu de amistad - no tenían que demostrarlo -, pero lo hicieron una vez más. La marcha era dura y de muchos kilómetros. Una espesa niebla cubría la sierra como un denso manto casi opaco. El Solano agitaba las nubes bajas. Grandes remolinos de niebla hacían que la marcha aumentase de dificultad y que la visión fuese cada vez más reducida. Las rocas, profundamente erosionadas y resbaladizas debido a la humedad del ambiente, contribuían a la peligrosidad de la caminata. Una delgada vereda recorre a media falda la ladera de la sierra, lo que obligaba al pelotón a marchar en fila india. La diminuta senda es el único escalón natural que recorre el profundo barranco de norte a sur. Sus paredes están cubiertas por coscojas sueltas y alguna que otra cornicabra. "Chispa" resbaló y se precipitó hacia abajo, con tal fortuna que quedó colgado, a unos cincuenta metros de la veredilla, de una cornicabra que providencialmente nacía allí, en aquel tramo de la sierra, cuya vegetación es escasa hasta llegar al pinsapar. Antes que el pelotón se ofreciera voluntario para acudir en ayuda del simpático jareño criado en el Barrio Chino, Salvatore y Millán lo hicieron poniendo sus vidas en la linde de la muerte. Con ayuda de cuerdas lograron izarlo. "Chispa", que sólo tenía magulladuras, abrazó a sus amigos, y éstos fueron felicitados por el "sargento bético" Reina.

Los fines de semana suben a Ronda los "inseparables". Almuerzan en cualquier lugar y toman copas. El sábado y el domingo por la noche se dedican a lo que ellos llaman "rondear", es decir, a recorrer pubs, bares y discotecas.

Fue un fin de semana en que Alejandro y Salvatore tenían servicio, y "Chispa" subió solo a la bella ciudad de la serranía. Era noche avanzada cuando salió de la discoteca Garden, donde solían acudir los tres amigos. La oscuridad fuera del radio de alcance de la iluminación de la entrada se dormía sobre el marrón de los tejados. La calle estaba más solitaria que él en Barcelona. La cruzó para adentrarse en un oscuro callejón, que le llevaría a su lugar de hospedaje. De un portal surgió una sombra, portando en la mano izquierda un objeto que, a pesar de la oscuridad nocturna emitía destellos. No le dio tiempo a reaccionar. Fue sorprendido por un individuo encapuchado que con gran habilidad manejaba un cuchillo. Le cogió por el cuello y le instó a que le dijese donde guardaba la cocaína. Le habló - con la voz deformada - de Barcelona, del Venezuela, del tiroteo en éste local y en la calle Conde del Asalto y también de la amistad que le unía con los otros dos legionarios. "Chispa" estaba sorprendido ante los conocimientos del atracador. Éste sabía de su vida y amistades en la Ciudad Condal, pero lo que no acertaba a comprender era lo de la droga. No tenía la más remota idea de la existencia del narcótico, ni el porqué le relacionaba con él. Le amenazó con matarlo si no le proporcionaba información sobre el escondrijo del alucinógeno. Como "Chispa" no contestase, le dio el enmascarado un empujón muy fuerte que le tiró al suelo, momento que aprovechó el desalmado para darse a la fuga y esfumarse como un espíritu en la oscuridad de la noche rondeña.

"Chispa" no contó por ahora nada de lo ocurrido a sus "inseparables", pero estaría desde este momento ojo avizor. No entendía nada de aquella mortal amenaza de que fue objeto. ¿Debía decírselo a sus amigos o, por el contrario callarse para no implicarlos en tan feo asunto? Pensó que desde la sorpresa nocturna su vida estaba pendiente de una fibra finísima. Montaría una perenne vigilancia. Tenía que descubrir al oculto encapuchado. La muerte danzaba a su alrededor vestida de legionario, falso, pero vestido de verde como los demás, lo cual dificultaba más aún la labor de investigador que se impondría desde ahora. Donde menos la esperaba, le asaltaría de nuevo la parca cuchillo en ristre. Podía ser un legionario que le ha tocado imaginaria de tres a cinco, o el compañero que, fingiendo un accidente, le disparara en las Navetas, en los ejercicios de tiro, destrozándole el cráneo. La muerte podía estar en la litera contigua, bajo el cuerpo visible de un hombre de carne y hueso. Quizá le estaría aguardando de nuevo en la calleja solitaria a altas horas de la noche. La parca de la guadaña vestida con uniforme verde estaba deshonrando con su presencia en el Tercio Alejandro Farnesio a la Legión Española. Agazapada, como pantera negra en la espesa jungla, esperaba el momento para lanzarse sobre su presa. Lo que le tranquilizaba un poco es que, fuere quien fuese el legionario traidor, no le atacaría a fondo, pues si lo mataba nunca encontraría la droga, si pensaba que él la tenía o conocía el lugar donde estuviese escondida, de lo cual no tenía n.p.i. No podía dormirse desde ahora en los laureles, tenía que dormir como las liebres, con los ojos abiertos. Entre los bravos legionarios se había camuflado un maldito narco tras las huellas de una supuesta droga de la que él no tenía la más remota idea. Pensó que sólo era cuestión de serenidad, no demostrar nada al respecto, vigilar discretamente, tener paciencia hasta poder desenmascarar al fingido legionario.

Las taquillas de los "inseparables" eran abiertas con cierta frecuencia, encontrándose en ellas notas escritas. Unas con amenazas de muerte si no le entregaban la coca, y otras, recordándoles su estancia en Barcelona, sus andanzas, e invitándoles - de modo irónico y al mismo tiempo con un mensaje mortal - a que le dijesen dónde se encontraba el escondrijo del codiciado alucinógeno.

"Chispa", días más tarde, narró a Salvatore y Alejandro lo que le aconteció en Ronda con el encapuchado.

Salvatore saldría el próximo fin de semana que sus compañeros tenían guardia. Dada su constitución física y su probado valor, estaba deseando encontrarse con el legionario intruso y echarle la mano encima, seguro que no le quedarían más ganas de amenazar a nadie ni de escribir notas anónimas, y dejar de una vez y para siempre aclarado el enigmático problema de la cocaína.

Salvatore - en solitario - recorrió varios pubs y discotecas. Era bastante tarde cuando abandonó la Bohemia. La madrugada rodaba soñolienta por las estrechas callejas. Iba con sus cinco sentidos alerta, esperando de un momento a otro ser atacado. En la soledad urbana sólo se oía el ruido del silencio. Nada perturbaba el sosiego de la noche. Alrededor de una vieja farola danzaban algunas mariposas atraídas por la mortecina luz. De vez en cuando se detenía, aguzaba el oído para comprobar si algún sonido delataba la presencia del escurridizo personaje, que ocultaba cobardemente bajo el verde uniforme su verdadera personalidad. A medida que avanzaba hacia la pensión donde se hospedaba, más cauteloso era su andar. Se detenía continuamente, se escondía en los portales, escuchaba y nada rompía el silencio nocturno. La entrada de la pensión es un soportal sumido en la penumbra. Entró y cuando intentaba tocar el timbre, un cuchillo apoyó su feroz punta en la cerviz del coloso trompetista. Éste intentó reaccionar pero la presión del acero le hizo desistir. El huidizo enmascarado le interrogó sobre la cocaína y le amenazó diciéndole que mataría a los tres, si no se la entregaban. Ante el silencio absoluto del forzudo legionario el misterioso atracador desesperado, impotente, al no poder recabar información sobre la droga le hizo una herida en el cuello y le dijo que la próxima vez se lo cortaría. Como un sigiloso ninja, se esfumó entre las desmayadas sombras de las solitarias callejuelas.

Salvatore comentó con sus dos colegas, muy preocupado, su encuentro con el mafioso.

Por aquellos días los catalanes, pasaron a la tercera Compañía. Alejandro sospechaba de ellos y de los argelinos.

Tenía que resolver el problema. Era el principal protagonista y su hermeticidad respecto al paradero del "zumo nasal" estaba poniendo en peligro la vida de sus dos amigos. Sólo a él correspondía descubrir al falso legionario. No tenía derecho a jugar con la seguridad de sus dos "inseparables". El asunto es bastante delicado. Por las conversaciones que había oído, por noticias en los periódicos e incluso por las películas sabía que los narcos no perdonan y barren de su camino todos los obstáculos que se les presentan, sin importarles lo medios que tengan que utilizar para conseguir sus fines. La aventura en que se hallaba metido era muy peligrosa. Por otra parte, no dejaba de pensar en su falta de sinceridad para con sus amigos y compañeros de armas. Por más que le daba vueltas al problema siempre, llegaba a la conclusión de que debía decírselo, pero la duda ante la fragilidad de la voluntad humana le impedía mezclarlos en tan grave situación, ya que el dinero doblega los más férreos ánimos y, en lugar de cumplir con un deber de lealtad hacia Salvatore y "Chispa" lo que puede es ocasionarles un mal de consecuencias insospechadas, un daño irreparable, hasta tal extremo que se enganchasen los dos en la droga o comerciasen con ella, con el consiguiente desastre que esta postura lleva consigo. No, no se lo contaría a nadie.

A veces, en la soledad de su camareta, soñaba despierto con los millones, con lo que podía hacer con ellos, con la vida cómoda y festiva que podía pegarse y además sin dar golpe, pero inmediatamente acudía para fortalecer su versátil voluntad, a la llamada profunda y recia de su vocación militar, pues piensa, que no existe dinero en el mundo para comprarla, aunque como humano en determinadas ocasiones vacila.

La vida en el acuartelamiento de Ronda -aparte de estos acontecimientos- continúa su ritmo normal. Los legionarios están cada día más orgullosos de serlo. A medida que va pasando el tiempo sienten con más fuerza su amor a la Legión y a España.

En los ratos de asueto, los legías se reunen en el moderno mesón que han construído para ellos y que ha sustituído a la vieja cantina. Es una construcción extraordinaria, moderna y elegante.

Los argelinos y catalanes procuran la compañía de los "inseparables". Alejandro recela tanto de unos como de otros. Sin embargo, adopta una postura sencilla y normal para que el falso legionario se confíe y baje la guardia y de esta forma poder descubrirlo.

Pronto se va a convocar el curso para cabos. Él se presentará, pues tiene una gran ilusión con conseguir el galón de cucales y después prepararse para la Academia General Básica de Suboficiales.

La guardia en el polvorín estaba acompañada por el sosiego, la plateada luz del disco lunar y el maullido monótono y gatuno de los mochuelos, que con su silencioso vuelo acariciaban las sombras de las frondosas encinas. La guardia terminaba el viernes por la mañana. Salía él y entraban sus dos amigos.

Un chasquido seco, metálico y casi imperceptible, rompió la placidez de la noche andaluza. Un balazo en el muslo derecho recibió su compañero de servicio José Fernández Avivar, de Cortes de Graena, que en aquel momento hacia la primera guardia después del silencio. El centinela se encontraba a dos palmos de Alejandro, que en aquel momento salió a contemplar la hermosa noche. Inmediatamente Millán disparó con el cetme una ráfaga en dirección a donde creía que había salido el disparo. Con gran rapidez salió el sargento Bilbao Sáez, llamó al cuerpo de guardia y el oficial del mismo dio la alarma. El cornetín de órdenes rasgó la noche aciaga con el toque de generala. Todo el mundo en pie. Se despliegan los pelotones en todas las direcciones buscando al frustrado asesino. Nadie aparece. El manto negro que envuelve al acuartelamiento hace que se esfume el autor del disparo y el perfecto conocimiento del terreno le sirve para escapar. Forman a todas las compañías y no faltaba ni un legionario. El incidente preocupó bastante a los mandos y, según fuentes dignas de crédito, han montado un servicio de vigilancia para encontrar al protagonista de intenciones homicidas.

La bala le había atravesado limpiamente el muslo al legionario Avivar y no le ha ocasionado daño alguno en huesos ni tendones. Se buscó afanosamente y no apareció el proyectil ni tampoco el casquillo para poder realizar una investigación y saber si procedía del arma reglamentaria (un revólver o pistola de algún oficial o suboficial) o si el mortífero plomo provenía de alguna ajena al cuartel. El realizar una investigación basándose en el calibre suponiendo que encontrasen la bala o el casquillo es muy difícil, ya que casi todos los mandos tienen revólveres y pistolas de su propiedad y además de calibres iguales en muchos casos.

Millán entregó el armamento y marchó a la tercera compañía para que el sargento Ponlla le diese el pase de fin de semana y poder cambiarse de paisano. Cuando llegó a su camareta, abrió la taquilla y encontró una cuartilla colocada en lugar muy visible que decía: "La bala iba dirigida a ti. ¿Dónde está la coca? ¡La próxima te la meteré en la cabeza!." Guardó el macabro mensaje y calló el sorprendente hallazgo. No se lo diría a nadie. Tenía que resolver él solo el delicado problema. El tipo que le perseguía debía ser un experto en abrir cerraduras, ya que no había la más mínima señal de haberla forzado, ni tampoco al candado. Pensaba que estaba frente a un individuo de cuidado. Un gángster preparado, que disparaba y desaparecía como por arte de magia, que entraba y salía de la compañía sin ser visto, que atacaba en la calleja oscura de Ronda, lo mismo que en la noche sosegada que envolvía al polvorín. Por las actuaciones del mafioso podía deducir que posiblemente hubiese estado en algún centro clandestino de preparación, al modo de los espías o de los comandos de ETA, dada su especial forma de actuar sin levantar sospechas ni dejar el más mínimo rastro de sus acciones. Estaba frente a un asesino muy preparado e inteligente, por lo que tendría que emplear sus mismas armas: frialdad, astucia y llegado el momento, atacarle con dureza, sin piedad.

Se vistió de paisano. Llevaba unas medias que compró la última vez que subió a Ronda, diciéndole a la dependienta que eran un regalo para su novia. También llevaba un machete metido a la altura del cinto, entre el pantalón y la camisa.

Sabía dónde se reunían los catalanes y los argelinos. Entró en la Bohemia procurando no ser visto y se sentó en un lugar apartado, muy discreto - como siempre - para ver todo cuanto le rodeaba y no ser descubierto. Un argelino y un catalán se apartaron del grupo. Hablaban muy entusiasmados gesticulando, como si el tema de la conversación fuese algo de suma importancia. Al cabo de unos instantes salieron del local, lo que por un momento atrajo sus sospechas. Pero como era temprano, prefirió continuar vigilando al resto del grupo, aunque pensó que uno de los dos podía ser el protagonista de todo lo que estaba ocurriendo.

La discoteca estaba muy concurrida. La mayoría de los clientes masculinos eran legionarios que bebían, fumaban, ligaban como auténticos donjuanes y movían el esqueleto al ritmo loco de la salsa y del salado pez de Terranova. Los focos giratorios imprimían al ambiente la nota multicolor que caracteriza a todas la discotecas. Las chicas alegres, coquetas y escandalosas, representaban con su cháchara fielmente al resto de su género, y la noche avanzaba devorando los minutos, como amiga de las sombras y aliada del sufrimiento humano.

A las tres de la madrugada salieron los dos legionarios argelinos y el catalán - creo que es de Blanes -. No pudo verles el rostro a ninguno de los tres. Les siguió, tomando todo género de precauciones para no ser descubierto, hasta una pensión donde se hospedaban. Millán se quedó vigilando desde un oscuro y obsceno portal de enfrente. A las cuatro salió un individuo. No le vio la cara dada la distancia y la oscuridad nocturna. El barrio estaba envuelto en una densa sombra, pues habían apagado el alumbrado público. Se cubrió la cabeza con una media y con el sigilo de un sioux le siguió de cerca y en las proximidades de la estación del ferrocarril, en las casitas matas que hay junto a ella y bajo los árboles que crecen en la acera, se escondió y vio al misterioso trasnochador que intentaba dar un rodeo y esperar a que Alejandro saliese de la discoteca. En aquel momento un felino doméstico enamorado que rondaba a las gatitas del vecindario le descubrió en su escondite: dio un estentóreo maullido y formó tal ruido que el narco le descubrió. Éste, en vez de atacarle - no le interesaba organizar follones -, salió corriendo. El falso legionario se colocó un pasamontañas y corrió como una centella a través de la noche agonizante. El desconocido fulano, en su alocada huída tropezó y Alejandro le alcanzó, dándole una gran paliza. Tubo la mala fortuna de no poder quitarle la máscara reveladora del secreto de su identidad y se le escapó.

Al día siguiente, en el acuartelamiento, cuando formaron al toque de diana, los argelinos y los catalanes tenían las caras con hematomas y esparadrapos, lo cual resultó una gran contrariedad para resolver el enigma del personaje nocturno.

Hasta ahora Millán sólo se había dirigido a los norteafricanos y a los catalanes con indiferencia, y sus diálogos no llegaban más allá de una decena de monosílabos. En las circunstancias actuales estaba obligado a relacionarse con ellos para investigar los misteriosos ataques del no menos misterioso encapuchado. Se reunieron en el mesón un viernes por la tarde. Los argelinos tienen nombres de gran dificultad para recordarlos, así que, a propuesta de "Chispa" acordaron en llamar a Abd - Al - Malik, "Manué", a Siamín - Al - Assad, "Hosé" - con h aspirada - y a Taysir - Al - Sahond, "Pepe". Esta ocurrencia fue aprobada por todos y Salvatore y Millán la acogieron con grandes carcajadas.

Los accidentados habían pensado no decir a nadie la verdad sobre el accidente. Les interroga por separado y con gran diplomacia sobre cuál fue el motivo de sus heridas. Contestan con poco convencimiento, dos catalanes y un argelino que se habían caído de una moto cuando se les cruzó un niño y que después se habían juntado con los otros dos africanos y tuvieron una reyerta con unos yonquis.

Millán insistió durante varios días para sonsacarles la verdad, pero siempre se encontraba con los mismos relatos, una refriega con un grupo de chorizos y de esta postura no había quien sacase a los confabulados, de los cuales cuatro, serán inocentes y uno el protagonista misterioso, el falso legionario y asesino en potencia. ¿Pero cuál era el mafioso?

Los catalanes se llaman Jordi y Jaume - cosa extraña - ,Millán desconfía tanto de unos como de los otros, por lo que cree que el carácter de cada uno puede ser fingido, para desviar la sospechas hacia otro lado. Abd - Al - malik, alias "Manué", parece a primera vista un joven cándido, inocentón y muy despistado. Millán no esta convencido de que esto fuese cierto. Siamín - Al - Assad, alias "Hosé", es un tío muy raro, extraño, pero astuto, parece formal y Taysir - Al -

Sahond, "Pepe" es de una postura aparentemente indiferente ante todo, muy serio, introvertido, inteligente y de una gran frialdad. Jordi es introvertido, a veces, y muy tacaño, (¡sorpresa!) Jaume, inteligente y reservado. Tenía frente a él, cinco sospechosos, no confía en ninguno.

De vez en cuando soñaba con la buhardilla de la calle Conde del Asalto. Tenía pesadillas. Aparecían en sus sueños muchas madres esqueléticas, con los ojos hundidos en los cuencos orbitales, vestidas de negro y gritando enloquecidas. En otras ocasiones, se veía en una gran finca rodeada de buenos perros para la caza, un caballo alazán y muchas perdices, conejos, liebres, patos, agachadizas, tórtolas, zorzales y faisanes. Calculaba de cinco a seis kilos la cocaína emparedada. Según noticias de los medios de comunicación, el último alijo aprehendido a los narcos en un pueblo de Sevilla es de ciento cincuenta kilos de coca. Se han valorado en el mercado negro en catorce mil millones de pesetas. Por el mismo cálculo, lo que él había encontrado podía alcanzar, en el mismo mercado, un precio de quinientos sesenta millones. Esta cifra hace que la más férrea voluntad se debilite, se tambalee y cierre sus oídos a la voz de la conciencia. No, no podía venderla, no. La Legión le había ganado, le había conquistado para la noble causa del amor a la Patria y a tan glorioso cuerpo. Piensa que nadie dudaría en enriquecerse y pegarse la vida padre, pero él siente que su vocación está por encima de los valores materiales, que tanto imperan en la sociedad actual.

Los días transcurren apacibles y dinámicos en el Tercio Alejandro Farnesio, pero sobre los "inseparables" se cierne la sombra oculta de la muerte, representada en un intruso que eclipsa la jovialidad de los tres amigos.

Ha pasado algún tiempo desde el encuentro en Ronda con el noctámbulo personaje y ha empezado el curso para aspirantes a cabos. Será una coincidencia, pero todo contribuye a sospechar de los habitantes de ramblas y rieras y de los argelinos, pues, además de otros legionarios, todos ellos se han presentado para conseguir el deseado galón. Millán ha destacado en el curso, ha sacado el número uno y está muy satisfecho. La Legión los ha rebajado de todo servicio y ha puesto a disposición de los aprobados un microbús para llevar a Málaga, a la Academia Marte, a todos los legionarios que deseen presentarse para la A.G.B.S. (Academia General básica de Suboficiales).

Las coincidencias son reiterativas, pues además de cinco legionarios y Millán se están preparando también el trío de los africanos y los dos catalanes.

En Málaga, en la Academia de preparación, Millán ocupa el número dos desde septiembre a diciembre. Al pasar Navidad subió al uno, el cuál ya no dejaría hasta que finalizó el curso.

Los padres de Millán, por complacer a su hijo y por razones económicas, se han trasladado desde el cortijo el "Indio" a la bella ciudad del Torcal. Desde ahora, todos lo fines de semana los pasarán juntos.

A pesar de que conozco muy bien a su padre, no creo que exista nadie capaz de llegar a lo más profundo de sus sentimientos y expresar el sano orgullo, la satisfacción y el cambio radical que ha experimentado después de la muerte de su padre, con la decisión de su hijo de continuar la carrera militar.

Alejandro está decepcionado con las notas que ha sacado en Ortografía, ya que en el Instituto apenas sacaba faltas. Su padre leyó los dictados y de momento se dio cuenta que procedían - pues la había utilizado en su juventud - de la famosa Ortografía de Miranda Podadera. Hizo gestiones - no era muy fácil encontrarla en aquel tiempo - y su querido amigo Agustín Muñoz de la Vega se la regaló con un bella y sugestiva dedicatoria, donde le refiere emocionado que su hijo ha elegido la carrera que él hubiese deseado realizar.

Millán ha comprado un coche con el que va a Ronda, Málaga y Antequera. Cuando se despide de sus padres, el domingo por la tarde, su padre percibe un nudo en la garganta, lo siente en la soledad de su vocación irrealizada. ¿Qué siente? ¿Será envidia, nostalgia? ¿O es el inconformismo de un viejo soldado? No, no es envidia. Le conozco muy bien, pero inmediatamente reacciono y pienso que sí que es envidia, mucha envidia, pero muy sana, y la felicidad inconmensurable de tener un continuador del estilo de vida que deseó vivir un día ya bastante lejano. Reacciona de su nostalgia distante y se introduce de polizón en el uniforme de su hijo. Se imagina enhiesto en el Patio de Armas General Pallás entonando las estremecedoras estrofas de "El Novio de la muerte", y su alma envuelta en rojo y gualda suspira entrecortada.

Un fin de semana, por motivos que desconozco, salió el forzudo Salvatore antes que "Chispa" y Millán. Quedó en esperarlos en la Venta "La Polvorilla". No hizo nada más que pedir un tinto cuando fue provocado por un grupo de golfos de la Serranía. Empezó a repartir leña como una máquina, pero ante la superioridad numérica de los serranos, se retiró hacia la entrada y profirió el grito de "¡A mí la Legión!" Un cabo y un legionario bajito entraron en el local como dos huracanes. Los chorizos recibieron palos hasta en el D.N.I. Eran Millán y "Chispa", que andaban buscándole y habían llegado en aquel providencial instante. Después de la refriega se estrecharon las manos "los inseparables" y regaron la victoria con unas botellas de peleón. La Legión demostraba la unión entre sus legionarios. Cumplían a raja tabla el "espíritu de unión y socorro". Además de esta circunstancia, Millán y "Chispa" le hubiesen ayudado aunque no fuesen legionarios. Había doble motivo para defender al grandullón de su amigo.

A.G.B.S.

DE LA LEGION A LA A. G. B. S.
(Academia General Básica de Suboficiales)

LA ACADEMIA

Vista General de la Academia

Se convocan las pruebas para el ingreso en la A.G.B.S. y los primeros exámenes fueron en Campo Soto (San Fernando) sobre conocimientos de cultura general. El reconocimiento médico, en Granada, y las pruebas de aptitud física en la A.G.B.S., Campamento General Martín Alonso.

¡Ha aprobado! ¡Ha salido en el B.O. del Ministerio de Defensa!

Millán se despide de sus "inseparables" con un fuerte abrazo y cargado de maravillosos sueños e ilusiones dice adiós a sus padres y marcha hacia el centro donde se forjará como suboficial, recordando siempre aquella estrofa de la marcha de la A.G.B.S. que dice:

> Mi alma templó
> tu Academia leridana
> donde aprendí
> a quererte con fervor...

Su padre desde este instante también ingresó con él de una forma ideal. Ingresó su espíritu y vistió con gallardía, pulcritud, orgullo y respeto el uniforme de Caballero Alumno.

El padre de Alejandro Millán, decía en sus primeras salidas, tras seis largos años de encierro en sí mismo por la muerte de su querido padre, que en su vida hasta el momento actual hay dos nacimientos. Uno, el siete de septiembre de mil novecientos treinta y siete y el otro, el día en que su hijo ingresó en la A.G.B.S.

Estaba infantilmente ilusionado, apasionado, porque desde este momento su vida tiene un profundo contenido, una profunda razón de ser. Su vocación militar es el cimiento férreo que le sirve de base para animar y apoyar en todo instante al legionario Millán, ante la dureza y austeridad de la vida castrense y académica. Uno de sus herederos empezaba la escalada física y espiritual de un peldaño de la milicia saturado de sacrificio y de gran dureza. Un escalón con el cual soñó apasionadamente su progenitor en la soledad del monte, junto al susurro argentado de su amado Guadalhorce, en el camino de ida y vuelta en su vida de estudiante desde el "Indio" a Villanueva del Rosario, en cuyo trayecto devoraba con fruición todos los reglamentos y manuales del Ejército que caían en sus manos, en sus breves ratos de ocio y en las vigilias invernales de estudio al calor de la lumbre de olivo en aquella arcaica y desvencijada cocina.

La amistad inquebrantable que tengo con el padre de Millán me ha ofrecido el acceso, me ha abierto la puerta de su vida privada y me ha hecho partícipe de sus sentimientos más profundos. Cuando su hijo ingresó en la A.G.B.S., desde este preciso instante, su mente viajaba a diario al campamento de Talarn "General Martín Alonso", y, como es tan crudamente sincero y espiritualmente muy apasionado, dice que desearía que su mente vagase constantemente por la Conca de Tremp, y, deteniéndose en la Academia de Suboficiales poder vivir allí - aunque sólo fuese de mero observador - y seguir paso a paso el desarrollo de la carrera de su hijo.

En aquella bolsa geológica donde la evaporación del Embalse del Noguera Pallaresa, debido al frío que rueda por las estribaciones del Pirineo Catalán, se congela y, a pesar de estar el cielo inmaculado, sin ninguna nube, parece que está nevando, allí viviría como un espíritu sedentario, inapreciable e invisible hasta que su heredero consiguiese el galón de sargento. Burlaría a la guardia en la barrera de control y estaría presente en el momento de la entrega del equipo de Caballero Alumno de primer curso y se reiría sanamente del enorme lío que supone para la mayoría de los alumnos el verse invadidos por primera vez por una lista muy numerosa del equipo de prendas que componen el vestuario. Asistiría a todos los actos (que él se sabe de memoria) que se realizan en un día normal, y me ha encarecido que deje en estas líneas constancia de ellos especificando el toque y la actividad.

TOQUE	HORA	ACTIVIDAD
Diana	06,30	Levantarse y aseo
Bando	06,50	Estudio
Asamblea	07,00	Relevo de Guardia y Servicios
1ª Parte de Oración	07,00	Reconocimiento médico
Alto	07,50	Cesa el estudio
Llamada	07,50	Lista de Ordenanza
Himno Nacional	08,00	Izado de bandera
Fagina	08,00	Desayuno
Llamada	08,30	Inicio de actividades
Alto	13,30	Cesan actividades
Fagina	13,45	Comienza reparto de comida (autoservicio)
	15,15	Finaliza el reparto de comida
Llamada	15,30	Inicio de actividades
Alto	17,30	Cesan actividades
Bando	17,40	Estudio de arrestados
Alto	18,50	Cesa estudio de arrestados
Bando	19,00	Estudio
Alto	21,30	Cesa estudio
Retreta	21,30	Lectura de la Orden Control Nocturno
	21,30	Comienza el reparto de la 2ª. comida
	22,15	Fin reparto de la 2ª comida
Silencio	22,30	Silencio y observarlo

El efecto óptico y literario que produce esta relación de toques y actividades en una novela, es más bien deprimente, pero como hay que corresponder con los amigos y satisfacer sus deseos, por este motivo he intentado complacer al padre de Alejandro Millán.

Entre las muchas cosas que me contó su padre, me ha dicho que su espíritu ha pateado infinidad de veces la Gran Explanada haciendo instrucción. Tiene grabadas en su mente todas las construcciones: la entrada, el Edificio de Aulas, el Edificio de Mando, la piscina cubierta, la cocina de Ca,s, el comedor de Ca,s, las compañías de Ca,s, aulas de clase, omnium, piscina descubierta, monolito de los caídos, piscina cubierta... Es asombroso. Parece como si, en realidad, él hubiese sido alumno del Centro. ¡Cuántas veces subió a la pequeña aldea de Santa Engracia, asentada sobre la cresta erizada de un promontorio, al que sirve de adorno arquitectónico! El lema que campea algo más arriba del campo de tiro, lo ha hecho suyo y lo lleva bordado con sedas rojas y gualdas sobre el lienzo de su alma: "Por España servir hasta morir".

Jamás pude pensar que un ser humano sintiese tanto amor por una profesión y que le inyectase también grandes dosis de ilusiones y esperanzas hasta el punto de sacarle de su mutismo e introversión, de su letargo espiritual y darle un nuevo giro a su vida, un giro tan completo que le ha transformado en un hombre nuevo, en un hombre distinto, feliz y que vive de momento en la A.G.B.S.. Clases de las diferentes materias, marchas topográficas, y todas las actividades que en ella se realizan, me las ha descrito con pelos y señales. Dejemos a un lado las descripciones físicas dado su escaso interés argumental y volvamos junto al recién ingresado legionario y al padre ilusionado que seguirá palmo a palmo y segundo a segundo la carrera de su descendiente, que es la suya.

Es muy dura la vida académica, pero cuando el alma goza con este estilo de vida, se es inmensamente afortunado, se vive con gran alegría, seriedad y una enorme responsabilidad.

En la camareta de Millán están: el Cái, Raúl "El Niño", el argelino Taysir - Al - Sahoud que fue cristianado en la Legión con el hispano nombre de Pepe, Luis "El Abuelo", que era cabo primero y lleva cinco o seis años en el Ejército, y el catalán Jaume. Aparte de estos compañeros Alejandro tiene infinidad de amigos en la Academia, entre los que destacan "El Pértiga", Mingo, Rapallo, Toni Soler y una extensa lista de nombres.

Todo marchaba bien al principio. Pero un poco antes del Juramento a la Bandera, Alejandro fue objeto una vez más de las amenazas del narcotraficante que, tras la pista de la droga le perseguía a todas partes. Está visto que es uno de los argelinos o un catalán.

Tenía que concentrarse en su formación castrense, tenía que aprobar a toda costa ya que había encontrado un nuevo sendero por donde conducir su nueva vida que colmaba todas sus apetencias e ilusiones. Por este motivo debía descubrir al que antes fue fingido legionario y ahora sigue siendo un traidor al uniforme de alumno y como consecuencia al Ejército. No podía tener preocupaciones ajenas a su carrera, con las que ésta lleva consigo, ya son suficientes.

Las notas en la taquilla volvieron a sucederse amenazándole con hacer todo lo posible porque su carrera se malograse. En la primera esquela que Alejandro encontró figuraba una nueva táctica por parte del narco: quería acosarle psicológicamente, atacándole en lo más profundo de sus sentimientos e intereses. Se había propuesto el incógnito gángster descubrir el paradero de la coca a toda costa, sin reparar en medios ni acciones y recurriendo a una de las más repugnantes degradaciones humanas, si fuese necesario: calumniarle hasta el extremo de intentar manchar el honor y la honradez de Millán poniendo en entredicho su amor al Ejército y a la Patria, posturas totalmente contrarias a las que Alejandro alberga en lo más recóndito de su corazón. Le amenaza con lo que más puede doler y herir la dignidad de Alejandro.

En el intermedio de las clases de Reales Ordenanzas y Topografía, el ilusionado Cabo Legionario va al servicio y cuál no sería su sorpresa al encontrarse una nota metida precisamente entre las páginas del tema que tocaba aquel día. Alguien de los presentes había sido o aprovechando su ausencia, había entrado en la clase algún alumno de otra compañía. Seguía la incógnita, sobre el misterioso personaje.

Transcribo el injurioso escrito textualmente: "Mi interés por la coca no tiene límites. Te seguiría hasta el mismo infierno, si fuese preciso. El Ejército me importa una mierda. Dime dónde escondes la droga, abandonaré la vida militar y te dejaré tranquilo. En caso contrario, procuraré por todos los medios que te expulsen de la A.G.B.S. y de la milicia, idea que sospecho no estará muy de acuerdo con tus aspiraciones militares. En la primera clase que haya de Armamento, metes en el libro de texto una nota informativa sobre el paradero de la droga, lo dejas sobre la mesa y te sales del aula. No olvides que te juegas la carrera".

Pasan los días y Alejandro está nervioso, excesivamente preocupado. Tiene que elegir entre la droga y el Ejército, que es para él - ahora más que nunca - la máxima razón de su existencia.

Está muy recargado de trabajo y no tiene tiempo para dedicarse a la investigación sobre el narco. Pero, desde luego, y aunque tenga que padecer la doble tensión de las amenazas y de la vida académica, está resuelto a no abrir la boca y a conseguir el galón de Sargento.

Antes de Jurar Bandera, un nuevo ataque, esta vez gravísimo. El narco hirió la moral de Alejandro. Aunque afortunadamente salió ileso del nuevo atentado, no obstante sufrió y se preocupó mucho hasta que el Coronel Jefe del Centro proclamó en la Orden su inocencia.

Una mañana apareció clavado en el panel de anuncios de la primera compañía un recorte de un diario, de fecha ocho de diciembre de mil novecientos ochenta y siente, el cual traslado a este manuscrito literalmente, acompañado de una nota escrita a mano y toda con mayúsculas para no descubrir su identidad, acusando a Alejandro Millán de algo que está a cien años - luz de ser verdad: "Acuso al Caballero Alumno Alejandro Millán Valenzuela de ser un infiltrado en esta Academia y de pertenecer a un grupo de apoyo del "Comando Madrid" de la banda terrorista ETA, con el fin de proporcionar a ésta información, como el croquis que explica el recorte del diario que adjunto, para facilitar un atentado contra la A.G.B.S.".

Por motivos de seguridad personal, no puedo decir mi nombre".

El contenido del artículo es un poco extenso, pero deseo dejar constancia del envilecimiento del narco, dispuesto a todo con tal de conseguir la codiciada droga. Dice así: "UNA EMPRESA DE INVERNADEROS, "TAPADERA" DEL GRUPO DE APOYO DE ETA DETENIDO EN CUENCA"

Lerchundi Barañano facilitó información para atacar la Academia de Suboficiales

Madrid   La dirección de ETA montó en mil novecientos ochenta y seis una compañía de invernaderos, que sirvió de "tapadera" al grupo de apoyo del "Comando Madrid", detenido en Cuenca el pasado diecinueve de noviembre. En el año y medio que tardó la Policía en desmantelar esta infraestructura, el grupo de Lerchundi envió a "Santi Potros" numerosa documentación sobre posibles objetivos de los comandos operativos. Entre ellos, según se ha sabido, destaca la información para realizar un atentado contra la Academia General Básica de Suboficiales, situada en Talarn (Lérida).

El grupo de apoyo del "Comando Madrid" había enviado abundante información a Santiago Arróspide Sarasola, alias "Santi Potros", sobre diversos objetivos ubicados en Zaragoza, Cataluña y Valencia.

La operación que llevó a la detención de parte del grupo de apoyo, compuesto por Francisco Javier Lerchundi Barañano, María Cristina Martínez Mata y María Rosario del Campo Lafuente, comenzó a finales del pasado año, con la incautación en la cooperativa Hendaya Sokoa de numerosa documentación de la banda terrorista.

Entre la documentación aparecieron unas notas que reflejaban la entrega por parte de ETA de más de seis millones de pesetas para un "asunto de flores". La posterior investigación policial relacionó esas notas con nuevos documentos intervenidos a "Santi Potros", en los que se especificaban diversos gastos para la adquisición por parte de ETA de un invernadero.

Recibió dinero de la banda Terrorista

Según reconoció posteriormente el propio Lerchundi, recibió de la dirección de la banda terrorista unos seis millones de pesetas, que invirtió en la construcción de un invernadero de plantas ornamentales en la constitución de la empresa S. A. T. Barrukoa. La formación de esta empresa tenía como objetivo proporcionar al grupo de apoyo la cobertura necesaria para poder viajar por distintas zonas de España, con el fin de elaborar informaciones y seleccionar objetivos para atentados terroristas.

ETA tenía la intención de montar, a través de Lerchundi, sucursales del invernadero en distintas capitales españolas, que sirvieran de cobertura para las labores informativas. Entre la documentación que pasó Lerchundi antes de ser detenido figura un CROQUIS, proporcionado por Millán Valenzuela, que debería haber facilitado un atentado contra la Academia General Básica de Suboficiales de Talarn y otras unidades situadas en las proximidades de Lérida.

En el plano, que es un primer acercamiento al objetivo, y al que tenía que haber seguido otro con detalles más pormenorizados, se especifican los distintos cuarteles que están en las proximidades. Además, se da la hora exacta en la que un autobús sube a los mandos de las unidades.

El comportamiento modélico de Alejandro en todo momento, destacando notablemente entre muchos de sus compañeros, fue la causa de que los mandos analizasen la situación del Caballero Alumno Millán y como no encontraron en él ni un solo fallo en ningún aspecto, salió en la Orden el siguiente comunicado:

> "Quien no da la cara para tan grave acusación
> es un cobarde y no merece crédito alguno ni
> continuar en este Centro, ni en ningún des-
> tino dentro del Ejército español.
> Al Caballero Alumno Alejandro Millán
> Valenzuela, dado su comportamiento y sus
> innumerables muestras de valor, lealtad,
> honor, sacrificio, vocación y amor a la
> Patria, no le afecta en absoluto tan des-
> preciable acusación, por cuanto su honor
> queda impecable, mientras no se demuestre
> lo contrario.
> Si los mandos de esta Academia llegan a
> descubrir al traidor que acusa a un compañe-
> ro, se le juzgará militarmente y su exclu-
> sión del Ejército será inmediata".

En mis largas charlas con el padre de Millán he apreciado - enormemente admirado - la gran dosis de ilusiones, esperanzas y vivencias que tiene, aun sin haberlas vivido todas. Es algo sorprendente, inexplicable. Sus relatos son auténticas realidades que no tuvo ocasión de experimentar personalmente, pues no llegó a hacer vida académica en Zaragoza, pero que parecen transmitidas desde su hijo a él, por la existencia de una invisible e incomprensible corriente telepática. Él - en su convicción soñadora - es el aspirante a sargento. Desempeña el papel de padre y de alumno. Su personalidad, durante la permanencia de su hijo en la Academia estuvo desdoblada. Vivía allí, en Talarn, y después en Toledo. Sentía la soledad de la separación de su heredero del seno familiar y, al mismo tiempo, se alegraba. La independencia y la auto-suficiencia para organizarse y valerse por sí mismo, cuando ante una dificultad aplicaban los alumnos la frase que le llegaba al abismo de sus sentimientos: "Yo me buscaré la vida".

Había comenzado con su ingreso en espíritu en la A.G.B.S. la etapa del hombre que lucha, que corre tras su vocación, tras el porvenir anhelado toda su vida y que le hace retroceder en el espacio y en el tiempo. Se ve uniformado con impecable esmero y rodeado de la juventud de sus compañeros - la de su descendiente - camino de Tremp un día de paseo. Recorre sanamente orgulloso de lucir el uniforme por las calles del pueblo leridano - aunque no tanto por la mínima hospitalidad de sus habitantes para con los alumnos. Más tarde con sus oscuros guantes en la mano, acompañado de Raúl, Luis, Toni, Mariano, "El Cái",

"El Pértiga", Perico y muchos más, radiantes de felicidad, irrumpen en el Hotel Siglo XX, donde dialogaban, se reían ante unos refrescos y otros con una dorada y espumosa cerveza en la mano.

Qué ilusión le hacía - me relataba el padre de Millán - el recibir una carta. Las leía hasta rozar la enésima vez, de manera que terminaban estropeadas de meterlas y sacarlas del bolsillo trasero del pantalón.

Si de tejas abajo existe un hombre feliz, éste es el padre de Alejandro. Desde que su hijo ingresó en la A.G.B.S. es todo vehemencia en sus relatos. Están llenos de una gran nostalgia y de una loable ternura. Sueña día tras día con el miembro de su familia que reside en las estribaciones del pirineo leridano, en la Conca de Tremp. Le ve hecho un auténtico caballero de la milicia española y, a través de él, se proyecta la película de un futuro que quiso vivir allá en su ya alejada juventud.

En sus largas jornadas de caza, en la soledad del monte, da un gigantesco salto hasta Talarn, deambula por la Conca de Tremp, por las rutas de las marchas topográficas, baja a los bellos y profundos barrancos pirenaicos, esquía en Baqueira-Beret y en otras estaciones invernales de los Pirineos. Nada que esté relacionado con la carrera de su hijo le es ajeno, ya que la vive en todo su contenido, responsabilidad y emociones que lleva consigo. A veces, su nostalgia se desborda, y el agua del espíritu asoma a sus cansados ojos ante la impotencia, debida a las circunstancias de no haber podido realizar sus sueños, ingresando en la Academia General Militar de Zaragoza para salir de teniente en su etapa más gloriosa, espiritual y llena de amor hacia la milicia: en plena juventud.

Debo confesar no estar en posesión del arte que exige la literatura hasta el extremo de expresar con exactitud los sentimientos que experimenta el padre de Millán Valenzuela respecto a la vida militar de su descendiente y a todo lo que siente por la carrera de las armas.

La actividad se ha incrementado en al A.G.B.S. La preparación para la Jura de Bandera es agotadora. Constantemente resuenan en la "Gran Explanada" las pisadas de las botas jóvenes cuyo eco rebota en la loma donde está escrita la frase: "Por España servir hasta morir" y escala, como invencible atleta olímpico, las escarpadas rocas de Santa Engracia.

La instrucción y el ensayo del acto de la Jura son como un martillo de alegría que golpea con insistencia el yunque de sus ilusiones. Muy pronto van a ser Soldados. Millán será la segunda vez que realice el juramento, pero su emoción y alegría son iguales o más intensas que cuando lo hizo en la Legión.

Su padre va a ver realizado uno de los más grandes y deseados sueños de su existencia: acudir a la Jura de Bandera de su hijo, a un juramento que será para él la renovación de aquél que hizo en el Patio de Armas de la Academia General Militar.

En la bella ciudad de la Peña de los Enamorados todo es euforia, todo son preparativos. Se compra un coche para hacer el viaje. Desea hacerlo de una forma íntima e independiente de horarios. Se reservan habitaciones en la Canonja, la cual resultó tener una imagen bastante diferente a la que él había imaginado, lo mismo que la dueña, una antipática catalana de hospitalidad repelente.

Cuando faltaban dos o tres días para realizar, para ver cumplida una de sus grandes ilusiones, como era la asistencia al Campamento General Martín Alonso, su hermano, que le había prometido llevarlo, pues no tenía carné y sigue sin tenerlo, se rajó, le falló. Le proporcionó, con esta falta de formalidad, uno de los peores ratos de su existencia. Pero él iría a la Jura, iría aunque fuese en taxi, como fuera, pero no desistiría. Le conozco bastante bien. Es de piñón fijo cuando toma una decisión.

Un amigo de Alejandro se ofreció incondicionalmente a llevar a sus padres. El nuevo Opel Corsa, de rojo mexicano, sediento de distancias, devoraba los kilómetros. No les voy a relatar la ruta que siguieron ni la sana alegría que se respiraba entre la nueva tapicería del modesto utilitario. Sólo les diré lo que se grabó para la eternidad en el corazón de su padre. Una cinta metida en la radio-cassette Philips - durante casi todo el camino, mil kilómetros aproximadamente - no dejó de emitir las bellas melodías de "El último de la fila". Todavía dice que, cuando los oye, su espíritu se estremece, se exalta y revive aquel maravilloso viaje rumbo al mundo de su hijo, al suyo propio, al mundo en el cual durante dos días sería el hombre más dichoso del planeta.

Cuando cruzaban el río Noguera Pallaresa por el último puente, su corazón apasionado, su mente soñadora e infantilmente exaltada en aquel momento ante la visión del embalse, que como un inmenso espejo horizontal reflejaba en sus límpidas aguas las hojas gualdas de los señoriales chopos otoñales, hizo detener al entrañable vehículo y sobre el puente permanecieron extasiados contemplando lo que sería para él el pórtico de la gloria, según su concepción del espectáculo que se les ofrecía.

A medida que ascendían hacia la A.G.B.S. el corazón del padre de Alejandro latía con más velocidad. Dejan atrás Talarn y un poco más arriba se divisa el Campamento General Martín Alonso. Los soldados que había de guardia tenían orden de no dejar pasar a nadie. Una gran hilera de coches esperaban junto a la barrera de control. El flamante Corsa estaba de los primeros. Cuando dieron la orden de traspasar la barrera, pero también de que esperasen para subir a la Academia hasta que se lo mandasen los superiores, el padre de Millán era un manojo de nervios, estaba impaciente por ver a su hijo en aquel nuevo mundo, vestido con el uniforme, y poder abrazarlo. Vio bajar varios coches de militares acompañados de sus hijos y desde aquel momento ya no se pudo contener más. Pensó, ¿de forma que ellos por ser militares son los primeros que ven a sus hijos y se los llevan a Tremp hasta la hora que tengan ordenado volver a la Academia y los demás a esperar? ¡De eso ni hablar! Se acabó Postigo - dijo al espontáneo chófer, amigo del futuro sargento, - ¡vamos a subir! Ningún coche se había movido del cuerpo de guardia y ellos dos se lanzaron cuesta arriba como una exhalación. En la Academia no había ni un paisano. Aparcó el coche quedando el conductor dentro y él decidido y animoso cruzó frente a las formaciones de algunas compañías preguntando por la primera. Un Caballero Alumno perfectamente uniformado salía en aquel momento, le interrogó y, todo amabilidad y cortesía, se ofreció a buscar a Alejandro. Segundos después, con una expresión rayana entre la alegría y la incredulidad apareció su hijo. ¡Cuánto hubiera dado este decoroso escribidor por haber estado presente en aquel momento y en otros, en los cuales la dicha de su padre, mi gran amigo, era un impetuoso tornado de felicidad! Se abrazaron, se fundieron en un uniforme, en una vocación, en un estilo de vida, en un ideal y sus palmadas en la espalda fueron más elocuentes y expresivas que todas las frases de afecto que hubiesen podido pronunciar. Todo lo que antecede y lo que sigue me lo relató el padre del Cabo Legionario, el padre del Alumno de primer curso de la A.G.B.S. en aquella época.

Fueron al casino y, rodeado del encanto que supone para él estar acompañado por jóvenes militares - entre los cuales él se veía -, fue presentado por su hijo y acogido con grandes muestras de respeto, cortesía, alegría y hospitalidad.

Invitó a bajar al pueblo a todos los que cupiesen en el pequeño vehículo, éste se llenó hasta los topes. Recogieron a la madre de Alejandro en el cuerpo de guardia y gozosos recorrieron el trayecto que les separaba del asentamiento catalán. Los futuros sargentos bajaban de la montaña al valle, a inundar de color y alegría con su juventud las grises calles de Tremp.

Como si de una familia numerosa de honor se tratase, los padres de Millán se encontraron en la barra del Hotel Siglo XX, rodeados y agasajados por un nutrido grupo de caballeros alumnos, donde la cordialidad, la recién nacida amistad, la afinidad vocacional y algún sentimiento filial, que se reflejaba en los semblantes de aquellos alumnos, cuyos padres, por circunstancias diversas, no pudieron acudir a la Jura de sus hijos, cercaban felizmente al matrimonio.

Pasaron toda la tarde juntos en la más cálida felicidad y armonía, hasta que al anochecer los jóvenes alumnos se fueron despidiendo de los agasajados cónyuges. Tenían que estar presentes en el Campamento al toque de retreta.

El padre de Millán, de vez en cuando, cerraba los ojos y en su cerebro veíase uniformado, charlando con sus compañeros. Se reproducía, se proyectaba la película añorada, en una etapa de su vida anterior, que no llegó a filmarse.

La noche fue larguísima. No durmió pensando en el acto solemne de la Jura. Muy temprano se levantaron, desayunaron y, envueltos por una densa niebla y una fina lluvia, montaron en el breve vehículo rumbo al campamento. El día plomizo y húmedo de la Conca de Tremp desluciría el acto solemne, que con tanto anhelo habían esperado los futuros suboficiales y todos aquellos que acudieron a presenciarlo y a renovar interiormente el Juramento a la enseña Patria.

Desde las gradas, a unos cien metros, apenas se distinguían las siluetas de los jóvenes militares, arropados por la lluvia y la azulada niebla. Éstas borraban - como una goma líquida y etérea - el emocionante espectáculo, el grandioso acto que estaba desarrollándose en la Gran Explanada. El padre de Millán estaba sufriendo, pues la lluvia y la espesa niebla quitaban belleza y lucimiento al patriótico momento.

A los sones de marchas militares y tras la arenga del Coronel Director, desfilaban las compañías bordando el rectangular llano de gallardía y marcialidad con la aguja encendida del beso a la hermosa Bandera de España. Después lo hicieron en columna de a tres. Al final −un poco más despejado el día, con los uniformes empapados y rígidos, cual estatuas juveniles de bronce uniformado–, entonaron la Marcha de la A.G.B.S.:

"Con pasión por tu excelsa Bandera y
y orgullosos de nuestra vocación, ...

Lo sé, sé a fondo que el padre del Caballero Alumno Millán sintió en toda su magnitud la Jura de su hijo tanto más que la suya propia. Hizo un nuevo juramento, lo renovó, pero éste más reflexivo, más auténtico, en el sentido de estar más respaldado por el transcurso de los años, sin que éstos actuasen en ningún momento de una forma olvidadiza y decadente respecto a su amor por la carrera de las armas. El día seguía humedeciendo con sus finas lágrimas la Conca de Tremp.

Los futuros suboficiales hacen honor al calificativo de "Caballeros". Cuando finalizó la sublime acción, cuando los jóvenes aspirantes habían dado un gran paso en su carrera, como es el de alcanzar el glorioso título de Soldados, invitaron a todos los familiares y acompañantes de los alumnos al Salón de Actos para presenciar una representación teatral llena de humor y de sana alegría, interpretada por una juventud responsable y disciplinada. Se desvivían en atenciones con todos los paisanos, cediéndoles los mejores sitios para ver la función y tratándolos con la proverbial cortesía de nuestro Ejército.

En aquel escenario atiborrado de militares y civiles que compartían sus ideales, el padre de Alejandro, junto a su mujer, se sentía sumamente feliz. Después, como colofón, compartieron un vino de honor que la Academia ofreció para agasajar a los flamantes soldados y a todos los acompañantes en tan inolvidable ceremonia.

Bajan a Tremp en la más agradable y feliz armonía. Frecuentaron varios lugares del pueblo leridano acompañados por algunos compañeros de Millán. Más tarde tomaron cerveza y bocadillos entre el ordenado jolgorio de los mozos y la complaciencia de una familia - en el Hotel Siglo XX - que emanaba alegría por todos los poros de su cuerpo.

Al atardecer dijeron adiós al rincón leridano y pusieron rumbo a su querida Andalucía. El progenitor de Millán llevaba su corazón repleto de sensaciones entrañables y emociones que jamás olvidará.

La agitada e intensa actividad militar, el que estuviese sumergido en aquel movido estilo de vida, adorado por el joven Millán, rodeado de libros de texto dirigidos a su formación castrense, marchas agotadoras por toda la Conca de Tremp y a las profundidades de los más hermosos barrancos pirenaicos, servicios diversos, abundantes ejercicio físicos en la Gran Explanada y en el gimnasio, a pesar de esta cadena inacabable de trajines, no agotaba el tiempo, todavía le quedaba para soñar y recordar vivencias, anécdotas suyas y de sus familiares muy ligadas al campo y a la caza, binomio que amaba y latía muy vivo en todos los momentos de su vida desde lo más hondo de sus sentimientos.

Ve en su lejana Andalucía, una vez más, el cortijo "Las Escardaderas", donde pasó un verano trabajando como un negro en la prolongación de la Sierra del

Conjuro, en cuyo extremo se encuentran "Los Castillejos" poblados de chaparros cargados de bellotas en su amado otoño y vigilado por la rocosa y entrañable cueva de "Sol Palmito". El cortijo dormitaba cansado sobre la rojiza ladera de la Sierra del Umbral, lugar querencioso de perdices, conejos, torcaces y zorzales.

En el ocráceo y misterioso otoño el olor a rastrojo quemado y a tierra mojada sube desde el Sur hasta la A.G.B.S.. Los barbechos negruzcos se veían a trechos cubiertos del pajizo de las cañas secas del fértil maizal. A lo lejos, el "Cerro Navas", como un barrigudo porquero redondo y viejo tumbado boca arriba, se cubría de torcaces y de cerdos retintos, que deambulaban montaraces tras el fruto de la encina en montaneras ya distantes. En la Sierrra de los Castillejos él y el gañán Pepe Pedrosa cortaban leña para el invierno. Desde lo más alto de los riscos lanzaban hacia abajo los troncos y ramas de los chaparros que, dando tumbos llegaban hasta el carril de la ladera donde hacía "arrastrones" que arrastraban con una yunta de mulos hasta la era del cortijo donde apilándola formaban una gran taramera. Recordaba cómo en uno de los viajes, transportando la recia madera, el "arrastrón" se empinó, y un mulo quedó colgado de la trabilla de esparto que llevaba en la garganta. Se ahogaba. Sacó toda su enorme y rosada lengua y, si no hubiese sido porque Alejandro siempre usaba navaja, se hubiese ahorcado. De un solo tajo libró al híbrido de la mencionada soga y también de la muerte.

Veía a su madre haciendo carbón. Apagaba las enormes ascuas echándoles agua y aquel rojizo incandescente se transformaba en carbón, muy apto para hacer comidas en la hornilla del mismo nombre.

¡Cómo disfrutaba viendo a su madre hacer aquellos deliciosos quesos con la leche de las cabras! Era incansable trabajando. También hacía requesón recubierto de azúcar o miel negra que, junto con un gran lebrillo de leche cocida y migada con el dorado pan de Villanueva del Tapia, constituían exquisitas cenas para la familia campesina.

Más bien que ver, adivinaba al "Chico", al cabrero alto y repugnantemente curioso, feroz enemigo de las manchas, que cogía zorzales con lazos y trampas. Hacía unas hondas blancas de cinco ramos de pita con las palas y el ojal de piel de gato, que él curtía como si fuese un artesano experto de una tenería. Más tarde, en su ancianidad, le cortaron las dos piernas debido a problemas de circulación.

Recordó al nuevo cabrero, el que justamente apodaron "Malaleche", pues si continúa más tiempo en el cortijo, acaba con toda la cabaña de cabras. Reventó a dos de sendas pedradas en la barriga y a varias más les partió las patas. Además de ser un tío con malos sentimientos, no decía una verdad ni por equivocación. Como negase su autoría respecto al asesinato caprino, decidió el padre de Alejandro desollar las cabras y abrirlas para averiguar las causas de tan repentinas muertes. "La autopsia" reveló claramente que habían reventado a causa de las pedradas lanzadas con certera puntería con la honda, en el manejo de la cual era todo un maestro. A pesar de la benevolencia de su querido progenitor, decidió que desde aquel momento cesara en sus funciones de guardador de cabras.

No podía olvidar aquella tarde en una quebrada de la Sierra de los Castillejos. Cuando iba a poner trampas a los sabrosos zorzales, sorprendió a "Zampa", apodo del aprendiz de cabrero, copulando con una sufrida oveja. La ignorancia juvenil y la fogosidad sexual de la temprana edad le llevaron a cometer el pecado de bestialismo, nada nuevo entre la gente del campo de aquella época.

La imagen de su padre se reflejaba en su cerebro de futuro sargento como un cazador nato. Recordaba la gran facilidad que tenía para ver los conejos y las liebres encamados, dormitando en su yacija, como dicen los doctos escritores cinegéticos. Más de una vez, cuando iba a Archidona o hacia Villanueva de Tapia, se volvió por la escopeta para cazar una liebre echada que había visto montado sobre la yegua o desde la grupa de cualquier caballería.

La visión repetida de diez o doce perdices colgadas de un clavo que pendía del techo, le fue muy familiar, aquel celo en el cual su padre cazó noventa y nueve perdices con el reclamo. ¡Qué buenas son las perdices de la Sierra del Umbral para entrar a la jaula!

Veía en sueños al abuelo Clemente cazando en "noches de perros" con el diestro o zarampaña a las perdices, allá en las Hazas de Loja donde él y su amigo Bermúdez se habían ido el día anterior a celarlas durmiendo en las chozas abandonadas, que un día sirvieron de vivienda a los míseros rancheros que dejaban su salud y juventud roturando secos y bravíos montes, a base de pico y hacha, para después convertir la leña en carbón, el butano de aquellos tiempos.

Las emociones experimentadas en los últimos días: jura, visita de sus padres y viaje a Andalucía, aparentemente habían eclipsado la preocupación por la amenaza y la sombra siniestra del narco. No obstante otra vez atacó de nuevo el irrenunciable y perseverante gángster para conseguir el codiciado alucinógeno. Había distribuido algunas notas entre los argelinos y los dos catalanes, pero siempre de una forma anónima para confundir a Millán. En ellas les decía que éste era poseedor de una considerable cantidad de cocaína, valorada en más de quinientos millones, y que si conseguían sonsacarle y les decía donde se encontraba la droga, repartiría el dinero con ellos. Millán se enteró de este nuevo método empleado por el falso militar a través de algún que otro comentario oído vagamente, sin saber su procedencia, o sea, quien era el autor del mismo y el que incitaba a este chantaje, aspectos que, si hubiese obtenido información, le hubiesen llevado directamente a la cabeza de esta especie de conspiración. El nuevo intento de obtener información sobre el paradero del zumo nasal falló, pero la preocupación a Millán no le abandonaba.

Dada la gran actividad académica, a penas le quedaba tiempo para pensar en el pernicioso tesoro emparedado en la calle Conde del Asalto. No obstante la natural codicia humana, a veces, se retorcía entre las férreas garras de su voluntad, pero su vocación militar estaba por encima de cualquier tipo de riqueza humana.

Si ustedes supieran, futuros lectores, con qué entusiasmo, con qué juvenil e impetuosa alegría me contaba el padre del futuro sargento la venida de su hijo a San Fernando para prestar servicio en los exámenes de los aspirantes, alucinarían.

Me contó que pasaron cuatro días de ensueño. Reservaron habitaciones en un magnífico hotel de San Fernando. Pasearon por este marinero pueblo gaditano. Visitaron bares típicos, donde tomaron variedad de pescaíto frito. Recorrieron en varias ocasiones la Tacita de Plata al borde de la costa atlántica acariciados por el aborigen viento de levante al atardecer flotando de felicidad. Anduvieron por limpias, estrechas y sosegadas callejas, ausentes de tráfico donde degustaron cerveza acompañada de sabrosas y rojizas gambas cocidas, que por su frescura parecían salirse de los cucuruchos de papel donde las echaban para su venta.

Su padre posee una memoria prodigiosa cuando se trata de rememorar hechos muy distantes, que de alguna forma le traen recuerdos agradables, tristes y, en la mayoría de los casos, nostálgicos.

Cuando su hijo juró Bandera, una entidad dedicada al servicio topográfico, de Pobla de Segur, filmó un vídeo que puso a la venta para todo aquel que quisiese adquirirlo como recuerdo memorable de un venturoso e inolvidable día. Él lo compró y, según me ha contado lo ha contemplado miles de veces y sigue haciéndolo. A pesar de haberlo visto en muchas ocasiones, siempre le produce la misma emoción. Recuerda, por orden de aparición, en el acto de la Jura y en el desfile, el lugar en que aparecen los más íntimos amigos de su hijo y aquellos que él conoció y que están en un puesto preferente entre sus amistades. ¡Es algo realmente sorprendente, diría también, algo tierno, dulce, encantador!

El padre de Alejandro le apoyó moralmente durante su estancia en la A.G.B.S. y en la Academia de Infantería de Toledo. No quería autorizarme para que escribiese en estos relatos algunos párrafos extraídos de sus expresivas y frecuentes misivas, pero, dada nuestra amistad y a fuerza de insistirle, conseguí insertar en estas páginas lo que a continuación expreso, siempre o casi siempre, como contestación a una carta de su hijo.

Dieciocho de septiembre de mil novecientos ochenta y siete

"El final de tu carta me llena de una inmensa alegría al decirme: "Estoy aquí en serio, a gusto. Si no hay complicaciones, ésta será para mí la mejor experiencia de mi vida".

Veintitrés de septiembre de mil novecientos ochenta y siete

Cuando Alejandro tenía mucho trabajo debido a la preparación para la Jura de Bandera: "No creo tener que animarte para que lleves con alegría y optimismo la carrera de las armas, ya que tú la has elegido y además eres fuerte física y espiritualmente. El día que termines, verás cómo son necesarios tanto sacrificio, trabajos e incluso los arrestos, para forjar un espíritu fuerte, noble, de gran caballerosidad y para servir con entera lealtad y entrega a la Patria".

Tres de noviembre de mil novecientos ochenta y siete

"Alejandro, me encantaría que llenases tu vida de un doble sentido espiritual: El patriótico y el religioso. Con este último son más llevaderas todas las dificultades que nos puede deparar la vida".

Nueve de noviembre de mil novecientos ochenta y siete

"Tú no te desanimes nunca y ten la moral elevada a la enésima potencia".

"Todas las pruebas: marchas, instrucción, tiro, guardias, todo lo que os exigen, y que más de una vez pensaréis "que se han colao", va dirigido a que lleguen al final los que tienen que llegar y a que no terminen los que, por una u otra razón no están capacitados.

"Dime si te hace falta algo y piensa que estamos muy contentos con saberte feliz al haber elegido la milicia".

Trece de noviembre de mil novecientos ochenta y siete

"De aquí poco hay que contar. Estoy deseando que vengan las avefrías para pasarme un día entero cazando en el cortijo El Río.

Cuando se está separado de la familia, tanto unos como otros, debemos aceptar gustosos las circunstancias que concurran, ya que después vendrán los días felices".

Veinticuatro de noviembre de mil novecientos ochenta y siete

"Quiero que tengas siempre presente en tus interminables ratos de agobio o "asfixia" que fuera de las paredes de la A.G.B.S. tienes una "gran hinchada", en la que ocupo un buen puesto, por no decir el primero".

Trece de enero de mil novecientos ochenta y ocho.
(Después del permiso de Navidad).

"¡Ten la moral por las nubes y piensa que todos estamos muy orgullosos de ti!".

Uno de febrero de mil novecientos ochenta y ocho

"Dices que estás muy contento por haberte propuesto para una mención honorífica. ¡Anda que si vieses al que está manejando el BIC!".

Diez de febrero de mil novecientos ochenta y ocho
(Cuando Millán preguntaba a su padre si era adecuado contarle cosas de la vida académica, éste le contesta:)

"Te contesto que sí lo es y además que me encanta que cuentes todo lo que esté relacionado con tu carrera, que es la mía".

Dieciséis de febrero de mil novecientos ochenta y ocho

"Las notas de la marcha topográfica y el EPI son extraordinarias, ¡enhorabuena! Si te han quitado algún punto de tu coeficiente, tú, tranquilo, vas muy bien!"

Veintiuno de febrero de mil novecientos ochenta y ocho

"Te felicito por el éxito obtenido en la semana de jefe de clase.
No te preocupes por lo que te han quitado de coeficiente. Son cosas normales y que a todos tus compañeros le habrán ocurrido por una y otra causa. Caballero Alumno, piensa que no estás solo y no te desanimes por nada".

Veinticinco de febrero de mil novecientos ochenta y ocho

"Por tu forma de pensar, deduzco que cada día que pasa "estás más maduro" y piensas como un verdadero hombre y auténtico militar.
"Fui militar en otras circunstancias diferentes a las tuyas y sigo siéndolo espiritualmente, por lo que valoro mucho tus reflexiones".
"En Legislación has sacado una nota muy buena, y el examen de Armamento bordao. ¡No sabes qué satisfacciones me proporcionas con tus noticias! Si alguna vez te suspenden, aplícate el dicho del abuelo: "Suspenden al que se examina, no al que está guardando guarros."

Veintiocho de febrero de mil novecientos ochenta y ocho

"Yo no te obligo - te lo digo a título de sugerencia - si lo tienes a bien, haces los Ejercicios Espirituales y verás qué fuerza de espíritu te dan y que bien te sientes.
(Al final de la carta) "Caballero Alumno, ¡Sursum corda! (Arriba los corazones!)."
Seis de abril de mil novecientos ochenta y ocho
(Después del permiso. El recuerdo paterno de inolvidables días de caza:)

"Las lagunas de Campillos se han llenado con las lluvias primaverales y están rebosantes de acuáticas. ¡Cuánto me gustaría que me acompañases a cazar en ellas cuando se abra la veda.!
Espero que tus días pasados aquí hayan sido extraordinarios. A nosotros nos han parecido muy breves".

Veinte de abril de mil novecientos ochenta y ocho

"Estás llegando al final de la meta de primer curso. No sabes la satisfacción que siento. ¡Echale lo que le has echado hasta ahora: ánimos, ilusión, fe en tu vocación militar, y verás cómo, al mismo tiempo que apruebas, vas llenándote de una gran alegría y confianza en ti mismo!"

Veintinueve de mayo de mil novecientos ochenta y ocho

"Piensa que nosotros estaremos contigo en las últimas pruebas y siempre. Cuando me has dicho por teléfono que has elegido INFANTERIA, no te puedes imaginar la gran alegría que me has proporcionado. Siento una profunda admiración y amor por tan gloriosa Arma que ha llenado las páginas más emotivas y heroicas de nuestra Historia. A María Inmaculada - la que llevas en tu cartera -, que desde hoy será tu patrona, le pediré siempre que seas un infante digno de militar bajo su advocación.

"¡A un infante no le amilana ninguna prueba ni examen!"

Siete de junio de mil novecientos ochenta y ocho

"Tengo una gran fe en que todo te va a salir bien. Eso está "chupao". Pasaremos unas vacaciones extraordinarias".

Quince de junio de mil novecientos ochenta y ocho

"¡Qué noticia más buena me has dado por teléfono al decirme que ya eres Caballero Alumno de segundo curso. Has tenido la compensación justa, el premio que reciben los trabajadores y los que sienten la enorme satisfacción del deber cumplido.

"¡No sabes cómo me contagias con tu ilusión, al haber solicitado el Arma de Infantería! ¡Yo, soy infante!".

El gran júbilo que siente el joven militar por entregar su vida a la milicia lo manifiesta - además de en infinidad de ocasiones -, en el párrafo de una carta fechada en al A.G.B.S. el día diecinueve de junio de mil novecientos noventa, dirigida a sus padres, donde, después de pedir como destino La Legión y en vísperas de la entrega del título de empleo de Sargento les dice entre otras cosas:

"Me ha dado la vena "currante" y sé que no va a ser un sitio cómodo, ni mucho menos. Para eso estamos, para servir. Y el que no piense así, que se cambie de empresa.

Lo importante es estar en la brecha dando el callo y tener la conciencia tranquila de que te ganas el sueldo todos los días.

Sé que me apoyáis, y eso me da lo que necesito ... No me hace falta nada más".

DE LA A.G.B.S. A LA
"FRAGUA DE LOS INFANTES"
(Academia de Infantería de Toledo)

En la Fragua de los Infantes

"Con el valor de un Ejército
prospera o perece una Nación,
con su Infantería, vive
o muere un Ejécito."

Academia de Infantería (Toledo)

A.C.N.

La actividad incesante de la vida académica no era suficiente para apartar de su cerebro los dos grandes acontecimientos que habían perturbado su vida en gran manera.

Raro es el legionario que de alguna forma no ingrese en la Legión con alguna herida, sin que esto signifique que su amor hacia ella sea secundario, incluso aquellos más extrovertidos, los más joviales, de los que nadie sospecha que en "su vida anterior" hayan podido ser víctimas de un desengaño amoroso o de cualquier otro tipo de frustración. Ya lo expresa la estrofa de la Canción del legionario que dice: "Cada uno será lo que quiera, / nada importa su vida anterior". Alejandro, por no ser una excepción - que las hay -, está tatuado por dos hechos que han marcado un gran surco, una gran brecha en su existencia. El suicidio de su adorada Esther y aquél otro,que llegaría a constituir para él una auténtica pesadilla. En efecto, después de llevar una vida miserable de perro callejero, mendigando, pasando toda clase de necesidades y cuando la suerte le favoreció con su trabajo como trompetista en los diferentes locales y sobre todo en el Eurosex Pana'ms, se ve envuelto en un peligroso e inquietante asunto, que le obliga al abandono de su actividad como músico, al ser perseguido tenazmente por un personaje frío, calculador, sin sentimientos, que no repararía en medios para conseguir el codiciado narcótico y le perseguiría a la Legión, más tarde a la A.G.B.S., en la Academia de Infantería, y de nuevo otra vez en la Legión, hasta llevar su tenacidad persecutoria a tierras de los Balcanes.

Había decidido no entregar la droga por muchas causas, y ésto le estaba y le estaría en el futuro, ocasionando muchos problemas y no menos inquietudes.

Su padre fue infante, y él, como un homenaje al autor de sus días, siguió la misma línea, el sendero duro y difícil que le conduciría a conseguir el emblema de "la fiel Infantería".

La Academia de Infantería de Toledo - digna de honor y gloria - baña su silueta en las noches de plenilunio en el turolense río, que lame sus muros y le besa con su boca argentada. Duerme frente al heroico Alcázar, bastión defendido hasta las más altas cotas de la abnegación por un puñado de españoles enardecidos de amor a su Patria, mandados por un hombre que entregó la vida de su hijo, antes que en su cerebro anidase la voz rendición. Este centro de formación militar será durante dos cursos su hogar, un hogar de formación militar perenne, transmisor de sacrificios e inyector de un profundo amor a España.

La Academia de Infantería de Toledo es la fragua donde se forjan los futuros oficiales y suboficiales, los genuinos representantes de la raza hispana, aquellos que "su amor y vida consagran" a España, aquellos cuyo anhelo para España es "su grandeza y que sea noble y fuerte", los que, "por verla temida y honrada contentos irán a la muerte", los que "morirán orgullosos, "si al caer en lucha fiera ven flotar victoriosa su Bandera", aquellos que forman lo cimientos y los pilares de la fiel Infantería, "que por saber morir, sabrá vencer", los que "volverán ansiosos al combate ... ", los que con sus gestas plenas de heroismo dieron pie a la hermosa máxima militar:

"Con el valor de un Ejército
prospera o perece una nación,
con su INFANTERIA, vive
o muere un Ejército"

Su padre fue infante y entonó muchas veces el "Ardor guerrero..., estrofas que siempre afloraron a la boca de muchos auténticos patriotas desde lo más hondo de sus almas. Por esta razón, cuando contempló por primera vez aquella gloriosa CASA, un sinfín de emociones y nostalgias de un lejano pasado acudieron a su apasionado corazón.

La vida en la Capilla Sixtina de la formación castrense se sintetiza en el cultivo de la disciplina, el honor, la dureza, el sacrificio, la lealtad, el valor, junto con todas las virtudes que deben presidir la vida del auténtico militar para que un día estas semillas del patriotismo se traduzcan en frutos maduros, que deberán recolectar las futuras generaciones, que sientan el sano orgullo de servir a su Patria.

Me contaba el padre de Millán Valenzuela con la mirada perdida, dirigida hacia su juventud, que en la Academia de Infantería de Toledo, si las cosas se hubiesen presentado como él deseó, hubiese estado de alférez. Su nostalgia, la extraña expresión de su rostro, eran señales muy evidentes de cuánto echaba de menos lo que hubiese sido una posible realidad y que hoy son simplemente añoranzas, sueños que el destino le negó: Ver realizado en la práctica su amor por la milicia.

La vida académica de Alejandro en Toledo fue de gran actividad. Se alternaban los diferentes servicios con una gran preparación física, traducida en carreras, ejercicios gimnásticos, guerrillas nocturnas e innumerables marchas por las infinitas llanuras de Don Quijote.

¡Cómo se acordaba de su padre ante la gran abundancia de perdices y liebres que se levantaban al paso de los infantes! La Mancha es el vergel de la perdiz roja española.

Durante su estancia en este Centro, Millán hizo un curso de carros de combate y otro de radar terrestre. Tiene un gran espíritu de superación profesional, aunque he de confesar - según ligera sospecha paterna - que su concepto de la suboficialidad es muy posible que le lleve a permanecer más tiempo del normal dentro de esta escala del mando, ya que está mentalizado al respecto, llegando a decir que él sólo quiere ser sargento.

La procesión va por dentro. Ni un instante olvida al camuflado traficante. Ahora Alejandro es un veterano de tercer curso y mira las cosas con más calma, reflexionando detenidamente sobre ellas. En sus repetidas salidas a Toledo, en sus citas con los amigos en la Plaza Zocodover y en otros lugares, su meta principal es observar a los tres argelinos y a los dos catalanes, que son los únicos procedentes de Barcelona y que además o vivían en el Barrio Chino o eran visitantes asiduos del mismo. Fue analizándolos uno por uno y eliminándolos por pura intuición. Los catalanes no podían ser los sabuesos que seguían el rastro de la droga porque, cuando ocurrieron los diferentes anónimos siempre los tuvo más o menos controlados, ya que eran inseparables. En cuanto a los argelinos el problema es de más difícil solución. Al apodado "Hosé", Liamin - Al - Assad lo descartaba porque es muy sociable con el resto de los aspirantes a sargentos. Sus sospechas desde ahora se reparten entre "El Pepe", Taysir - Al - Sahoud, que es muy inteligente y de nervios bien templados, y "El Manué", Abd - Al - Malik, de parecida psicología, pero más calculador, sereno y frío. Sus análisis psicológicos parecen ir por el buen camino. Desde ahora su vigilancia y recelos irán dirigidos hacia los dos últimos.

Tenía que estar alerta, en constante atención. Sabía que en el momento más inesperado el narco caería sobre su presa como un tigre rabioso. No cejaba en su ambicioso afán de conseguir el codiciado alucinógeno, causa de tantas tragedias en este mundo actual, donde los grandes valores del espíritu escasean y los que quedan están en la más superlativa decadencia. Estaba seguro, sin lugar a dudas, de que el gángster, el falso militar, que había logrado burlar los métodos de selección que posee el Ejército para escoger a sus cuadros de mandos superando todas las pruebas y que se encontraba en el umbral, en el pórtico, en el antesala donde conseguiría la graduación de sargento, era un tipo de cuidado, muy peligroso. Cuando reflexionaba sobre él, involuntariamente se despertaba en su interior una especie de admiración hacia aquel ser audaz, inteligente y de nervios acerados. Aparte de desear con toda su alma desenmascararle para librar a la milicia de un elemento indigno e indeseable, sentía una patológica curiosidad por conocerle, mirarle cara a cara, medir su valor con él, encontrarse frente a frente, sin misterios ni disfraces, de hombre a hombre.

La hermosa ciudad del Tajo respiraba belleza y hermosura por sus cuatro costados. El río de boca larga y espumosa es testigo líquido de la intriga que tiene lugar en su margen izquierda entre un cabo legionario y un infiltrado en las filas del Ejército que convivían bajo el glorioso techo de la Academia de Infantería de Toledo.

La instrucción nocturna y las guerrillas en noches de una oscuridad absoluta son frecuentes. En estos ejercicios tácticos tenía que concentrarse al máximo. Esperaba que en alguno de ellos el traficante volviese a la carga. Así fue. Parapetado tras unas rocas próximas al objetivo que debían tomar, en el más absoluto silencio y en la más densa oscuridad, se encontraba Millán, cuando, desde una distancia de unos cuarenta metros, la voz deformada de un falso guerrillero le conminó diciéndole: "Dime dónde está la droga, cabrón, o te vuelo la tapa de los sesos". La respuesta de Millán fue ocultarse totalmente en la formación rocosa. El narco, pues de éste se trataba, disparó. La munición empleada en estos ejercicios es de fogueo, pero el falso alumno le había disparado con fuego real, ya que Alejandro sintió silbar las balas como feroces abejorros sobre su cuerpo oculto y una de ellas arrancó esquirlas de la aletargada roca. Asomó la cabeza por el extremo de su providencial escondrijo con objeto de descubrir el rostro del atacante. La oscuridad nocturna, el tatuaje de guerra que cubría sus rostros y la llegada de otros compañeros influyeron una vez más en que su intento de desenmascarar al osado traficante terminase en fracaso. Aunque su estilo no es soltar tacos, ante la impotencia de no poder descubrirlo, hizo que su boca fuese un volcán echando improperios dirigidos al sigiloso gángster y a toda su familia. Jamás imaginó Millán que en el alma de un ser humano pudiesen anidar tanta perseverancia y temeridad. El narco no cedía ante ninguna dificultad y aprovechaba los momentos más propicios para que nadie pudiese descubrir su auténtica personalidad. El Cabo Legionario pensó que le cogería en algún fallo y entonces pagaría al contado y con recargo por todos los problemas e inquietudes que le estaba ocasionando. Por más que lo pensaba, no quería que nadie supiese su implicación en el asunto de la droga. Algunas veces estuvo casi decidido a entregarla a la policía, pero estaba convencido, de que sería interrogado a fondo y posiblemente acusado de traficante, y como él no podía demostrar lo contrario, optó por llevar consigo el secreto, no compartirlo con nadie y procurar no sucumbir ante la ambición que suponía la venta del deseado narcótico. Ha establecido una especie de reto, de desafío consigo mismo, para fortalecer su vocación militar frente a la riqueza, móvil tentador en estos últimos años y causa de corrupción de las altas clases del mundo de la política y las finanzas. Desea que su inclinación hacia la carrera de las armas sea inamovible, que su voluntad no se derrumbe frente al dinero, materia que ha doblegado las más férreas voluntades. A veces, su humana naturaleza se tambalea como frágil velero en la inmensidad del océano en el corazón líquido de la tempestad. Después sus sentimientos, su tenaz amor a la Patria, su vocación militar, se imponen, y todo se reduce a una leve tentación, a una mera aventura, aunque eso sí, precedida por la sombra delgada y alargada de la muerte.

¡Qué placer, que íntima satisfacción experimenté, cuando el padre del futuro sargento me contó sus visitas a la Academia de Infantería con motivo de las fiestas de gala celebradas en honor de la Patrona, la Inmaculada Concepción, el día ocho de diciembre, durante dos años consecutivos!

Las invitaciones preparadas de antemano. Cada invitado debía ir con traje oscuro y corbata o frac. Las damas lucían, junto a su belleza natural, sus mejores galas de noche, y los uniformes de gala y etiqueta resplandecían en aquel marco incomparable donde varias promociones de oficiales y Caballeros Alumnos de la A.G.B.S., uniformados con la más exigente pulcritud y corrección, habían asistido en fechas muy señaladas en las efermérides castrenses.

Las prendas de abrigo fueron depositadas en el guardarropa. Los artísticos y regios salones resplandecían como crisoles de oro en plena efervescencia. Las placas conmemorativas y las banderas eran testigos inanimados y al mismo tiempo vivientes de infantes caídos por España, junto a relaciones de oficiales que tuvieron el inmenso honor de cobijarse durante cierto espacio de tiempo bajo el techo de la "Fragua de los Infantes".

Todo era perfecto y condimentado con la indescriptible expresión de los jóvenes militares que asistían por primera vez a un baile de gala, en compañía de algunos de sus seres queridos, en el escenario perfecto de la "Fábrica" de aquellos que su amor y vida consagran a la Madre Patria.

A la entrada de la lujosa estancia, una maqueta del Centro se ofrece diminuta, pero perfecta, a las miradas sorprendidas y admiradas de todos cuantos visitan la Academia por algún determinado motivo.

Las mesas, distribuidas alrededor de los amplios salones, estaban adornadas con exquisito gusto y sobre cada una de ellas había una tarjeta donde, en perfecta y clara mecanografía podía leerse el nombre del alumno para quien estaba reservada. Al fondo, sobre un efímero escenario, la orquesta que daría la pincelada melódica y serviría de ornato completo a dos noches, que el padre de Alejandro - según me ha dicho - en años consecutivos, fueron las más felices de su vida, en aquel ambiente donde soñó verse en su ya remota juventud.

El Excelentísimo General Sr. D. Máximo de Miguel Page abrió la brillante fiesta, acompañado de una bella dama, a los dulces sones del romántico vals fascinación. La pista se fue engrosando con nuevas parejas que, bajo la excelente iluminación y el variopinto colorido de las uniformes, bandas, condecoraciones y trajes femeninos, daban un aspecto regio, de corte, a aquellas inolvidable veladas.

Alejandro quedó en su mesa solitario y con el entrecejo fruncido, mientras sus padres bailaban. Paladeaba una copa de champán y, como en una película actual, se proyectaron en su cerebro los acontecimientos ocurridos en los últimos años en secuencias claramente definidas en el espacio y en el tiempo. La sombra gris de un nubarrón de verano se infiltró en su mente, y el recuerdo de su amada Esther resurgió con más fuerza que nunca. En aquel ambiente maravilloso, a un paso de conseguir la graduación de sargento, acompañado de sus padres, ¿qué le faltaba para ser inmensamente feliz, incluso estando bajo las amenazas del narcontraficante? Muchos compañeros danzaban con chicas invitadas a la fiesta, simplemente se las habían presentado o las habían conocido paseando por la Plaza Zocodover, en cualquier pub o en un determinado lugar de la Ciudad Imperial. Otros bailaban con sus novias, que vinieron a las fiestas de gala desde lugares diferentes de España. Él echaba de menos en estos momentos, en este escenario idílico y castrense a su adorada Esther. Su mente recorrió con claridad los tumbos, las volteretas que había dado su vida desde que abandonó el "Indio". Vagabundeo en Barcelona, etapa de gran abuso etílico, sufrir la feroz dentellada del hambre, la muerte de Antonio, sus duermevelas en las frías galerías del metro barcelonés, el encuentro con "Chispa", con Salvatore, sus conciertos nocturnos en locales como el Venezuela, en el Eruosex Pana'ns, su estancia en la buhardilla de la calle Conde del Asalto, el tiroteo, el encuentro con la droga, su marcha a la Legión, los ataques y amenazas del misterioso narco, su ingreso en la A.G.B.S. Todo esto parecía un sueño de breves minutos. Sin embargo, habían pasado unos años y allí estaba, soñando despierto con su malograda Esther, bailando el maravilloso vals fascinación con un espejismo, con alguien etéreo, con una sombra adornada con un enorme velo de tul blanco.

Cesó la música y volvió a la realidad. Con su padre y algunos amigos -mientras su madre departía con otras señoras- se dirigieron al Casino de Oficiales.

Mi amigo, el progenitor del Cabo Legionario, era un gran embalse de emociones rebosante de felicidad. Después de todo lo que habían padecido desde que su hijo fuese el protagonista desgraciado de una tragedia amorosa, el abandono del viejo "Indio" por parte de aquél, la ausencia en sus amadas cacerías en el "Brosque" que su padre echaba de menos sobremanera, la falta total de noticias hasta que les comunicó que estaba en la Legión y les invitaba a la Jura de Bandera ahora, como si despertase de una pesadilla, como si todo lo ocurrido hubiese sido el resultado de un estado onírico, se encuentra rodeado de oficiales, de jóvenes militares, de su hijo y además en el ambiente con el que soñó infinidad de veces en sus años mozos.

Algo muy profundo se encontraba en estado de ebullición dentro de su ser. Todo era hermoso, perfecto. Una dicha inmensa invadía el corazón del padre de Millán Valenzuela. Si alguien era realmente feliz sobre la faz de esta oscura esfera, era él. Su estado placentero traspasaba los límites de la naturaleza humana. Algunos momentos se veía a sí mismo como un uniformado oficial que volvía a la Academia en la que estuvo de alférez a celebrar el día de la Patrona. Su estado de identificación con la milicia llegó a ser de tal magnitud en el escenario donde se encontraba, que se olvidó del otro yo, su yo real y auténtico, y se embutió en el uniforme caqui, en la disciplina, el honor y el sacrificio.

La alegría rodaba impetuosa por estancias, tapices, banderas y pulimentados suelos de la Gran Casa, donde el amor patrio henchía el corazón. La orquesta desgranaba las melodías de actualidad y, en otras ocasiones, hacía suspirar de nostalgia a las parejas de sienes plateadas. El padre de Alejandro miraba el reloj con excesiva frecuencia, como si desease detener el tiempo indefinidamente, no dejar que avanzase. Deseaba que las horas muriesen, que permaneciesen estáticas, solidificadas, disecadas por un invisible taxidermista, para que aquel santo momento le acompañase todos los días de su vida. Pero como todo lo hermoso y bello es efímero, el General anunció el sublime canto de "La Fiel Infantería", como broche de esmeraldas que cerraba aquellas dos inolvidables conmemoraciones de la Inmaculada Concepción.

Todas las horas pasadas en la Academia de Infantería de Toledo rebasaron con creces la frontera de lo real. Al oir las notas excelsas y queridas de esta augusta marcha, el estado anímico de mi amigo desbordó el vaso de los más nobles sentimientos que cualquier auténtico español pueda albergar en lo más profundo de su alma.

En la segunda vez que asistió a esta fiesta militar, cuando junto con su mujer e hijo se dirigían a la salida a las cuatro de la mañana pletóricos de felicidad, alguien le golpeó en la espalda. Era el General Director de la Academia y Gobernador Militar de Toledo Excelentísimo Sr. D. Máximo de Miguel Page. El padre de Alejandro con la sencillez e ingenuidad de un mozalbete, se volvió y dándole una fuerte palmada en el hombro - expresión afectiva que realizó con excesiva contundencia - a quien había llamado su atención, se dio cuenta que su efusividad la había descargado sobre el más alto mandatario del Centro Militar. El General, todo amabilidad y regocijo ante la sincera forma que tuvo mi amigo de expresar su estado anímico, le preguntó qué tal lo había pasado. Él, de oratoria más bien mermada, pero apasionado en demasía por todo aquello que es de su total agrado, le dijo que no podía describirlo, que estaba muy feliz, que había sido para él un gran honor asistir a la fiesta, que no olvidaría jamás aquellas dos visitas a la

Academia y que lo que más sentía era no poder volver más veces, ya que su hijo estaba en tercer curso y dejaría Toledo. El General, muy correcto y haciendo de la hospitalidad un acto de servicio, le dijo que podía asistir cada vez que quisiese, que allí en Toledo dejaba un gran amigo. También le preguntó que si el alumno que iba delante de ellos era su hijo. El padre del futuro sargento se lo presentó y aquél, como un soldado de bronce, se cuadró ante su superior, pareciéndole imposible que el General le hubiese estrechado la mano, dada la gran distancia de graduación que existe entre la máxima autoridad de la Academia y un aspirante a suboficial.

Al día siguiente - invadido por un gran sosiego espiritual - regresaron a su bella tierra del Sur la madre, Millán y mi amigo entrañable. Las bandadas de perdices bordaban con su plumaje y reclamos oro y grana la gran llanura manchega donde la perdiz roja española es tan abundante. Padre e hijo cruzaron una mirada preñada de añoranza, y a la mente de los dos acudían las escenas, algo distantes, de sus cacerías tras las patirrojas allá en el reseco y querenciosos escenario de su muy amado "Brosque", y resonaban en ambos cerebros al unísono la última estrofa del himno de nuestra "Fiel Infantería":

> Y éstos, que en la Academia toledana
> sienten que se apodera de sus pechos,
> con la épica nobleza castellana,
> el ansia altiva de los grandes hechos,
> te prometen ser fieles a tu historia
> y dignos de tu honor y de tu gloria.

Cuántas y cuántas veces me narró el padre de Alejandro las emociones que experimentó en las oscuras, frías y lluviosas noches en el Puerto de las Pedrizas, cada vez que iba a recoger a su hijo, casi siempre a altas horas de la noche. Los primeros permisos, su corazón con extraordinaria dosis de amor hacia los suyos, imprimían a su alma la más sublime de las ilusiones. ¡Cómo deseaba que apareciese el fantasma del autobús que surgía de la oscuridad absoluta, de la niebla, las ráfagas violentas del Solano y el suspiro húmedo de la lluvia, el vehículo que llevaba cincuenta plazas ocupadas por jóvenes militares que volvían a casa, donde les esperaban cargados de alegría y esperanza los amores paternos y el juvenil amor de una chica de ojos profundos y soñadores!

¡Cómo anhelaba cigarro tras cigarro - mientras su madre y el joven chófer amigo de Alejandro esperaban sentados en el coche para guarecerse de las inclemencias del tiempo -, en sus incansables paseos bajo el toldo negro del paraguas, taladrar con su mirada el escudo defensivo y oscuro de la noche para ver al futuro suboficial con su flamante uniforme y su lozana juventud descender del autocar y abrazarle con un amor que, nadie que no tenga hijos, ni aun teniéndolos, pueda imaginarse!

Fueron, en los tres años de permanencia en Tremp y en Toledo, muchas las noches de feliz espera bajo un cielo plomizo desde el que descendía, a veces, la violenta lluvia, desde los gigantescos grifos de los negros nubarrones. Todo esto a mi amigo, al padre de Millán, no le intimidaba, al contrario, su fuerte naturaleza física, forjada en el campo tras la caza, le hace invulnerable a los fenómenos atmosféricos. Y allí estaba noche tras noche, con el corazón pugnando por salírsele del tórax y su alma apasionada, celebrando la fiesta espiritual de la llegada de su heredero, el que iba a lograr algo que a él, por circunstancias, si no le estuvo vedado, no llegó a conseguir ingresar en la Academia General Militar de Zaragoza y alcanzar la graduación de Oficial.

Sin ilusión, sin alegría, no podía existir la desilusión ni la tristeza. Por eso cuando se cumplía el permiso del Cabo Legionario, su padre tenía el corazón alegre, porque sabía a dónde regresaba, pero sentía un inmenso pesar, una gran soledad, una fuerte pesadumbre, una incontenible nostalgia y una cándida y sana envidia.

En una ocasión llevaron a Millán a La Roda de Andalucía para que se fuese a Toledo con un compañero. Mi amigo, por alguna de sus a veces extrañas reacciones, que a nadie explica, no quiso ir ni se despidió de su hijo. Se fue a un olivar colindante con los pisos que miran hacia La Vega y, en su soledad buscada, vio lleno de pesar cómo el rojo mexicano de su amado "Corsilla" se alejaba por la carretera de Sevilla rumbo a La Roda, mientras a sus ojos cansados asomaba un leve suspiro del agua del espíritu.

Otras veces lo esperaba o lo llevaba al cruce que hay entre las carreteras de Archidona y Córdoba. La misma sensación de alegría y satisfacción le embargaba en los recibimientos, que de tristeza y nostalgia en las despedidas. La Roda fue durante el último curso un lugar de eufóricas esperas y silenciosas despedidas, en las cuales saltaban los sentimientos del padre de Millán, desde la más increíble felicidad, al más solemne de los silencios.

Al finalizar el último curso, suena el teléfono en el hogar paterno. Su padre recibió la mayor complacencia y regocijo que un ser racional pueda alcanzar en este desdorado planeta. Te voy a dar tres noticias: La primera, que he sacado el número catorce de toda la promoción, la segunda que he conseguido el puesto número nueve de Infantería, y la tercera, que me voy otra vez a la Legión. ¿Qué te parece? Millán había adivinado las preferencias de su padre por estas dos Armas. La inmensa felicidad que inundó el alma de su padre con estas noticias fue indescriptible. Yo, escribidor de poca "talla", me encuentro francamente incapacitado para explicar sus emociones.

Llegó el final del sendero, la meta inmediata que se alcanza con vocación y sacrificio: la toma de despachos de empleo. Fue el no va más, la apoteosis, la síntesis, el premio de tres años de ilusionadas esperas, de anheladas epístolas, de sanas envidias y recuerdos imborrables. Había llegado el momento de su nombramiento de Sargento de la gloriosa Infantería Española.

Uniformados con una corrección insuperable, las compañías de sargentos bordaban con su característico colorido el castrense tapiz de la Explanada del Campamento General Martín Alonso. Al contrario que el día de la Jura, el cielo se había engalanado con su más bello traje azul y el sol resplandecía como un enorme foco áureo. Llegaron autoridades desde los diferentes puntos de España y Sus Majestades los Reyes presidieron el solemne acto.

Con paso marcial y erguidos como columnas pétreas, fueron recibiendo de manos de generales, dignatarios eclesiásticos y políticos el premio a tres años de formación militar: el título de Sargentos de las diferentes Armas y Cuerpos.

La vista perdida en el tiempo y con una expresión de ausente, su padre contempló extasiado el momento que tanto había deseado presenciar y en el cual le hubiese gustado ser un protagonista más, aunque en realidad lo era, pues viendo a su hijo rebosante de dicha, él también lo estaba, ya que se fundía con su heredero en una total identificación espiritual. Sus sentimientos habían alcanzado el olimpo de la milicia. Estaba eufórico, se sentía muy juvenil. Si alguien le hubiese acompañado, se hubiese corrido la más sonada juerga de su vida para celebrar tan grato acontecimiento.

Terminada la inolvidable experiencia, las compañías fueron abandonando la Gran Explanada a los acordes de marchas militares. Formaron junto a los edificios que habían contemplado la dureza de su formación a lo largo de su carrera, y a la orden de: "¡Rompan filas!", las enhorabuenas entre compañeros y familiares se sucedieron con gran profusión y algunos ojos emocionados fueron humedecidos por el suspiro húmedo del espíritu. Hijo y padre se fundieron en un profundo abrazo sin pronunciar palabra. Había conseguido su sueño y por el alma paterna corría una corriente de savia joven, la sangre de la milicia, que volvía a vitalizarse ante el éxito del primer eslabón de la cadena que iniciaba una casta militar.

Después hubo un vino de honor. A este sencillo acto de convivencia y cordialidad asistieron Sus Majestades los Reyes. La Reina y el Rey saludaron a la madre de Alejandro. Su padre tuvo el honor de estrechar la mano de Su Majestad don Juan Carlos I el cual siendo Caballero Cadete de la Academia General Militar hizo una de las guardias en el lugar denominado "El Cañón", garita donde él debutó como centinela en una oscura noche azotado por la frialdad del Moncayo.

Terminado el "vinillo", dijeron adiós al Campamento "General Martín Alonso", lugar de gratos recuerdos y pila bautismal de la vida académica del sargento Millán Valenzuela.

SARGENTO LEGIONARIO
Y CASCO AZUL
EN BOSNIA-HERZEGOVINA

Por esta época, para los primeracos procedentes de la A.G.B.S. y de la Academia General Militar era un inmenso honor encontrar un puesto en la Legión. Se la disputaban en buena lid, ya que según tengo entendido tienen preferencia los primeros números, o sea, los más bajos. La Legión es el Cuerpo más codiciado por los auténticos militares, que "les gusta mojarse hasta ponerse empapados". En la Legión no tienen cabida los comodones. En la Legión no caben los términos medios. Hay que dar el callo y estar dispuesto en todo momento a vivir para servir y sudar el chapiri, hasta que pierda su color primitivo.

Millán, uno de los primeros de la A.G.B.S., no iba a ser menos y pidió para la Legión. Su llegada fue apoteósica por parte de sus dos inseparables. "Chispa" y Salvatore, tras el saludo enérgico y airoso que marca la disciplina legionaria, le dieron sendos abrazos, y en sus rostros se reflejaban la alegría y el sano orgullo de ser amigos del flamante sargento, caballero legionario. Dice el padre de Alejandro que en la vida cotidiana del cuartel, durante el periodo de trabajo que lleva consigo la prestación de los diferentes servicios, le dan el tratamiento de "Sargento", pero cuando están solos, aunque Salvatore y "Chispa" no lo olvidan debido a su elevado concepto de la disciplina, le llaman por su nombre, igual que cuando pateaban las intrincadas y viciosas callejuelas del Barrio Chino.

A Millán lo han destinado a la tercera compañía, donde están sus dos colegas y como si el destino los hubiese soldado a él, durante su vida militar, los dos sargentos argelinos, "El Manué" y "El Pepe", también cayeron en la mencionada compañía. Durante su llegada a la Legión, después en la A.G.B.S. y en la Academia de Infantería de Toledo fueron sombras vivientes de su pesadilla las figuras dudosas y ocultas de un narco que le perseguía con saña y probada tenacidad y que se esconde en medio de los dos africanos. Está seguro que uno de ellos es el sabueso que olfatea como un perro policía el olor alucinatorio del codiciado alucinógeno. Ambos son altos, casi esqueléticos y zurdos, lo que le recuerda al pistolero de gran intrepidez y escurridizo, que manejaba la pistola automática con la siniestra en el tiroteo del Venezuela. Son inteligentes, fríos, y calculadores, lo que hace que ante identidades tan parecidas le sea más difícil la identificación del protagonista de este asunto donde está metida la mafia, cuyo representante es un gángster narcotraficante norteafricano. Millán está obsesionado con la audacia y el dominio de sí mismo que posee el oculto personaje. Tiene que reconocer que es un hombre muy peligroso, que no le aredra ni el peligro ni las dificultades por muy grandes que sean. Ante estos enigmas, su interés por conocerle y desafiarle cara a cara, como el legionario mira a la muerte, se hace superior, se agiganta, se ha convertido en una necesidad, más aún, que el enorme deseo que tiene de desenmascararle y que lo expulsen del Ejército, al cuál está mancillando con su presencia.

En los ratos de asueto se reunen en el nuevo local que han construido para los caballeros legionarios al que llaman El Mesón. Es una construcción moderna, dotada de comodidades y mobiliario escogido con buen gusto. Millán acude allí a reunirse con sus "inseparables", más que a la Residencia de Suboficiales, pues además de estar con sus amigos íntimos, le agrada mucho permanecer en contacto con los legionarios. En este hermoso y bello local fuman, cantan, ríen, beben y él sobre todo no deja, bajo su aparente indiferencia de vigilar a los dos sargentos que con asiduidad frecuentan también el hogar del legionario.

El día diez de septiembre de mil novecientos noventa y dos, en casa de los padres del sargento Millán Valenzuela, sonó el teléfono. Al otro lado del milagroso hilo su voz conmovió a sus padres cuando le dijo - entre otras cosas -: "Nos vamos a Almería a la Base Álvarez de Sotomayor a prepararnos para ir a los Balcanes".

La nueva vida que empieza el sargento Millán desde este momento, será seguida paso a paso - como siempre - por su padre de cuya amistad me honro y agradezco profundamente todas las confidencias que han hecho, que me introduzca en su vida familiar y en lo más íntimo de sus sentimientos, dando lugar todo ello al parto de "El Legía".

Este contingente de legionarios que España envía a la antigua Yugoslavia, será conocido con el nombre de A.G.T. - MALAGA y está formado por miembros de la Legión de Canarias, Ceuta, Melilla y Ronda. Entre los pertenecientes al acuartelamiento de Ronda figuran - entre otros mandos - el Coronel Jefe de la Agrupación Málaga D. Francisco Javier Zorzo Ferrer, un militar cojonudo, del que se sienten orgullosos todos sus legionarios, el Teniente Coronel D. Alfonso Armada de Sarriá, para el cuál el padre de Millán ha agotado todos los calificativos positivos de nuestra hermosa lengua, muerto de una dolencia ósea al poco tiempo de regresar de Bosnia - Herzegovina. El padre de Millán, aprendiz de escritor, le dedicó un homenaje del que repartió varias fotocopias en el Tercio Alejandro Farnesio, ya que la revista "La Legión" no tuvo la hidalguía ni la sagrada atención hacia el recuerdo de un legionario modelo, al no publicar en sus páginas este sencillo pero sincero y sentido homenaje a su mejor amigo en la Legión. Su agradecimiento al teniente Coronel Armada de Sarriá será eterno. Así me lo ha indicado para que lo haga constar en estas páginas, encargo que cumplo con sumo placer, ya que él fue el que lo presentó para que fuese nombrado "Legionario de Honor".

De los legionarios de Ronda van algunos de la tercera compañía, entre los cuales han incluido, para gozo y regocijo del sargento Millán, a los dos elementos que faltaban para completar el trío de los "inseparables". También - entre los suboficiales -, como si Alejandro estuviese condenado a la vigilancia constante del infiltrado narco, han sido nombrados Abd - Al - Malik (alias Manué) y Taysir - Al Sahoud (alias Pepe), binomio norteafricano, en el cual y sin lugar a dudas está el cazador de la cocaína. Entre estos suboficiales van los sargentos Reina Ignacio, Ponlla Catoira, Manuel Bermejo, el abultado en arrobas y grandeza de alma, sargento de la Policía Militar César García Lazcano y alguno que otro, que no consigno, porque mi memoria a veces me es infiel.

Según me ha informado el padre de Millán, la preparación, que ha durado dos meses aproximadamente, ha sido muy dura, más que la A.G.B.S., que ya es decir. Han habido días que han tenido diecisiete horas de actividad, desde el toque de diana hasta el de retreta.

El padre de Millán Valenzuela - meticuloso y previsor - ha grabado el reportaje que Canal Plus + ha filmado durante un día con todas las actividades que se han realizado en una jornada en la Base Álvarez de Sotomayor. Lo fundamental de esta preparación es ensayar las posible acciones que puedan presentarse en Bosnia - Herzegovina: desde abrir vías de comunicación, escoltar convoyes con alimentos y medicinas, proteger altos mandos o personalidades, a intercambiar prisioneros o cadáveres y ayudar a la población civil en todo cuanto les sea posible.

Empezó la filmación a las siete horas con el toque de diana y la entrevista a un cabo primero que tiene aprobado el cuarto curso de Derecho. Ha preferido la Legión a la abogacía y sustituir durante seis meses el chapiri por el casco azul de Naciones Unidas.

La operación que va a realizar la Legión Española es de carácter humanitario y la más importante que ha efectuado desde la retirada del Sahara en mil novecientos setenta y cinco.

A título anecdótico y como una síntesis informativa, he aquí en breves rasgos una jornada de preparación en la Base "Álvarez de Sotomayor", en tierras almerienses.

"Después del toque de diana, gimnasia, instrucción y desayuno. La cámara captó a las nueve horas a un grupo de voluntarios, entre los que se encontraban el capitán Demetrio Muñoz y el sargento Millán, corriendo para ponerse en muy buena forma física.

Se insiste mucho en el manejo de los B.M.R.s, que serán los vehículos encargados de dar escolta a los convoyes con ayuda humanitaria.

Este narrador de imágenes, dada su extensión, las reduce sensiblemente.

En un primer plano se ve al corpulento sargento García Lazcano, gran amigo del padre de Alejandro conversando con un compañero.

El desierto almeriense aparece levemente moteado de blanco por una fugaz nevada de B.M.R.s, que llegan a alcanzar hasta los ciento veinte kilómetros por hora, llevan una dotación de ocho o diez hombres y van armados con una ametralladora de doce con setenta milímetros. Una vez en Bosnia, alguien tendría la perspicaz idea de introducir dentro de cada B.M.R. una bota de vino - arma desprovista de instintos belicosos -, que sería sumamente operativa, ya que el efecto de su contenido despertaría reacciones positivas que abrirían controles y limarían asperezas. ¡Es que el tintillo de Rioja hace milagros!

A las doce, los cetmes, manejados por tiradores selectos, entonaban una incruenta melodía. En la líneas del pentagrama del desierto almeriense, de una esterilidad sahariana, se imprimieron las notas inciertas de los inofensivos disparos. Estas armas serían utilizadas por la élite de los tiradores,unicamente en el caso de haber agotado todos los demás recursos, o sea en casos extremos.

A la una, los vehículos de aprovisionamiento llegan al campo de maniobras. Y esto lo resalto porque, en una de sus secuencias, aparece Alejandro Millán comiendo junto al sargento Paco Reina. Éste, con hambre de marabunta, le dice a Millán: "Están buenas las lanteas macho". Millán le contenta: "Sí, pero los guisantes están quemaos".

Siguen las cámaras su rodaje. Aparece "El Melilla", sargento compañero de Millán en la A.G.B.S., que contesta a una pregunta de los periodistas con gran convicción: "No vamos de víctimas, eso está superclaro, pero, si hay que dar palos se darán. La Legión no ha quedado para repartir "madalenas". En los controles tendremos que dialogar, estas son las órdenes y debemos cumplirlas".

Un teniente médico comenta en la enfermería, con los chicos de la prensa, que se repartirán preservativos - seis por legionario - como previsión contra los peligros venéreos y sobre todo para proteger la boca de los cetmes.

Un capitán de la primera compañía, ansioso de emprender la acción humanitaria, le dice al Coronel Zorzo que le autorice para ser el primero en desembarcar, ya que es el capitán más antiguo. La moral de nuestros legionarios está más alta que la nubes.

El Coronel Zorzo se reune con sus hombres en el cine y, tras informarles de varios asuntos, les comunica que embarcarán en el Transporte de Ataque "Castilla", el cuatro de noviembre, a las doce horas. Esta fecha coincide con el veinticuatro cumpleaños de uno de los más jóvenes soboficiales de la Operación Alfa Bravo.

Cuando la jornada va aproximándose a su ocaso, el Teniente Coronel Armada departe con otros mandos, entre los que el padre de Millán reconoció a los capitanes de la Vega Fernández y Muñoz García.

Este día, por la tarde, le dieron a la tropa "vidilla", y en una de las últimas secuencias aparece un grupo de legionarios en Almería frente a espumosas y doradas jarras de cerveza y exquisitas tapas.

Entre ellos hay un legionario de color, un tío una hartá güay, que llegó a la Legión - contaba él - y no sabía ni jota del español. Como su nombre era rarísimo y entrañaba una gran dificultad para su pronunciación, un capitán le dijo que, traducido a nuestra lengua significa "Manolo". El mando, otro tío perita como todos los legionarios, le dio un "talego" y le dijo: - "Tómate una cerveza con tus compañeros y celebra tu nuevo bautismo". El moreno contaba a los periodistas esta simpática anécdota enseñando sus blanquísimos y marfileños dientes, el alba purísima de su córnea y la candidez de su noble y valiente corazón de legionario.

Con nuestra imperfecta formación militar, rayando en la profanidad respecto al militar profesional, opinamos que estas prácticas debían haberse efectuado en un entorno lo más parecido posible a las tierras balcánicas en accidentes y sobre todo en climatología. Termina la jornada en la Base "Álvarez de Sotomayor". Los "inseparables" regresan al campamento bajo un disco de lacre que dice adiós a un día de campaña, y, poco después, el cornetín rompe la esterilidad del desierto tocando retreta, el toque del silencio, el toque que da sosiego a las almas que han cumplido con su deber.

Durante esta concentración de tropas legionarias procedentes de Fuerteventura, Ceuta, Melilla y Ronda, ocurrieron dos hechos de gran trascendencia para la vida del padre de Alejandro y para éste. El primero fue el nombramiento de aquél como "Legionario de Honor" el veinte de septiembre de mil novecientos noventa y dos, en el LXXII aniversario de la fundación de la Legión. Fue propuesto por su inolvidable amigo el Teniente Coronel D. Alfonso Armada de Sarriá.

En el noventa y uno habían acudido al acuartelamiento de Ronda los padres de Millán a celebrar tan fausto acontecimiento. Su padre vive esta conmemoración intensamente, en toda su magnitud castrense. Este año, en el noventa y dos, en vísperas de la salida de la A.G.T. - MALAGA a tierras balcánicas, todo era diferente. Hasta de la esmeralda arboleda que rodea el Patio de Armas del acuartelamiento rondeño, brotaban intensas y vigorosas emociones.

En la Base Álvarez de Sotomayor se estaba celebrando a la misma hora el solemne acto, que era retransmitido al cuartel de Ronda. Junto a la tribuna presidencial se encontraba el matrimonio contemplando, cómo un tapiz verde teñido de valor y amor a la Patria cubría el suelo de la Explanada. Todo era perfecto, matemático. Pero sólo veía en su ilusión a su hijo. Allí estaba erguido, con los ojos entornados hacia el rabioso azul del cielo semiotoñal. Él le veía en la formación de Ronda, le veía en la Base "Álvarez de Sotomayor", con la mirada perdida hacia el oeste y también le adivinaba, más que verle, navegando hacia una humanitaria misión, con una boina azul, rumbo a la península Balcánica, atravesando el azul Mediterráneo, el dulce Mar Jónico y el romántico Adriático, proa a las bellas costas de Dalmacia. También veía el hueco imaginario que había en la tercera compañía, el hueco que dejaba un joven sargento legionario cargado de profundo amor a la Legión.

A la madre del sargento Alejandro Millán Valenzuela le temblaba amorosamente la mandíbula inferior, y la hermosa presa de sus ojos se desbordaba con lentitud, como suaves y leves bocanadas de diminutos zafiros que se deslizaban por sus rosadas mejillas. Ella también veía el hueco filial, lo echaba de menos en la formación. Era la ternura de un corazón de madre.

Me dijo mi amigo - el padre de Millán - que aquel día experimentó las más fuertes y sentidas emociones de su vida. Un hijo en la antesala de una guerra étnica, atípica, vergonzosa e incomprensible, una voz que a través de un micrófono reclama su presencia en la Gran Explanada para nombrarle Legionario de Honor: esa voz un tanto metalizada y emocionada, alude a las constantes muestras de afecto a la Legión que varios señores, en esta ocasión, les tienen dadas. La entrega del honorífico título fue hecha por el Teniente Coronel D. Andrés Rodríguez Román - q.e.p.d. -, firmado por el General Subinspector D. Rafael Reig de la Vega, y el canto varonil y profundamente legionario del Novio de la Muerte elevó a la máxima expresión los sentimientos de un español - desde ahora Legionario -, cuando centenares de gargantas de unos hombres animados por el patriotismo y el amor a su Bandera atacaban la última de las estrofas, la que exalta a los hombres más flemáticos, la que irrumpe más allá de las estrellas, la que hace temblar a las almas más indiferentes:

Por ir a tu lado a verte,
mi más leal compañera,
me hice novio de la muerte,
la estreché con lazo fuerte
y su amor fue mi bandera.

Ante semejante huracán de emociones, al padre de Alejandro - cuyo nombre me ha prohibido que consigne en estas páginas - se le agolpó toda su fogosa sangre hispánica en la garganta y el pecho parecía reventarle de alegría, de nostalgia, ante el vacío que se adivinaba en la formación y el sano orgullo de ser español.

Cuando el Teniente Coronel D. Andrés Rodríguez Román le entregó el título de "Caballero Legionario de Honor", estrechándole la mano le dijo el padre de Millán que se sentía muy orgulloso del nombramiento, a cuya expresión correspondió el Teniente Coronel, dándole las gracias.

Como cortesía hacia su hijo y por no efectuar la retirada, que sólo la realizan los que tienen el alma entristecida, al igual que el año anterior, el padre del joven sargento decidió festejar el aniversario de la fundación y su nombramiento porque sabía que a su hijo le gustaría esta actitud. Actuó como si Millán se encontrase entre ellos. Aquel memorable día, el matrimonio estuvo acompañado en toda la conmemoración por los sargentos Guillén y Bermejo, gentileza que siempre tendrá en cuenta el autor de los días de Alejandro Millán en el apartado dedicado a "gratitudes". Estos dos jóvenes suboficiales hicieron de la cortesía un auténtico acto de servicio. En la caseta de los legionarios se sucedieron los brindis por la AGT - MALAGA, por la Legión, por la tercera compañía y por todo lo imaginable. El finito corrió como el agua.

La madre de Alejandro fue muy valiente acompañando a su marido en su festejo sentimental, teniendo en cuenta que en breves días su hijo pisaría una zona de guerra, en la cual estaría durante seis meses. Su marido - mi amigo - me ha dicho que fue el día más memorable de toda su apasionada vida.

Y el segundo hecho fue el que le afectó a Millán durante unos ejercicios de tiro en la Base "Álvarez de Sotomayor". La sombra gris y misteriosa del que camufla su condición de gángster bajo el verde gloriosos del uniforme legionario, se cernió una vez más sobre el sargento Millán: una granada, lanzada como un aviso de muerte por una mano invisible, anónima (nadie supo de dónde había partido, a pesar de que se investigó a fondo el "accidente") explotó a una distancia tal de Alejandro que la onda expansiva le arrastró por el árido terreno produciéndole hematomas y rasguños en manos, piernas y rostro. El caso se archivó con el carácter de mero accidente, pero el sargento de los "inseparables" sabía que detrás de aquella eventualidad se ocultaba el cerebro pérfido y ambicioso de un pistolero que no cejaba ante nada, que estaba dispuesto a conseguir la cocaína a toda costa.

La obsesión de Alejandro por encontrarse cara a cara con el narco, por conocer a aquel hombre, que casi empezaba a admirarle, dada su impavidez y audacia, ocupaba totalmente su atención e incluso más que la misión que le aguardaba en Bosnia. Quería medirse con él sin disfraces ni caretas, de hombre a hombre, a ver si era tan valiente a la luz del día como agazapado en la oscuridad o en el anonimato. ¡Cuánto deseaba conocerle y partirse el pecho con él! Uno de los dos sobraba y, por supuesto, que no era el joven sargento Millán, ya que su puesto en la vida lo había encontrado, precisamente allí, en la Legión, en el arma de choque, en la vanguardia del Ejército Español, donde había recuperado parte de la felicidad perdida. Tenía que quitarle el antifaz al traficante de estupefacientes y cobrarse con crecidos intereses todos los malos ratos que le estaba proporcionando con sus amenazas, anónimos y ataques, amparado en la sorpresa y en la nocturnidad. Estaba seguro, confiaba que algún día entre los dos se produciría un enfrentamiento y cada cual quedaría en el lugar que le correspondiera. Su vida en la Legión no llegaría a verse realizada en gran parte, en tanto este intruso deshonrase con su presencia las filas legionarias. ¡Cada uno, en su puesto!

El día cuatro de noviembre de mil novecientos noventa y dos el puerto de Almería era un hervidero de gente, de españoles cuyos sentimientos estaban a flor de piel. Padres, novias, amigos, simpatizantes incondicionales de la Legión se agolpaban en torno al Castilla. El General Jefe de la "Operación Alfa Bravo" D. Agustín Muñoz Grandes, orgulloso de sus legionarios, les arengó infundiéndoles optimismo y confianza en el éxito de la humanitaria misión. Dicen los legionarios que "es un jefe Cojonudo".

Alejandro no quiso que sus padres fuesen a despedirle. La emotividad de la despedida fue histórica. Marchas militares, lágrimas furtivas de madres, novias y amigos, pasodobles que tan hondamente perforan el alma española ante ciertas situaciones, como Suspiros de España, El Emigrante, España Cañí ..., erizaron los vellos de los más aguerridos legionarios. Nuestra hermosa Bandera, como un pincel de nuestra Patria sobre el lienzo del "Mare Nostrum" pintaba las aguas azules de rojo y gualda. La proa del Castilla cortaba con delicadeza plateada las aguas azules del mar de nuestros antepasados, poniendo rumbo hacia una guerra que no tenía que haber empezado, hacia un país destrozado, masacrado por la indolencia de otros que se tienen por civilizados, avanzados estados modernos, que están en la vanguardia del desarrollo ¡Qué vergüenza, si hubiese quien la pasase! ¡Pero allá van nuestros legionarios, los fieles seguidores de Millán Astray, nuestros bravos legionarios!

Más que la información histórica y del desarrollo bélico de los acontecimientos en la antigua Yugoslavia, sigamos a nuestros "inseparables" en sus avatares por tierras balcánicas, que si bien no reseño muchos, ni todas las gestas que les honran, sí algunos anecdóticos, acompañados muy someramente por unas breves notas sobre aquellas gentes y sus circunstancias.

Croacia, Eslovenia, Bosnia - Herzegovina, Serbia y Montenegro son las repúblicas componentes de la antigua Yugoslavia. Tras la Segunda Guerra Mundial, y con la llegada del comunismo a estos territorios, se unificaron bajo el fuerte yugo comunista. Hubo grandes movimientos de población de unas repúblicas a otras, mezclándose etnias y religiones. Durante la dictadura comunista, debido a la gran represión, estaban controlados los problemas interétnicos. Ahora, tras la apertura a Occidente y la caída del comunismo, se han recobrado los sentimientos nacionalistas y étnicos. El problema es que estas repúblicas, dominadas por la centralista Serbia, estaban unidas por la fuerza.

Serbia, junto con Montenegro, tienen grandes núcleos de población en las restantes repúblicas, que ya no quieren pertenecer a Yugoslavia. Todo esto origina que Serbia, poseedora del Ejército regular yugoslavo, quiera defender sus intereses en las demás repúblicas. El Ejército regular yugoslavo aplasta sin piedad las rebeliones en Eslovenia y Croacia, que ya han conseguido el reconocimiento internacional. La paz ha llegado a estas repúblicas tras la concesión de territorios a Serbia.

El problema de Bosnia es mayor, ya que existen en esta república varias etnias. La mayoría es musulmana, propiamente bosnios. También hay bosnios que son pertenecientes o con raíces en Serbia y además hay croatas, estas tres etnias se quieren repartir el territorio y la hegemonía con Bosnia. Los serbiobosnios están apoyados por el Ejército serbio, antiguo Ejercito federal yugoslavo. Musulmanes y croatas poseen un Ejército mal armado, con escasa organización y con una estructura netamente guerrillera.

El autor consigna los titulares (sólo un pequeño muestreo) que aparecieron en la prensa, junto con las fechas de su publicación y el nombre de algunos periódicos. Las noticias de este atípico conflicto no sintetizan ni mucho menos su proceso, ni el maremagnun de avances y retrocesos, de promesas incumplidas por todos los bandos, incumplimientos del alto el fuego y todo un crucigrama laberíntico de una lucha que las potencias más cercanas a su entorno, o sea las europeas, jamás debían haber permitido que estallase.

Con anterioridad a los combates balcánicos, y para que conste la absoluta capacidad de la Legión Española para misiones donde se exige una alta cualificación, he aquí una nota periodística donde se alude a la importancia de la Legión:

Dieciséis de noviembre de mil novecientos noventa. A B C

"Alta tensión militar en el Golfo. España"

"La Brigada Paracaidista, las GOES y la Legión, unidades de Tierra mejor preparadas.

La Legión parece, por el momento, la candidata más cualificada para "representar" a España en la zona de la crisis, junto a los Boinas verdes (GOES) y las Fuerzas Aeromóviles del Ejército de Tierra (FAMET)".

El autor, una vez alegrada la visión de los simpatizantes de nuestra querida Legión con esta brevísima muestra de su importancia, pasa a dar una síntesis cronológica de algunos acontecimientos ocurridos en Bosnia - Herzegovina:

Ocho de octubre de mil novecientos noventa y dos. SUR

"Fuerzas serbias capturan Bo - sanski Brod, punto estratégico del norte de Bosnia".

Once de octubre de mil novecientos noventa y dos. SUR

"Los serbios están ganando la guerra".

Catorce de octubre de mil novecientos noventa y dos. SUR

"Los primeros legionarios españoles partieron para Bosnia. Una avanzadilla de la Legión, compuesta por catorce hombres y dos vehículos.

"En total, el contingente español estará integrado por unos setecientos hombres - entre legionarios, paracaidistas, soldados de Caballería, Transmisiones y Zapadores -, que dispondrán de un centenar de vehículos ligeros y setenta blindados para efectuar la misión encomendada".

Quince de octubre de mil novecientos noventa y dos. SUR

"El enclave serbio de Kosovo, posible nuevo foco de guerra en los Balcanes".

Dieciocho de octubre de mil novecientos noventa y dos. SUR

"Los bosnios mantienen cerrado el acceso a Sarajevo".

Veinte de octubre de mil novecientos noventa y dos. SUR

"Las fuerzas españolas de la ONU podrán usar las armas para proteger a la población civil".

"La guerra de las sombras". Dice entre otras cosas este breve artículo: ¿Son los cascos de la ONU tan sólo un instrumento para salvar la mala conciencia de los gobiernos que los envían?"

Veintidós de octubre de mil novecientos noventa y dos. SUR

"Suspendido el puente aéreo de ayuda a Sarajevo ante los combates en la zona".

Veintisiete de octubre de mil novecientos noventa y dos. SUR

"Fracasan las negociaciones tripartitas para la desmilitarización de Sarajevo".

Veintiocho de octubre de mil novecientos noventa y dos. SUR

"La reanudación de los combates impide la salida hacia Sarajevo de un convoy con ayuda humanitaria".

Treinta de octubre de mil novecientos noventa y dos. SUR

"Las tropas españolas no tendrán que entrar en Sarajevo y se desviarán por una ruta que rodea la ciudad, a la altura de Raskrsce, para llegar a Kiesejak, a unos cuarenta kilómetros al oeste de la capital Bosnia".

Uno de noviembre de mil novecientos noventa y dos. SUR

EL ULTIMO ENSAYO

"La Agrupación Málaga, con ciento diez soldados malagueños, parte el próximo miércoles del puerto de Almería a la antigua Yugoslavia".

Dos de noviembre de mil novecientos noventa y dos. SUR

"Los serbios disparan contra quienes huyen de Jajce".

Tres de noviembre de mil novecientos noventa y dos. SUR

"El buque "Velasco" zarpa de Almería con destino al puerto croata de Split". "Transporta veintiocho vehículos blindados medios sobre ruedas (BMR), seis de Zapadores, dieciséis de exploración de Caballería, siete de Transmisiones, cuatro ligeros, dos ambulancias, tres grúas y diez mil raciones de campaña".

Entre este jeroglífico informativo el padre de Alejandro me ha pedido que consigne en estos mal pergeñados renglones que, el día ocho de noviembre de mil novecientos noventa y dos, hablaron por primera vez con su hijo por teléfono, a las siete de la tarde.

Cinco de noviembre de mil novecientos noventa y dos. A B C

García Vargas: "El Gobierno envía a los militares españoles a la aventura". "El grueso de la Agrupación Málaga embarcó con destino a Split".

Cinco de noviembre de mil novecientos noventa y dos. Diario 16

"El Ministro de Defensa despidió en Almería a los últimos quinientos cincuenta y ocho soldados que partieron hacia Bosnia".

En la página catorce de este diario aparece un grupo de legionarios junto al buque de ataque Castilla, cubiertos con el chambergo y el pañuelo azul anudado al cuello. Entre ellos figura el joven sargento legionario Alejandro Millán Valenzuela. El mismo día y la misma foto aparece en el diario malagueño SUR.

Ocho de noviembre de mil novecientos noventa y dos. SUR

"La vida de un millón de personas depende de los soldados españoles destacados en Bosnia".

Nueve de noviembre de mil novecientos noventa y dos. SUR

Intensos combates en Bosnia en la zona conocida ya como la "Ruta de los Españoles".

Once de noviembre de mil novecientos noventa y dos. A B C

"Tropas españolas cumplen su primera misión con blindados en medio del fuego serbio".

Once de noviembre de mil novecientos noventa y dos. A B C

"Bautismo de fuego para el Ejército en Bosnia".

Doce de noviembre de mil novecientos noventa y dos. A B C

"El convoy militar español se desplaza a Jablanica en medio del fuego cruzado entre serbios y croatas".

Trece de noviembre de mil novecientos noventa y dos. SUR

"Combates esporádicos violan el último alto el fuego en Bosnia - Herzegovina".

Dieciséis de noviembre de mil novecientos noventa y dos. SUR

"Habitantes de Jablanica roban un vehículo° todoterreno a los soldados españoles".

Diecisiete de noviembre de mil novecientos noventa y dos. SUR

"La primera misión de los cascos azules españoles se pospone a última hora".

Diecinueve de noviembre de mil novecientos noventa y dos. SUR

"Un convoy escoltado por tropas españolas en Bosnia encontró a su paso fuego de granadas".

Uno de diciembre de mil novecientos noventa y dos. SUR

"Heridos en Bosnia - Herzegovina cuatro legionarios de la Agrupación Málaga".

Dos de diciembre de mil novecientos noventa y dos. SUR

"Los dos legionarios malagueños heridos en Bosnia serán mañana trasladados a España. Sargento primero Santiago Serrano Díaz y el C/ legionario Antonio Bascuñana. De veintiocho años el primero y de diecinueve el segundo".

Siete de diciembre de mil novecientos noventa y dos. SUR

"La Legión rendirá honores militares a los soldados serbios y croatas muertos.

Oficiales españoles vigilarán el intercambio de combatientes fallecidos".

Trece de diciembre de mil novecientos noventa y dos. SUR

"Sentí terror cuando me estalló la mina, afirma un legionario herido en Bosnia".
"Antonio Bascuñana, vecino de La Palma, donde es un héroe, quiere regresar a Split".

Dos de enero de mil novecientos noventa y tres. "EL MUNDO"

Fin de año bajo el fuego en Jablanica.
"Los soldados españoles despiden mil novecientos noventa y dos viendo la televisión a través del satélite Hispasat".

Once de enero de mil novecientos noventa y tres. SUR

"Las nuevas conversaciones no enderezan el rumbo hacia la paz en Bosnia - Herzegovina".

Veintiuno de enero de mil novecientos noventa y tres. SUR

"El presidente bosnio rechaza los términos del plan de paz propuesta por Ginebra".
"Dos soldados franceses muertos y otros tres heridos a causa de los combates en Croacia".
"El enviado de las Naciones unidas, Cyrus vance y el representante de la Comunidad Europea, Lord David Owen, han desempeñado en esta enmarañada y atípica conflagración un papel muy importante de mediadores, pero todos los bandos en litigio los han tratado como marionetas, ya que lo mismo se ha firmado un plan de alto el fuego y no lo han respetado, así como, innumerables planes de paz que han durado el tiempo que tarde un adicto empedernido a la nicotina en consumir una cajetilla de cigarrillos".

Trece de abril de mil novecientos noventa y tres. SUR

"Defensa confirma que los legionarios de Bosnia llegarán al puerto de Málaga al finales de mes".

Aunque Alejandro junto con un grupo de la AGT - MALAGA, vino antes en aviones Hércules, el grueso de la mencionada agrupación regresó a bordo del buque Castilla. En el puerto malagueño se le tributó una cálida y multitudinaria bienvenida. Los actos estuvieron presididos por su Alteza Real el Príncipe de Asturias.

A la AGT - MALAGA la relevó la AGT - CANARIAS. La noticia que consigna el autor es la última periodística sobre la actuación de los cascos azules españoles en tierras balcánicas. Todas las agrupaciones españolas que han actuado en aquellas zonas han dejado muy alto el pabellón español:

Treinta y uno de julio de mil novecientos noventa y tres. SUR

"Un bombardeo contra el cuartel español en Jablanica causa un muerto y diecisiete heridos.

"El legionario José León Gómez, natural de Palma del Río (Córdoba), fallecido, pertenecía al tercio Alejandro Farnesio de Ronda y estaba de guardia mientras sus compañeros dormían".

Sería interminable narrar las innumerables acciones humanitarias realizadas por los legionarios y soldados españoles, así como las peripecias, horrores y contrariedades de este genocidio étnico.

Es justo que conste en estas páginas, y además muy cierto, que la Legión ha demostrado que es digna de enarbolar los merecidos títulos que la historia le ha otorgado.

Como muestra de la labor realizada por el contingente del que formó parte el sargento Millán Valenzuela, valga referir a título informativo las acciones y cifras, aunque sólo sean para recordarle a muchos españoles que la Legión sirve para algo más que para pegar tiros.

Me encuentro un poco incómodo al recurrir a la Estadística en lo que considero una novela, mejor o peor fraguada. Pero al fin y al cabo, novela. Y es porque las cifras le dan una seriedad matemática, lo que, en mi opinión, le resta estética, suponiendo que ésta exista en mis modestos relatos, no obstante la justicia lo reclama y la voz de la razón, dejando la falsa modestia a un lado, que se reconozca y pase a la posteridad la labor de la AGT - MALAGA, de la que forma parte el protagonista de estas narraciones, aquel joven, que un día abandonó el hogar paterno para olvidar la gran dentellada que la vida le había pegado exactamente en el centro de su alma.

RESUMEN DE ACTIVIDADES

Convoyes escoltados o protegidos:
    ACNUR: 560
    UNPROFOR: 340

Toneladas ayuda humanitaria escoltadas:
    Sistema escoltas: 4 a 6 convoyes Día.
    Sistema protección: 10 a 12 convoyes Día.
Kilómetros recorridos por AGT:
    2.000.000

Accidentes de tráfico:
26

Bajas:
* Minas Stolac: 3
* Tráfic: 28
* Otros: 1

Veinticinco de marzo de mil novecientos noventa y tres.

MISION SECUNDARIA

- Escolta de prisioneros liberados.
Konjic - Ploce (40 prisioneros)

- Transporte y escolta de refugiados (con destino final a España):
Posusje - Split (2 veces, 150 refugiados en total)

- Establecimiento de un corredor en la frente de Stolac, para libre circulación de unmo,s., todos los martes y viernes.

- Reuniones con las máximas autoridades civiles y militares en la zona, Hvo. y Armija.

OTRAS MISIONES

- Escoltas a VIP, s.
- Protección a convoyes de refugiados.
- Protección a convoyes de prisioneros.
- Organización y protección de encuentros entre Hvo y Bsa.
- Proporcionar información a ACNUR y UNPROFOR sobre situación en la carretera de Mostar.

MISIONES PRINCIPALES

A. Proporcionar escolta y protección a los convoyes de ACNUR y UNPROFOR que se desplazan dentro de nuestra Area de responsabilidad.

B. Proporcionar apoyo de Zapadores en reconstrucción de puentes y en general todas aquellas acciones dirigidas a mejorar la movilidad y viabilidad en el Area de Responsabilidad.

C. Proporcionar apoyo en la recuperación de reparación de vehículos pertenecientes a ACNUR y UNPROFOR.

D. proporcionar apoyo en Asistencia Sanitaria a ACNUR y UNPROFOR, en caso necesario.

UNITED NATIONS - PROTECCION FORCE BOSNIA - HERZEGOVINA
COMAND ATENCION MEDICA A PERSONAL CIVIL

Para su información les comunicamos que el batallón español ha asistido hasta la fecha en las instalaciones sanitarias de los destacamentos al siguiente personal civil:

- Divulje: 36
- Medjugorje: 47
- Dracevo: 462
- Jablanica: 157
- TOTAL: 702

Hoy, a veinticinco de julio de mil novecientos noventa y cinco, dos años después, continua el éxodo de ciudades enteras de musulmanes expulsados por los serbios a golpe de metralla. El hambre, el dolor y la destrucción son los resultados de la dejadez europea. La situación ha empeorado en progresión geométrica, y el holocausto vergonzoso e intolerable en los albores del año dos mil está ahí, a muy escasa distancia de Madrid, Londres, París, Bruselas ...
Si el "oro negro" o alguna otra actual fuente energética brotase en tierras balcánicas con la misma constancia y abundancia, que cae la nieve sobre sus campos en los crudos inviernos, ¿se habría terminado ya este conflicto?
En los últimos meses la acción destructiva de los serbobosnios ha ido aumentando paulatinamente. Inglaterra, Francia y algún otro país quieren actuar para solucionar las desavenencias y defender a los cascos azules con fuerzas de intervención rápida.
En el diario "El Mundo", de fecha veintitrés de julio de mil novecientos noventa y cinco, dice: "El Consejo Atlántico ultima el dispositivo que protegerá Gorazde. Más de doscientos aviones de la mayoría de los países de la OTAN, entre ellos varios españoles, se encuentran en bases italianas y en el Adriático para intervenir en Bosnia".
Demos un poco marcha atrás y continuemos con nuestros amigos destacados en Bosnia. Después de adecentar un poco el asentamiento de los legionarios en Split y bajo el atinado mando militar y la visión diplomática del Coronel Zorzo, del que dicen los legías que "es mogollón de enrollao y un puntazo

de tío", los "inseparables", en sus breves descansos, tras las duras y peligrosas misiones humanitarias, visitan las discotecas Holliwood y Mississipi en Split. "Chispa", con su gracia natural, españolea en todas partes donde va, canta flamenco, haciendo célebres los fandangos legionarios que un día estrenó en la cantina del acuartelamiento de Ronda y corteja a las pivas, sin tregua, como macho de perdiz en pleno celo. Con su carácter inquieto y simpático le gasta bromas al fortachón de Salvatore. Éste, a medida de lo fuerte y grandullón es de inocente, a veces, cándido como un niño, no gasta maldad. La chanza fue acogida por Millán con grandes risotadas. Paseaban por una calle de Split y se detuvieron en un bar a tomar una copa de rakya (aguardiente de ciruelas) con un racnichi (pinchito moruno de carne de cordero). "Chispa" había aprendido algunas palabras de uso más frecuente para ligar o para cagarse en la madre que parió a quien fuese en su lengua nativa, si fuese necesario.

En su restringido vocabulario figuraban: pivo (cerveza), café (cafú), té (chai), coñac (viñak), y aguardiente (rakya), que es la bebida más popular y entre las voces y expresiones que afectan a la moralidad o aluden al insulto familiar: curva (prostituta), chica (devoica), chica guapa (lepa devoica), tía buena (dobra macka), gracias (efvada), buenos días (dobar dan), por favor (molim) y el taco más popular y fuerte: "piscu materinu" (coño de tu madre).

Estando bebiendo el rakya y saboreando el racnichi, pasó ante ellos una hermosa croata, que estaba como un tren, según expresión del atlético trompetista. Y como éste no sabía ni jota de serbio, el revoltoso "Chispa", ante la admiración que la fémina balcánica había despertado en el hercúleo legionario, le dijo: - "¿Te la quieres ligar? ¿Te la quieres llevar al huerto? ¿Te la quieres pasar por la pelvis?" El cándido casco azul, frotándose sus manazas, le contestó que sí. El pequeño legía miró con picardía al sargento Millán y dijo al gigantón del trío: - "Acércate a ella y le dices este piropo: "Lepa devoica, curva" y la tienes en el bote ya, ¡pero que ya!" Después de ensayar esta extraña expresión, Salvatore se acercó a la beldad, digna representante de las mujeres croatas, y despacio fue pronunciando el requiebro tras el cual se esconde una sorpresa nada romántica. Ante los dos primeros vocablos la chica adaptó una pose coqueta y una actitud sonriente, lo que animó al grandullón del Barrio Chino a terminar la lisonja conquistadora con la última palabra que le faltaba: ¡curva!. Inmediatamente que la pronunció, un bofetón fue a estamparse contra su rostro, que sonó en el reducido local como un disparo de pistola. El sargento Millán y "Chispa" reían ante el explosivo guantazo que recibió el fornido legionario y la cara de estupefacción con que fue acompañado.

Las misiones se suceden ininterrumpidamente. Los tres "inseparables", haciendo honor a su calificativo, van siempre juntos y afrontan todas las dificultades dando el pecho, voluntariosos, sintiendo un gran gozo por el deber cumplido, la contemplación de la sonrisa de los niños y el gesto agradecido de la gente auxiliada, aunque no de todos.

Un vehículo cayó al río Neretva, y el sargento Millán, que daba escolta a este convoy, se las compuso para sacarlo sin recurrir a los mandos españoles. Estuvo haciendo guardia en la fría orilla del Neretva a veintitantos grados bajo cero.

Pasaron unos cascos azules holandeses a los cuales hizo comprender mediante gesticulaciones la situación en que se encontraba. Le ayudaron, y el camión fue izado de las frías aguas del río por los colegas del Reino de los Países Bajos. Mientras todo esto acontecía el mando español hacía gestiones tratando de buscar una grúa de gran tonelaje para sacar el vehículo, ya que en aquel momento no poseían ninguna. Cuando los jefes de los cascos azules españoles se encontraban intentando resolver este problema, se presentó el sargento Alejandro Millán, que había tomado la iniciativa, con la misión cumplida. Fue felicitado por escrito y verbalmente por sus superiores.

El miércoles, nueve de septiembre de mil novecientos noventa y dos, en un periódico titulado algo así como ¡CAJMACIJA! y con el epígrafe de "Baño de invierno" apareció en lengua serbia:

ZIMSKO
KUPANJE

"Split. - Vozila UNPROFOR - a u stanjus svladati svvako jake propreke da bi abavil svoj zadatak - ispori ku humanitarne jpomoci u Bosnu i Hercegovinu. Ni snijeg, ni blatoni izlokane ceste nmogu ih sprijeciti, psu se ocito malo opust li u svojoj samouvjero nosti. Tiko se i mogl dogoditi da vozae oviga spanjolskog oklo mog tranpostera uzme u obzir sve rakosne perfermante potica koji optimisti naz jadranskom (lo que sigue no se entiende), gistrolom ,pa je krila Jesenica uprilio zimasko "kupanje".

> Srecom, tezih postj
> dica mije bilo.
> Snimi: J. (No se entiende).

Como la fotocopia que ha caído en manos del autor de estos relatos no es muy legible, pido disculpas por si la transcripción no es correcta. La traducción es un tanto rara, ya que está hecha por un croata, y dice así:

"Los vehículos de UNPROFOR son capaces de sobrepasar toda clase de obstáculos para cumplir su misión: llevar ayuda humanitaria a Bosnia - Herzegovina. Ni la nieve, ni el barro, ni las carreteras averiadas, los pueden detener, y es claro que se han relajado un poco dejándose llevar por un exceso de confianza en sí mismos. Puede ser que fuera esto lo que sucedió al conductor del vehículo blindado: no tuvo en cuenta que la carretera que llamamos Magistral Adriática no es más que un caminito, y terminó presentando un baño invernal".

El vivir por primera vez en una zona de guerra, su juventud, las inclemencias del tiempo, la lucha contra los accidentes geográficos: carreteras, puentes destruidos ..., la incertidumbre de pisar una mina camuflada y saltar por los aires, la posibilidad de encontrarse en el centro de la mira telescópica de un francotirador, el temor - aunque se sea muy valiente - de ser alcanzado por el proyectil de un mortero o de un trozo de metralla, las bajas temperaturas balcánicas, junto con el recuerdo trágico de su amada Esther, la remembranza nostálgica y feliz de sus padres y amigos, el estar en un país lejano de la Patria, donde si unos les quieren otros les odian, el excesivo cansancio debido a un trabajo constante y agotador, la visión de cadáveres descompuestos, cuerpos mutilados, famélicos, niños abandonados y muertos, ancianos decrépitos e indefensos, son una serie de factores que por sí solos agotan y debilitan - aunque no se manifieste - al carácter más fuerte. Y si a todo este rosario de padecimientos se le añade la constante tensión de estar vigilando perennemente, la desazón de saberse sorprendido en cualquier momento, en el más insospechado, por la acción asesina del narco, que no ceja en su perseverante y audaz empeño de conseguir la coca, se comprende a la perfección que el novel sargento viva en Bosnia - Herzegovina cerca del infierno. Más allá del "territorio comanche", del que dicen los reporteros en una guerra que pares el coche y des media vuelta. Más allá de donde siempre parece a punto de anochecer y caminas pegado a las paredes. Más lejos de donde oyes los cristales rotos crujir bajo las botas, y aunque no ves a nadie, sabes que te están observando. Más allá aún ...

Cuando escoltaban a un convoy de ayuda humanitaria, que partió de Metkovic se dirigía hacia Sarajevo, pasa por Mostar y Kiseljak, detrás del BMR que mandaba el sargento Millán iban varios y uno de ellos disparó su ametralladora y los proyectiles hicieron blanco en el blindado de Millán, cerca del lugar que ocupaba éste.

Circulaban por una carretera estrecha destrozada por la artillería serbia, entre el fuego cruzado de croatas y serbios. El huidizo y camuflado narco lanzó una ráfaga, un aviso de muerte, una vez más, al joven sargento legionario. Después Millán hizo gestiones, investigó. Pero sólo encontró por parte de los interrogados evasivas, excusas, ya que, entre el fragor de los disparos de serbios y croatas y la inminencia del peligro, todos tenían su atención centrada en proteger al convoy y conducirlo a su lugar de destino. Sin embargo Millán sabía que los disparos que hicieron blanco en su vehículo iban dirigidos a él. El narcotraficante, ni en plena guerra, desistía de su empeño de conseguir la droga.

Mi agradecimiento al progenitor del sargento Millán nunca será lo suficientemente exaltado por mi torpe pluma. "Se me ha abierto en canal", como dicen en el pueblo. Tuve acceso a las cartas que le envió su hijo desde la A.G.B.S. y ahora, en estos momentos de pesadumbre, de intranquilidad, de constante preocupación ante la suerte que el destino pueda deparar a su descendiente, me abre su corazón y algunas de las misivas, que nadie ha leído, demostrándome como siempre su sagrado concepto de la amistad, la cual, cuando la entrega, lo hace a tope, no dejando en el fondo de su alma el más diminuto resquicio, que no sea transparente como el cristal, a través del que se ve el azul del cielo un día de verano en esta calurosa, soleada y sedienta tierra del Sur.

Siguiendo un orden cronológico, la primera está fechada en Split el nueve de noviembre de mil novecientos noventa y dos. Dice entre otras cosas:

"Tengo una orden muy clara, no contar nada, nada relacionado con la misión".

"Me alegré mucho de que no vinieseis a la despedida en Almería. Fue muy fuerte, y así me he venido mucho más a gusto si cabe".

"Me felicitó el Ministro de Defensa D. Julián García Vargas al preguntarme la edad en el vino de despedida".

"La llegada a Split, no la podré olvidar nunca. Uno montón de islas verdes, con acantilados, urbanizaciones de lujo, monumentos antiguos ..., una mezcla de Toledo y Marbella".

Jablanica (Bosnia - Herzegovina), dieciséis de noviembre de mil novecientos noventa y dos.

"Hemos conocido a USTACHIS (guerrilleros neo - nazis croatas) que vienen aquí a descansar del frente. Esta gente simpatiza mucho con nosotros por aquello de la División Azul, Franco... Una cosa que choca es que al primero que le da la "vena" se lía a tiros (al aire libre) en medio de la calle. Ya nos hemos enterado que es un saludo.

Al llegar el convoy a Jablanica esperaban muchos niños (los mayores no piden nunca) limpios, arreglados y con buena ropa (no se aprecia miseria) pero con hambre, mucha hambre. Por supuesto ese día, el primero, no cominos, les dimos nuestras bolsas.

"Pocas sensaciones son iguales a la que se experimenta a la llegada de un convoy y ver cómo los niños empiezan a reirse".

Jablanica, veintidós de noviembre de mil novecientos noventa y dos.

"Desde lo último que os conté, hemos realizado muchos convoyes entre Metkovic y Jablanica con camiones de ACNUR (Alto comisionado de Naciones Unidas para los Refugiados)".

Divulje (Trogir), uno de diciembre de mil novecientos noventa y dos.

"Querida familia:

He terminado de comer (arroz con tomate y un huevo, un filete de lomo, una salchicha enorme, ensalada, una PEPSI, un pastel, yogurt y mandarinas). Aunque lo he cogido todo, me ha sido imposible dar cuenta de este pantagruélico banquete.

Os escribo, ya que puede que salgamos de convoy desde aquí hoy mismo, no sé donde (bueno sí lo sé).

(Nota del autor: Jamás contó nada que pudiese afectar a la buena marcha de sus misiones).

Esto de hacer convoyes desde aquí no será normal, por la distancia, aunque yo los prefiero, ya que es mucho tiempo de descanso y no he vendio tan lejos para eso".

Divulje, dos de diciembre de mil novecientos noventa y dos.

Papá el Teniente Coronel Armada me ha dicho que recibió tu carta y que tiene que escribirte cuando pueda. Me dijo: "Dile a tu padre -se refiere a tu carta- "que muy bueno" y que en vez de cuidarme él a mí, los estamos cuidando nosotros a ellos".

Divulje, diecinueve de diciembre de mil novecientos noventa y dos.(Con motivo de la visita del Ministro García Vargas).

"El Ministro nos dijo que estábamos triunfando con gran diferencia respecto a los cascos azules de otros países, ya que hemos hecho hasta ahora cien convoyes en un mes, o lo que es lo mismo, novecientos camiones han pasado por nuestra zona, escoltados y sin novedad. ¡Y el pasillo ahí está, el único y del que depende Sarajevo!. Lord Owen le dijo que nos transmitiese eso, ¡que hay nivel!

Después de esto, la Legión no tendrá que ir demostrando nada, sino simplemente que la dejen ahí, para lo que está, que ya no habrá más dudas".

Divulje, veintisiete de diciembre de mil novecientos noventa y dos.

"En Nochebuena le repartimos juguetes a los niños del pueblo y fue una experiencia fantástica. Esta gente de Dracevo no nos traga mucho, pero, como siempre, hemos triunfado. Al día siguiente, en Navidad, no paraban de llevarnos dulces caseros, ¡Lo que podían!

Divulje, veinte de enero de mil novecientos noventa y tres.

"La verdad es que no sé, estoy "medio pirao", pero me aburro aquí en Divulje y deseo volver a Jablanica, a soltar un convoy y coger otro".

Dracevo, veintiséis de enero de mil novecientos noventa y tres.

"Este poema que os envío es muy antiguo en la Legión y lo tenemos aquí puesto en la pared:
En callada explicación,
el gorrillo ladeado
por cuanto disteis de lado
al entrar en la LEGION.
Franqueando un corazón,
enamorado y alerta,
la verde camisa abierta
por si la muerte aparece,
pues tal SEÑORA merece
no hallar cerrada la puerta".

Jablanica, dos de marzo de mil novecientos noventa y tres.

"No sabemos hasta que día estaremos aquí. Quieren hacer la imposición de medallas de la ONU sobre el día dieciocho a todos, aquí en Jablanica. Yo la he visto, es de bronce, muy bonita. Siempre he sido de la opinión de que en tiempos de paz no deberían dar medallas a nadie, no es lógico. Pero como este es un caso INTERMEDIO, creo que sí, está justificado y la llevaré con mucho orgullo".

La última carta que escribió el sargento Millán desde Bosnia - Herzegovina tiene fecha veintiocho de marzo de mil novecientos noventa y tres.

El amor de nuestros legionarios por los niños y su constante preocupación por ellos, lo refleja el padre de Alejandro en las dos sencillas estrofas que siguen y que no sé por qué causa no fueron publicadas en la revista La Legión:

> ¡Legionario, legionario,
> tu destino es sufrir!
> En nación desconocida,
> antes de verlos morir,
> con gusto das la comida
> y con talante contento,
> donas al niño hambriento
> la ración del alimento,
> que tenías para ti.

> Cuando el convoy se divisa
> se dilata el corazón,
> porque no hay satisfacción
> más grande que la sonrisa
> de un niño que agoniza,
> entre el hambre y el dolor ...

Los convoyes se suceden, así como las escenas dantescas y de desolación. Al intercambio de cadáveres entre los diferentes grupos en litigio asistían los cascos azules españoles con gran frecuencia. A veces, los muertos se encontraban en avanzado estado de descomposición, por lo cual el actuar en este tipo de misiones no era muy agradable que digamos.

Algunas madres, y ante el trágico momento que atravesaban viendo a sus hijos con la muerte reflejada en sus infantiles ojos por falta de alimentos, ofrecían sus cuerpos a todo aquel que les facilitase un mínimo de comida. Así es la guerra de inmoral - por las circunstancias - de inexorable, de despiadada. Los sentimientos entre los contendientes de esta conflagración están atrofiados. Los proyectiles agujerean Sarajevo, transformando sus edificios en gigantescos panales entre cuyas celdillas de escombro mueren niños, ancianos y mujeres en la bella ciudad donde saltó la chispa que dio lugar a la primera Guerra Mundial. En los hospitales, en las colas donde van a recoger agua o alimentos, se producen verdaderas masacres y el casco azul español asiste impotente, mientras su sangre se revela ante tanta injusticia. Se ha dado el caso, entre los musulmanes de llegar a disparar contra sus propios ciudadanos para atraer la atención internacional debida a su indiferencia ante el embargo de armas de que eran objeto.

¡Cuántas veces nuestros cascos azules, nuestros legionarios, han guardado "el ayuno voluntario", entregándoles su ración de comida a los niños hambrientos! Pienso, y no hablo en nombre de nadie, que todos los españoles debemos sentirnos orgullosos de los de la camisa verde abierta y el gorrillo ladeado y de las agrupaciones militares posteriores, ante el derroche de sacrificio y entrega al servicio de los demás en una zona, en la que, a pesar de su cometido humanitario, a veces, son odiados. ¡Esta es la recompensa que en muchos casos reciben!

Las facilidades que me está proporcionando el padre de Millán para relatar estos acontecimientos, que más que una novela parece en ocasiones una serie de boletines informativos, es digna del mayor encomio.

Me ha entregado el relato, de puño y letra de su hijo, de una de las misiones más peligrosas llevadas a cabo por los cascos azules españoles en tierras de Bosnia - Herzegovina, donde la orden que les habían dado era "llevar la misión a feliz término o morir en el empeño".

Me limito a transcribir el relato de la misión en la que el joven sargento se jugó la vida, ya que fue uno de los protagonistas de una expuesta acción.

"Todo pasó un día en apariencia más tranquilo de lo normal, ya que había salido muy temprano con mi sección a escoltar un convoy de ACNUR (Alto Comisionado de Naciones Unidas para los Refugiados) con la particularidad de que sólo lo hicimos hasta Buna, localidad a mitad de camino entre Metkovic y Jablanica. Regresamos muy pronto y contentos por el día "libre" que nos habíamos encontrado. Hicimos lo rutinario al regresar de un convoy, esto es, repostar los vehículos, recoger todo el material, pasar revisión al mismo, limpiar el armamento, y, en cuestión de treinta o cuarenta y cinco minutos, a descansar.

Así andaban las cosas cuando nos avisó el Teniente a los tres Jefes de Pelotón con la máxima urgencia para ordenarnos que salíamos inmediatamente de misión. Ya desde el principio supimos que era una misión extraña e importante, muy importante, ya que sólo podíamos llevar en cada vehículo al conductor, al Radio - Tirador y al Cabo de la Ametralladora ligera para dejar sitio en el blindado a "alguien" y porque la peligrosidad era tal que preveían bajas seguras. Así cuantos menos fuéramos, mejor, aunque parezca paradójico.

Efectivamente, lo que suponíamos era cierto. El Teniente nos dijo que ni él sabía nada, sólo que debíamos esperar en la Presa de Mostar - sitio controlado por croatas pero siempre bajo fuego serbio - a que llegara un B M R de Mostar al mando de un Capitán.

Allí estuvimos como una hora sabiendo que el lugar no era nada seguro, pero todo formaba parte del secreto.

Al fin llegó el B M R, y el Capitán nos dio la primera orden: Él se hacía cargo de toda la operación y el Teniente y nosotros - tres sargentos - pasábamos directamente a sus órdenes. A esta primera orden sucedieron muchas más. Todo lo que duró el trayecto desde Mostar a Jablanica: ¡"No abrir bajo ningún pretexto el vehículo, aunque tuviéramos que entrar en combate o morir todos, procedimiento radiofónico, normas en caso de ser atacados o que un vehículo tuviese problemas en un control, manera de replegarnos, sucesión de mando, indicativos ...!

Pasamos por Jablanica sin detenernos y sin informar al destacamento de la personalidad que escoltábamos. Así continuamos pasando controles croatas y musulmanes sin novedad. Sólo sabíamos que el peligro era extremo en algunos controles musulmanes, por lo que dedujimos que se trataba de un personaje croata, ya que por entonces musulmanes y croatas empezaban a tener serios enfrentamientos.

Todo el trayecto fue estupendamente, ya que no tuvimos problemas mecánicos, ni accidentes (tan normales), ni choques en los controles.

Por fin, después de un día entero, llegamos a Kiseljak (donde se encontraba el Cuartel General de UNPROFOR, mandado entonces por el General francés Morillón) y ya pudimos ver quién era el secreto personaje: el General croata Jefe del Estado Mayor PETKOVIC, que debía entrevistarse con el Jefe Militar Musulmán dentro de Sarajevo para suavizar esas discordias. El problema había sido e iba a ser el pasar a este General entre musulmanes y a la entrada de Sarajevo controlada por serbios.

Pasamos la noche en el hotel de Kiseljak y dormimos como reyes en los pasillo enmoquetados de dicho hotel. Muy, muy temprano, y con un frío endiablado, recogimos al General Petkovic y lo llevamos hasta la última curva, antes del primer control serbio. Allí nos quedamos preparados para lo peor, y sólo entró en la ciudad el vehículo en el que iban el Capitán y el General. A medida que pasaban los cinco o seis controles iban dando novedades: "¡Sin novedad en Eco 1, Eco 2 ..., ya estamos dentro!". Después de seis o siete horas de larga y fría espera, vuelta a empezar, con la particularidad que en el último control, a uno o dos kilómetros de nosotros y ya casi fuera de Sarajevo, sí hubo serios problemas y el Capitán dio un ultimatun a los responsables del control: "Estamos dispuestos a morir si abren el B M R, pero aquí habrá una carnicería pues tengo varios blindados en la siguiente curva preparados para venir en cuestión de segundos". Al final fueron razonables, o vieron que los españoles para estas cosas vamos en serio ... Lo dejaron pasar y a desandar lo andado. Total que el día que iba a ser de descanso, se tradujo en tres día de máxima aventura, cansancio, suciedad, frío ... Pero España quedó en lo más alto, semanas antes los serbios habían matado a sangre fría al Vicepresidente musulmán que iba escoltado por cascos azules franceses.

En Jablanica, en sus calles y entorno al hotel que lleva su nombre, deambula un abigarrado mundo (aunque los puntos de concentración de los mercenarios españoles y de otros países eran Sarajevo y Mostar), formado por mercenarios ingleses, franceses, belgas y españoles, guerrilleros ustachis (croatas de ideología nazi que apoyaron la dictadura en Croacia), aventureros y mujeres de la vida. Unas, porque practicaban "el oficio más antiguo del mundo", y, otras arrastradas por el hambre y la miseria que se enseñorean de aquellas tierras azotadas por el látigo implacable de una guerra atípica, consentida por potencias que pudieron poner su influencia y poder un día en acción y evitar este increible e injusto genocidio.

El bar del hotel de Jablanica recordaba a los viejos salones del turbulento y bronco oeste americano. Había frecuentes discusiones en aquella babel, que muchas veces desembocan en reyertas y donde el rakya, el whisky y el vodka corrían con excesiva generosidad. Los hombres llegaban del frente ávidos de alcohol, de mujeres, dispuestos a formar jaleo y saltar sobre el prójimo a lo más mínimo. Todo quisqui iba armado hasta los dientes y el fragor de los disparos, dentro y fuera del local era tan familiar como en las fallas el día de San José en la bella ciudad del Turia, los fuegos artificiales.

A los "inseparables" les llovieron las propuestas - con un sustancioso incentivo económico - para que dejasen la Legión, el casco azul y engrosaran las filas mercenarias. Pero lo que no tuvieron en cuenta los asalariados de la muerte, es que en el sargento y en sus dos amigos legionarios había calado tan honda la Legión, era tal su amor a ella, que ni el vil dinero - que envilece, incluso a las más altas jerarquías políticas y financieras - es capaz de apartarlos de su Juramento a la Bandera de España, ni del honor de ser legionarios. Dicen ellos que: "ser legionario es una de las pocas cosas serias que se pueden ser en esta vida". ¡Así de claro!

En este escenario se encontraban los "inseparables", que habían llegado de una misión, y un ustachi muy alto, con el pecho cruzado por una canana repleta de proyectiles, un kalasnikov terciado a la bandolera y un feroz cuchillo de caza Bush - Line con dentado de sierra por la parte posterior y que llevaba metido en una funda de cuero colgada de un ancho cinto, no dejaba de beber la típica bebida rusa, chapurreaba el español y estaba acodado en la barra con los "inseparables". Cerca de él había una bolsa de cuero. En el otro extremo, los dos sargentos argelinos. Éstos se encontraban en el punto de mira del sargento Millán, que disimuladamente no perdía de vista el más mínimo de sus movimientos. Le quiso parecer, que uno de ellos, Abd - Al - Malik, "El Manué", intercambiaba una mirada extraña, una mirada que transmitía cierta complicidad, con el corpulento ustachi y que éste hizo un gesto con su desgreñada cabeza como de asentimiento, como si estuviesen fraguando algo, con lo cual el guerrillero croata estaba de acuerdo. El sargento Millán se encontraba entre "Chispa" y Salvatore de forma que girando con lentitud podía observar a los dos sospechosos. Sentía una sensación inquietante, un raro presentimiento, más aún, cuando el guerrillero del kalashnikov no dejaba de posar su fría y profunda mirada de felino sobre él en actitud de ataque, la extraña impresión adquiría tintes de muerte. Millán Valenzuela instintivamente desabrochó la funda que colgaba de su cadera derecha y acarició con suavidad la culata de su flamante Smit Wesson. Algo se estaba urdiendo.

Sus sentidos, con un desarrollo casi salvaje debido al reiterado ejercicio de la caza, trasladados a aquella situación, le decían que las perdices estaban a punto de levantarse, que la liebre saltaría en cualquier momento de su cama, cuando menos lo esperase. Su fría mirada saltaba, como el conejo en celo, del argelino al croata. En el tiempo que tardó en llevarse el vaso de rakya a la boca, en una breve fracción de segundo, el guerrillero de Croacia se echó la mano al cinto y empuñando su enorme y afilado bush - Line, intentó apuñalar al sargento legionario por detrás. El bozarrón enérgico y atiplado de Salvatore sonó como un trallazo en el local y se impuso al escándalo reinante avisando a Millán: "¡Cuidado mi sargento, que el ustachi le apuñala por la espalda!"

Millán Valenzuela, dotado de buenos reflejos también desarrollados en la práctica de su deporte favorito allá en el árido y añorado "Brosque", desenfundó y disparó sobre el partisano a quema ropa atravesándole el muslo de la pierna derecha.

Salvatore y "Chispa" adoptaron una actitud amenazadora con los cetmes y controlaron a todos los asistentes.

El ustachi, al caer al suelo, le dio con el brazo derecho a la bolsa de cuero que descansaba sobre la barra, la arrastró en su caída y como estaba abierta, varios billetes de mil pesetas se esparcieron alrededor de los tres "inseparables". "Chispa" los contó, y había cincuenta mil leandras, según su expresión.

El joven sargento inmediatamente le apoyó la pistola en la nuca y le dijo:
- "¡Dime quién te ha mandado que me mates o te vuelo los sesos!." Por el disparo que había recibido, por los destellos que despedían los ojos del sargento legionario y por la fuerte presión que la Smit Wesson ejercía sobre el esfenoide, comprendió el ustachi que el militar español hablaba muy en serio. Ladeó la cabeza buscando ayuda y sus pupilas se detuvieron en una muda súplica en los inexpresivos ojos del sargento argelino Abd - Al - Malik que impertérrito mantuvo la mirada. Y como en aquel instante el belicoso croata hiciese un movimiento para sujetarse la pierna herida, este fue el instante que aprovechó el norteafricano con inusitada rapidez para extraer su revólver del treinta y ocho y clavarle una bala entre ceja y ceja, so pretexto de que el robusto combatiente iba a dispararle. Como si no hubiese ocurrido nada, exhibiendo públicamente sus nervios de acero y con el arma en la mano, abandonó con lentitud el local cuando la tensión en éste había alcanzado un grado muy elevado. No obstante, los "inseparables", cetmes en ristre eran los dueños de la situación. Los tres legionarios fueron retrocediendo hacia la puerta sin darles la espalda a la exaltada clientela.

- "¡Ya le tenemos, ya sé quién es el misterioso narco, no me equivoqué al interpretar las miradas de complicidad que se dirigían mutuamente!" - dijo el suboficial legionario y casco azul, dirigiéndose a sus dos amigos con expresión de triunfo. Ha matado al guerrillero - prosiguió - para que no hable, para que no le delate, excusándose en que le iba a disparar. Otra prueba irrefutable es el dinero que contenía la bolsa, ya que la moneda española sólo la tenemos los españoles. Ha comprado su sucia conciencia para que me matase o hiriese. Me inclino por lo último, pues como él está convencido de que yo tengo la droga, habrá pensado que, si me mata, jamás la encontraría.

Tanto "Chispa" como Salvatore - encolerizados - le pidieron permiso para fingir una pelea con algún mercenario, cuando el argelino estuviese presente y darle matarile, ya que tantos sinsabores les había proporcionado a los tres.

El sargento Millán, reflexivo, con una serenidad pasmosa, con gran autoridad y energía, dijo a sus dos colegas, que no hablasen del tema, que no se les ocurriese tocarle, que dejasen el asunto en sus manos por ser ésta una cuestión personal que sólo a él incumbía zanjar.

Al sargento Abd - Al - Malik nadie le vio aquella noche. A la madrugada siguiente fueron a escoltar un convoy que se dirigía a Sarajevo. Al volver, ya anochecido revisaron el armamento, los BMRs y todo el material, cenaron, y cuando iba a dormir Millán vio al argelino que trataba de ocultarse en un improvisado almacén, tras unos paquetes de provisiones, en una zona en penumbra y apartada. Se dirigió hacia él, pues estaba totalmente convencido que se encontraba frente a un asesino, frente a un narcotraficante sin escrúpulos que había deshonrado con su presencia a la Legión, a la cuál él, amaba más que a su propia vida. Sin darle ninguna clase de explicaciones, se quitó la chupa y se entabló entre los dos una feroz pelea, que duró casi una hora.

El argelino peleaba bien, pero además, como sabía que si perdía se le agotaban todas las posibilidades de conseguir el costoso alucinógeno, lo hacía como un tigre acorralado, utilizando toda clase de trucos sucios y objetos que encontraba a su alrededor. Alejandro descargó sobre él todo el odio que durante años había almacenado, toda la furia contenida frente a un fantasma, frente a un gángster disfrazado de legionario que le había quitado el sueño en la Legión, en la A.G.B.S., en la Academia de Infantería y allí en los Balcanes. Había llegado la hora del ajuste de cuentas. Le parecía increíble encontrarse cara a cara con un indivíduo al que llegó a admirar, con un enemigo al que no se podía minimizar, sino al contrario tenerle muy en cuenta, pues era valiente, osado y con un grado tal de codicia, que rebasaba la de cualquier ser humano. A la vista estaba. ¿Quién era capaz de ingresar en la Legión, en la A.G.B.S., en la Academia de Infantería de Toledo, recibir el despacho de Sargento, e ir a Bosnia - Herzegovina para conseguir la droga y en su individualismo, amparándose en la noche, en la astucia, disimulando una inteligencia de superdotado, haciendo gala en cada actuación de una gran sangre fría y olfatear con gran acierto, el rastro de la droga, como un podenco sigue la huella tenue del conejo en la herriza?

En lo más caliente de la pelea acudían al cerebro del Sargento Millán todas las escenas vividas bajo la amenaza del traidor legionario: las notas anónimas, las persecuciones en noches rondeñas, el intento de asesinato en el polvorín del acuartelamiento, la granada que le explotó muy cerca cuando se preparaba en tierras almerienses, para ir a los Balcanes, la despreciable acusación durante su estancia en la A.G.B.S., de que pertenecía a la banda armada ETA, los disparos reales en una oscura noche en campos manchegos, el ametrallamiento de su blindado, allí mismo, en las Balcenas... Y ahora, le tenía al alcance de sus puños. ¡A muerte, sin tregua, no tendría compasión!

¡El narco se defendía "como un gato boca arriba"! Parecían dos máquinas movidas por potentes motores que se golpeaban sin piedad. A medida que transcurrían los minutos, el argelino acusaba el castigo al que le estaba sometiendo el valiente sargento español. Éste, con una maravillosa serenidad, le castigaba sin cesar y al mismo tiempo le iba recomendando con gran energía y coraje lo que debía hacer, lo que le ocurriría si no cumplía a raja tabla sus condiciones. El narco se tambaleaba exhausto, sin fuerzas, hasta que cayó desplomado, debido a la feroz paliza que Millán le había proporcionado. El sargento legionario peleó con toda su energía, con odio y desprecio, más que nada porque aquel había traicionado a la Legión.

"Por fin te he quitado el pasamontañas, cabrón. Ya tenía ganas de desenmascararte. Demuestra ahora que eres valiente, cara a cara, no emboscado en la oscuridad ocultando tu renegado rostro y vistiendo un uniforme al que has deshonrado tanto como a la Legión. Sólo puedes salvar tu asquerosa vida abandonando el Tercio y olvidándote de la droga. Si no, aquí mismo te corto el cuello".

Como el argelino viese el brillo feroz que desprendía la mirada del casco azul legionario, recurrió a la astucia, al intento de soborno.

-"¡Espera hombre, espera, no me mates! Podemos hacer un trato. Tú te quedas con las tres cuartas partes de la droga y el resto para mí. En el próximo permiso vamos a Barcelona, la repartimos y dejo la Legión".

-"¡Calla, renegao de mierda!"

Millán sabía el escondrijo de la droga, pero deseando poner fin a aquel asunto continuó:

-"¡Aquí sólo yo impongo condiciones! No sé donde está la coca, pero si lo supiese tampoco te lo diría. ¡Eres un asesino de la juventud, tienes el alma más negra que Satanás! ¡Eres un maldito hijo de perra, que con tal de enriquecerte eres capaz de rajar a tu padre! ¡No habrá próxima vez. Si cuando lleguemos a Ronda, dentro de unos días, no te licencias, ten por seguro que te licenciaré yo, pero será para el otro barrio! ¡Te juro que te mataré!"

Se alejó del oscuro almacén y allí quedó el maltrecho africano, tendido en el suelo, jadeando, echando sangre por la nariz y la boca, aquél aborto de hiena, que había manchado con su indigna conducta las más altas virtudes del legionario español.

EL RETORNO

En las postrimerías de estos relatos el padre del Sargento Legionario un tanto confuso, con ciertas dudas, preocupado por lo que pudiera derivarse de las últimas confidencias que me ha hecho respecto a su gran anhelo, a la gran ilusión que había albergado durante toda su vida, como era la de tener un hijo Oficial y que, al hacerme partícipe - una vez más - de aspectos muy personales para que los consigne en estas referencias, pudiesen herir - si se publican algún día o caen en las manos de su hijo - los sentimientos de su descendiente, nada más alejado de su propósito.

Me dijo que en sus diálogos con compañeros de su heredero y con éste mismo, ha observado que muy raramente hablan de su estancia en la A.G.B.S., anormalidad que ha reclamado su atención, y piensa que debe existir algún motivo especial para no hacer referencia ni mencionar en ninguna ocasión su vida en el centro leridano, así como que un porcentaje bastante elevado no tiene la menor inquietud por alcanzar la oficialidad, circunstancia que él califica - con el debido respeto a los que sustentan este criterio - casi de insólita. Argumentan estos preparadísimos sargentos - entre otras razones - que ellos están en el Ejército para ser suboficiales, lo que implica en algunos casos una cierta pugna profesional con los oficiales.

- No sé - continuó el padre de Millán - si la obsesión que tienen algunos sargentos procedentes de la A.G.B.S. por su perenne suboficialidad es producto de un lavado académico de cerebro, dirigido a mentalizarlos como sargentos perpetuos, o si su estancia en aquel centro de la Conca de Tremp puede pensarse o suponerse que fue tan insoportable por su extrema dureza y, como consecuencia, no desean repetir - salvo excepciones - su experiencia académica en ningún otro lugar destinado a la preparación para la milicia. A parte del anterior razonamiento el proteccionismo actual que ciertas instituciones prestan al "mozo en filas", no les deja, excepto en la Legión y muy raramente en alguna que otra arma, desarrollar y poner en la práctica los principios que les han inculcado, y prefieren permanecer sobre todo en los tercios legionarios de sargentos o ir ascendiendo con el tiempo, antes que presentarse para conseguir el despacho de alférez, ya que, si lo alcanzan, son destinados a otras Armas en las cuales no se encontrarían tan a gusto como en nuestra insuperable Legión.

Hay quien alega - prosiguió el antepasado de Millán - que es mejor ser un buen sargento que un mal oficial. Otros - comprueben que aquí no se generaliza -, que hay quienes se presentan para conseguir el ascenso a oficial para ganar más dinero o por escaquearse. A un elevado porcentaje de los suboficiales procedentes de la A.G.B.S., parece ser que no les importa lo más mínimo prolongar su permanencia dentro de la suboficialidad.

Observé los ojos del progenitor del sargento Millán y en ellos vi una leve brisa de esperanza y al mismo tiempo una suave luz, la luz que se refleja en la pupila de un hombre que está haciendo un sacrificio al hacerme estas confidencias que a nadie jamás ha revelado, pues sentiría un gran pesar si con ellas hiriese la sensibilidad de su heredero.

Mi querido amigo -artífice verbal de parte de el contenido de estas páginas- sigue argumentando sobre la natural y lógica aspiración al ascenso del hombre que elige la carrera de las armas. Siempre se ha dicho -prosiguió mi confidente- que la carrera militar es muy brillante. Este fulgor es una consecuencia de su dinamismo. No es una carrera que se caracterice por su estatismo, al contrario, el militar tiene por delante todo un mundo de superaciones donde puede poner cada vez más a prueba su valía y dar más beneficio a su Patria, al ir ocupando graduaciones de mayor responsabilidad. Por otra parte y esto es sumamente importante, un suboficial que ha demostrado durante varios años su competencia, si consigue la graduación de oficial es sin lugar a dudas - de momento y por la experiencia que lleva consigo - un oficial más práctico, más efectivo, más experto que los recién salidos de la A.G.M., sin que esto suponga devaluar a nadie. Respecto a los que se encuentran en Armas de élite - prosiguió mi informador con tal vehemencia que me ha convencido de la postura que mantiene -, cuando ascienden por antigüedad generalmente son destinados a otras Armas encontrándose con la misma problemática o más acentuada para instruir al recluta o dirigir cualquier otra actividad de la milicia ya que tienen más edad, la forma física más mermada, han dejado atrás su juventud (no han hecho de ella una acertada inversión del tiempo, que es oro, ya que estos preciosos años jamás volverán) y han perdido la gran oportunidad - que la mayoría de las carreras no ofrecen - del ascenso muy razonable y justo a edad más temprana dejando a un lado elucubraciones que con el debido respeto - siguió diciendo mi amigo - van en contra de la más elemental lógica. Piensa mi informador que el sargento Millán no está perdiendo el tiempo, no, su labor, igual que la de todos estos esforzados jóvenes suboficiales, es digna del más alto encomio. Lo que ocurre es que no lo está aprovechando.

Termina esta serie de reflexiones mi amigo rogándome encarecidamente que transmita a cuantos lean mis narraciones, que el más malo de los deseos que los padres podamos ambicionar para nuestros hijos sea éste: verlos en lo más alto de la cresta de la ola y que lo consigan teniendo como meta de su vida la honradez, el trabajo, el no pisotear dignidades y con la enorme satisfacción de saber que lo hacen por un alto concepto de la superación y total entrega en el cumplimiento de su profesión.

Estas consideraciones confesadas por el padre del Sargento Legionario las incluyo aquí como agradecimiento a su generosidad como confidente, a pesar que comprendo que son un largo inciso. Ciertamente no contribuyen a la forma estética de estos relatos - si la hubiese - y rompen un poco la continuidad de estas modestas narraciones.

El falso legionario, el traidor sargento Abd - Al - Malik, durante el viaje de regreso de la antigua Yugoslavia se acomodó en el avión Hércules alejado de los "inseparables", taciturno, totalmente separado de los que regresaban a su Patria henchidos de gozo con el regocijo que experimentan los que poseen sosiego espiritual en su alma como consecuencia del deber cumplido.

Estas últimas referencias es muy posible que hagan añicos la sucesión de relatos sobre los acontecimientos básicos de esta novela. No obstante, deseo que figuren aquí como testimonio de un retazo de historia de la Legión y como modesto homenaje a la misma.

Fue una vergüenza, yo estaba allí. Llegan nuestros primeros legionarios procedentes de un conflicto bélico, donde lo han dado todo y un poquito más, y sus compatriotas, los supuestos españoles, al menos un grupo numeroso representativo no tuvieron la gentileza de tributarles el clamoroso y cálido recibimiento que justamente se merecían. ¡Cuánto tenemos que cultivar el sentimiento patriótico para imitar siquiera un poco a países que si bien su concepción de la vida difiere de la nuestra, hay que reconocer que, en cuanto a patriotismo, son un dechado de ejemplo muy digno de imitar!. La gesta realizada no por una agrupación militar, sino por uno solo de sus soldados, es suficiente para movilizar los corazones en el más amplio y profundo sentimiento de respeto y admiración de toda una nación.

Allí sólo había algunos familiares y un par de fotógrafos. De la familia de Millán menciono a la abuela Antonia (anciana impedida que sufrió un ligero desmayo al ver a su nieto, pero que nadie pudo impedir que fuese a recibirlo) los padres del sargento, sus tíos Mari y Pepe, hermanos del padre, la tía Mari, mujer de Pepe, el primo José Ismael y los padrinos de Millán, María Jesús y José Enamorado.

Cuando los Hércules aterrizaron en el aeropuerto militar de Málaga, a los seres queridos de Alejandro se les escapaba el corazón del tórax, debido a la enorme emoción y alegría que les embargaba. Al que suscribe, no digamos. Confieso sinceramente que fui incapaz de evitar que el agua del espíritu humedeciese mis ojos. La capacidad y entereza del joven sargento, que bajó vestido de paisano, con su bolsa militar colgada al hombro, fue admirable.

Una sólida verja metálica nos separaba de la zona de aterrizaje, que se bamboleaba - creo por la irresistible fuerza de los sentimientos que luchaban contra la represión de sus dueños por salir a la superficie - y no podían rebasar cual muro metálico de un imaginario Berlín contemporáneo en la Costa del Sol. Abrieron la obsesionante muralla metálica y Millán sereno, al menos en apariencia, fue abrazando uno por uno a los seres que más le quieren en este mundo, incluso a mí, que sabe de la estrecha amistad que me une a su padre, sin que asomase a su juvenil rostro el más mínimo indicio de debilidad.

A los pocos días, llegó el resto del contingente de la AGT - MALAGA. En el puerto de Málaga se les tributó una cálida bienvenida, ya que esta ciudad tiene una gran tradición legionaria, pero, de todas formas, no respondieron millares de españoles. En el MALEG, en el Campamento Benítez, fue un día de fiesta. Presencié cómo el Teniente Coronel Alfonso Armada Sarriá abrazaba al padre del casco azul legionario, con la emoción y admiración de los presentes ante el efusivo abrazo de los dos amigos. Un abrazo recio y mudo, cuyas palmadas en las espaldas retumbaron en el local, hasta tal extremo, que la mujer del mencionado militar dijo en tono cariñoso: - ¡"Caballero, que me lo va a romper"!. El progenitor del sargento Alejandro, con una sonrisa cortés y saturada del afecto que profesaba

EUGENIO CONEJO CABRERA

a su marido, le contestó: - ¡"Señora, los legionarios son de acero puro y no se rompen"!. La dama, como agradecimiento al caluroso saludo a su marido, le regaló al padre de Millán una encantadora expresión de sincera alegría.

La dorada cerveza y el sol de Jerez brillaban en la acampanada copa y en el frágil catavinos. Apretones de manos. Su padre saludó al Coronel Zorzo, le fue presentado el General D. Agustín Muñoz Grandes y, como final de este protocolo espontáneo e improvisado, estrechó también la mano de Su Alteza Real el Príncipe Felipe. Este momento no fue recogido por los fotógrafos de la prensa, pero sí otros dos, en los que el Príncipe departía con los legionarios y con el padre de Millán, que se encontraba junto al heredero de nuestro Rey. Estas dos instantáneas figuran en las páginas cuatro y cincuenta y cinco de los periódicos SUR y Diario 16, respectivamente, correspondientes al viernes, treinta de abril de mil novecientos noventa y tres.

Después de este acontecimiento de recepción a nuestros legionarios, un sábado en el acuartelamiento de Ronda hubo una celebración en la cual el sargento Millán y su padre participaron a tope y pasaron una velada inolvidable.

La Legión e innumerables seguidores de ella festejaron la "vuelta a casa". Las casetas exultantes transmitían la sonora alegría ante el regreso de los legionarios. Las había con aire netamente andaluz, engalanadas con el adorno femenino de las mujeres de los legionarios, ataviadas con el típico traje de gitana, que bailaban sin cesar por sevillanas. En otras, las canciones legionarias dibujaban banderas indefinidas entre la neblina azul y el agradable tufillo de las barbacoas. Una de ellas, como símbolo de la presencia legionaria en los Balcanes, simulaba un destacamento en Jablanica cercado de alambradas y sacos terreros. Hubo un simulacro de ataque y defensa con fuego de fogueo. El olor de la pólvora, la hospitalidad legionaria y la leche de pantera, fueron el trinomio que, como colofón de una noche entre "legías", se grabó a fuego en el alma de un Sargento que volvía de la antigua Yugoslavia y un "Legionario de Honor" nostálgico y fascinado por el estilo de vida de la milicia.

Deseo - ya que este modesto escribidor no tiene a su alcance otra forma de influencia que mentalice a la sociedad para que reconozca la valía de nuestra Legión y en definitiva de nuestras Fuerzas Armadas - incluir en estos renglones, un texto de reconocimiento a la labor llevada a cabo en los Balcanes por nuestros soldados:

"PREMIO PRINCIPE DE ASTURIAS DE COOPERACION INTERNACIONAL A LOS CASCOS AZULES EN LA ANTIGUA YUGOSLAVIA, CON ESPECIAL MENCION A LA LABOR DE LAS FUERZAS ARMADAS ESPAÑOLAS EN BOSNIA - HERZEGOVINA".

La vida en el acuartelamiento de Ronda transcurre por el cauce normal. Las Navetas y toda la orografía rondeña son pisoteadas por las botas legionarias. Los legionarios nunca están inactivos.

El narco ha adoptado una postura de insociabilidad, huidiza. Es escurridizo, no se hace presente en las tertulias de la Residencia de Suboficiales, ni acude al Mesón. Su actitud - que es observada discretamente por el sargento Millán - es sospechosa, como si estuviese urdiendo algún plan de ataque en cuya planificación es un especialista.

A "Chispa" y a Salvatore el conflicto balcánico les ha hecho meditar, profundizar más en los aconteceres de la vida, en ver las cosas de forma muy diferente. Se les termina el tiempo de permanencia en las filas legionarias y cuentan a Millán que volverán a Barcelona, al Barrio Chino, a su vida anterior, pero ahora se sienten más hombres, más preparados y piensan llevar una existencia más reflexiva y ordenada. Le argumentan que su estancia en la Legión les ha llegado a lo más profundo de sus corazones. Dicen que a pesar de su dureza y el haber estado sometidos a una férrea disciplina, ha sido para ellos toda una novedad, ya que eran totalmente libres en el arrabal barcelonés, sin más trabas ni limitaciones que las que les imponía su independencia. Se sienten sanamente orgullosos de haber militado entre los seguidores de Millán Astray.

Millán, ante la noticia de la marcha del dúo de los "inseparables", con la dura experiencia a las espaldas de una guerra genocida vivida a edad tan temprana, con las visiones terroríficas presenciadas en tierras balcánicas, con la decepción respecto a la postura internacional en la conflagración, con la impotencia de no haber podido resolver situaciones que por el carácter de la misión netamente humanitaria, debieron soportar muchas veces para no liarse a tiros con unos y otros en determinadas circunstancias, ante esta serie de motivaciones más bien de carácter negativo y el saber que podía enriquecerse y vivir a todo trapo, como un rajá, con la venta de la coca oculta tras la faz melancólica del músico sudamericano allá en la buhardilla de la calle Conde del Asalto, su horadez oscilaba, se debatía entre la riqueza y su vocación militar. Mas como ésta es tenaz, deshechó la idea del enriquecimiento y mucho más por el método del narcotráfico y prefirió seguir fiel a sus principios éticos, religiosos y profesionales. Fácil es decir lo que antecede, pero no el cumplirlo, cuando quinientos o seiscientos millones de pesetas te están diciendo: ¡Cógenos!

Tras estas cavilaciones, el sargento Millán pensó en la marcha de sus amigos y en que su licencia coincidía con el permiso de verano.

La tarde limpia y azul se descolgaba sobre el acuartelamiento de Montejaque. Tras los barracones y muy cerca de la Residencia de Suboficiales los BMR,s estaban aletargados tras su actividad en los Balcanes. Desde el ventanal de la Residencia el sargento, que tantas amenazas había sufrido por el argelino, observó que éste merodeaba junto a los blindados. Nadie se encontraba a la vista, por lo que decidió darle el último toque al falso legionario para que abandonase el Tercio.

Con la funda de la Smith Wesson desabrochada y dispuesto a pegarle cinco tiros, se dirigió hacia el desenmascarado sargento entablándose entre ambos la discusión que transcribo y que el padre de Alejandro - como siempre - me transmitió:

-" Abd - Al - Malik, es la última advertencia que te hago. Aprovecha el permiso que empieza mañana y no vuelvas. Licénciate y desaparece del mapa. Hazte cuenta que todo ha sido una fantasía tuya. Olvídate de la nieve y dale gracias a Mahoma de que no te mate como a un perro, pero tu juro por mis muertos que, si tienes la osadía de volver para seguir deshonrando a la Legión con tu repugnante presencia y falsedad, te estoy pegando tiros mientras me queden balas."

Los ojos de un felino rabiosos eran una mirada dulce comparados con los del joven sargento Millán. No obstante, el musulmán - que de cobarde no tenía nada - no sólo no se arredró, sino que le contestó con rabia y coraje:

-"¿Sabes lo que te digo, Millán de mierda? ¡Que volveré! ¡Vendré! ¡Pero no estaré solo! Donde menos lo esperes, alguien te puede cortar el cuello, castrarte o despellejarte vivo hasta que le supliques que te deje en paz. Así que aplícate el cuento. Tú cantarás como un jilguero y le dirás donde está la coca, a la cual - después de todo lo que he hecho por conseguirla - no renunciaré jamás aunque en ello me vaya la vida. ¡Te lo juro por Alá!"

La proximidad de unos legionarios motivó que los dos rivales se separasen marchándose cada uno en dirección opuesta.

La despedida de sus amigos fue en silencio, sin palabras, pero fueron sustituidas por un sincero y fuerte abrazo de tres "inseparables" amigos y auténticos legionarios.

Han transcurrido unos días desde que empezó el primer turno del permiso de verano y en la Residencia de Suboficiales, en un rincón, a la izquierda de los lavabos y a la derecha de la entrada al comedor, Millán se hallaba sentado en solitario leyendo el periódico. Su sorpresa fue mayúscula, indescriptible, cuando, al ojear la página de sucesos, descubrió una sorprendente noticia. Sin embargo, no se alteró ni un solo músculo de su rostro. El trágico suceso lo situaba el periódico en tierras almerienses y este emborronador de folios se limita a transcribirlo textualmente.

"Se está rodando en el Desierto de Tabernas (Almería) el western con el título de "Silencio sangriento", que protagoniza el actor norteamericano Clint Eastwood. Durante el rodaje se encontró en el poblado del Oeste, construído exprofeso para realizar el mencionado film, el cuerpo degollado de un sargento de la Legión entre cuyos efectos personales se han encontrado un billetero con cien mil pesetas - lo que descarta que el motivo del crimen haya sido el robo - y un pase de permiso de un mes con destino a Barcelona, procedente del Tercio Alejandro Farnesio de Ronda. Se ignora el móvil de esta muerte tan horripilante, así como la identidad del asesino. Junto al cadáver del sargento legionario había algo insólito - como si el asesino o asesinos quisieran enviar un mensaje: una partitura musical con el sugestivo título: "Balada triste de una trompeta".

El sargento Alejandro Millán Valenzuela dejó el informativo y con una parsimonia desacostumbrada se acercó a la barra y le dice al chico que la regentaba: - "¡Diego, dame una clarita!".

Ha pasado un año aproximadamente y el sargento Millán no olvida a sus amigos "inseparables". Le falta algo, le faltan sus nobles y leales amigos a los que tanto debe por haberlo recogido, ayudado y ofrecido su incondicional amistad cuando era una piltrafa humana, un desecho del vicio tirado en el más bajo de los suburbios barceloneses. Si a esta circunstancia le unimos los pensamientos y recuerdos tristes de su vida anterior es fácil deducir porqué el sargento Millán Valenzuela se volvió huraño, solitario, ausente.

Un domingo por la noche, y tras un año largo de haberse licenciado "chispa" y Salvatore, Millán subió solo a Ronda. Había cambiado el hábito sobre el recorrido nocturno en sus incursiones e ingestiones etílicas, y echó el ancla en el bar "La Farola", establecimiento cuyo repertorio en tapeo es de buena calidad, variado y con precios bastante aceptables. Sentado en un taburete y de espaldas a la puerta de entrada, alguien le tapó los ojos. Palpó la venda humana y dedujo, por una rara intuición, con inmensa alegría, que aquellas manazas sólo podían estar unidas a un cuerpo de las mismas proporciones. No hablaba, estaba alelado, pensaba en silencio: ¿Será posible?. ¡Sí, sí es Salvatore!, gritó como un energúmeno atrayendo la atención de los parroquianos. Se volvió y comprobó que frente a él se encontraban los dos mejores amigos de su vida, después de su padre: "Chispa" y el grandullón del apelativo italiano. Se fundieron los tres en un cordialísimo abrazo y la alegría fue recíproca. Los "inseparables" volvían a unirse.

Hablaban muy deprisa, sobre todo el pequeño limpiabotas de Martín de la Jara, que le dijo a su amigo Alejandro - al del bocadillo de jamón y el vaso de leche a la salida del metro barcelonés - muy atropelladamente:

- "Alejandro, bueno, mi Sargento, no sé qué tiene la Legión que entra uno hecho una puñetera mierda de tío y sale hecho un hombre de cuerpo entero, un auténtico legía. Y es que la Legión mi Sargento, (bueno, Alejandro, ahora que estamos solos), tira una hartá. Los tres reían como niños pequeños.

Le contaron que sus vidas sin la Legión estaban vacías, no tenían objeto alguno y menos aún en aquel estercolero barcelonés donde desarrollaban las más extrañas y variadas actividades, casi todas en íntima relación con el mundo del vicio en sus diferentes facetas, y que ante semejante hueco decidieron volver a la Legión, ya que ésta les arrastraba con la fuerza que ejerce la atracción invisible de un poderoso imán.

Bebieron y bebieron. Hicieron el brindis legionario infinidad de veces. Recordaron cuando los tres estaban en Barcelona, sus movidas nocturnas, peleas, colocones, su marcha a la Legión y después a Bosnia - Herzegovina y cómo llevaban en sus corazones el Credo legionario y el recuerdo de los que sacrificaron su vida en pro del necesitado en aquellas lejanas tierras. Estarían en el Tercio Alejandro Farnesio hasta que el Ejército se lo permitiera o la novia del legionario los separase.

Tras hacer el recorrido nocturno por los diversos locales, recordando sus andanzas de otros tiempos, deciden bajar al cuartel andando, carretera abajo.

Las primeras luces del alba acariciaban los pinsapos de la edénica Sierra de las Nieves, reserva de la biosfera, y el cielo limpio y transparente se teñía de un suave azul cobalto. Estarían en el acuartelamiento antes de que el cornetín lanzase su grito metálico y anunciase que una nueva jornada empezaba para los bravos legionarios.

Durante el recorrido por la asfaltada vía entonaron un gran repertorio de canciones legionarias y "Chispa", -¿cómo no?-, atacó algunos de aquellos fandangos que un día cantó en la cantina con el alma y dedicó a sus mandos y a la Legión: "Que arma mejor no hay"... Y ener pecho la metralla"...

Cuando la piramidal alameda esmeralda anunciaba la proximidad del cuerpo de guardia, oyeron el susurro melancólico de las notas nostálgicas y al mismo tiempo recias y enérgicas de una estrofa que les había afectado en sus carnes y había impregnado su vida de un nuevo aroma: el aroma de la vida legionaria.

¡Y aunque a nadie le importa el sufrimiento
que un legionario lleva en el corazón,
demostramos que estamos satisfechos,
y llevamos en el pecho
el emblema de la Legión!.

LAUS DEO

P.D.

"La última voluntad de un Caballero Legionario de Honor"

Cuando mi alma serena
el fugaz mundo abandone
que me cubran tu Bandera,
tu emblema y tus canciones.

Escoltado por "Legías"
con paso marcial y lento,
quiero oir, después de muerto,
el canto sublime y fuerte,
la "nana" del legionario,
que es "El novio de la muerte".

Dos años y cuatro meses he tardado
en escribir EL LEGÍA. ¡Ojalá hubiese
dilatado más su argumento, porque
durante su escritura he vuelto
a renacer!

E.C.C.

ÍNDICE

ETAPAS DE LOS ACONTECERES DE "EL LEGIA"

PAGINAS

1.- EN CASA 15

2.- SOLO EN BARCELONA 31

3.- EN LA LEGION 77

4.- EN LA A.G.B.S. (Academia General Básica de Suboficiales).... 107

5.- DE LA A.G.B.S. A LA "FRAGUA DE LOS INFANTES"
(Academia de Infantería de Toledo) 125

6.- SARGENTO LEGIONARIO Y
CASCO AZUL EN BOSNIA - HERZEGOVINA 139

7.- EL RETORNO 169

www.ingramcontent.com/pod-product-compliance
Lightning Source LLC
Chambersburg PA
CBHW030549030726
47495CB00004B/1190